古典詩歌研究彙刊

第二六輯

龔鵬程 主編

第 8 冊

沈德潛「詩教」觀研究——
以詩歌評選為論述文本（下）

吳珮文 著

國家圖書館出版品預行編目資料

沈德潛「詩教」觀研究——以詩歌評選為論述文本（下）／
吳珮文 著 — 初版 — 新北市：花木蘭文化事業有限公司，2019
〔民 108〕
目 4+184 面；17×24 公分
（古典詩歌研究彙刊 第二六輯；第 8 冊）
ISBN 978-986-485-843-9（精裝）
1.（清）沈德潛 2. 清代詩 3. 詩評
820.91   108011616

ISBN-978-986-485-843-9

9 789864 858439

古典詩歌研究彙刊
第二六輯　第八冊
ISBN：978-986-485-843-9

沈德潛「詩教」觀研究——以詩歌評選為論述文本（下）

作　　者　吳珮文
主　　編　龔鵬程
總 編 輯　杜潔祥
副總編輯　楊嘉樂
編　　輯　許郁翎、王筑、張雅淋　美術編輯　陳逸婷
出　　版　花木蘭文化事業有限公司
發 行 人　高小娟
聯絡地址　235 新北市中和區中安街七二號十三樓
　　　　　電話：02-2923-1455／傳真：02-2923-1452
網　　址　http://www.huamulan.tw 信箱 hml810518@gmail.com
印　　刷　普羅文化出版廣告事業
初　　版　2019 年 9 月
全書字數　264266 字
定　　價　第二六輯共 8 冊（精裝）新台幣 13,500 元

沈德潛「詩教」觀研究——
以詩歌評選為論述文本（下）

吳珮文　著

目

次

上 冊

誌 謝

第一章 緒論……………………………………… 1

　第一節 文獻回顧與研究動機 ……………………… 1

　第二節 「詩教」議題的研究成果 ……………… 9

　第三節 沈德潛標舉「詩教」的背景與原因 … 18

　第四節 以詩歌評選爲主軸的論述策略 ……… 38

　第五節 小結 ……………………………………… 49

第二章 沈德潛論「詩教」的基礎——「性情」

　　　　概念的內涵與發展 ……………………… 53

　第一節 「性情」觀探源 ……………………… 53

　第二節 入仕以前詩歌評選中的「性情」觀 … 71

　　一、初編《唐詩別裁集》的「性情」意涵 … 71

　　二、《古詩源》中「性情之正」的提出 ……… 75

　　三、《說詩晬語》對「性情」的歸納 ………… 80

　　四、《明詩別裁集》對「情」的重視 ………… 88

第三節　入仕與致仕後詩歌評選中的「性情」
　　　　觀 ………………………………… 91
　一、《杜詩偶評》中杜甫「性情面目」的呈現
　　　　……………………………………… 91
　二、《清詩別裁集》對「性情」與「眞」兩者
　　　　關係的討論 ……………………… 101
　三、重訂《唐詩別裁集》對「性情」的總結 108
　第四節　小結 ……………………………… 113

第三章　沈德潛「詩教」觀對於個人生命的關
　　　　注面向與內容 ……………………… 115
　第一節　以「溫柔敦厚」爲核心的「詩教」
　　　　　傳統 ……………………………… 116
　第二節　「溫柔敦厚」所映現的理想人格——
　　　　　入仕前與考察 …………………… 123
　第三節　入仕與致仕後對理想人格的調整 …… 139
　第四節　由「詩教」論個人對進退出處的衡量 149
　一、初編《唐詩別裁集》及《古詩源》中
　　　　對「道」與「政」的價值判斷 ……… 150
　二、《明詩別裁集》對仕宦生涯的討論 …… 156
　三、入仕與致仕後對「仕」的再思考 ……… 161
　第五節　小結 ……………………………… 165

下　冊

第四章　沈德潛「詩教」觀對詩歌學習及社會
　　　　現實的關注面向與內容 …………… 167
　第一節　以「詩教」爲學詩指導原則的策略 … 167
　一、以「詩教」與「尊唐」爲主軸建構詩歌
　　　　史 ………………………………… 170
　二、「尊唐」審美觀的確立及其關注面向 …… 187
　第二節　「詩教」在社會、政治上的展現 …… 190
　一、入仕前所關注的面向與內容 ………… 190
　二、入仕與致仕後的關注面向與內容 …… 205
　第三節　「史筆爲詩」的內容與意義 ……… 224
　一、「詩」與「史」的關連 ………………… 224

　　　二、《明詩別裁集》中「《春秋》筆法」的
　　　　　內容 ……………………………………228
　　　三、《清詩別裁集》對「《史》、《漢》筆法」
　　　　　與「《春秋》筆法」的並重 ……………233
　第四節　小結 ……………………………………238

第五章　「詩教」所對應的表現方式與詮釋策略
　………………………………………………………241
　第一節　對「風雅傳統」的繼承與實證 ………242
　　　一、「詩教」中「風雅傳統」的內涵 ………242
　　　二、「風雅傳統」的表現方式在「詩教」上的
　　　　　實踐 ……………………………………258
　　　三、「風雅傳統」在詩歌詮釋上的體現 ……270
　第二節　「格調說」對落實「詩教」的作用 …274
　　　一、沈德潛「格調說」的重點 ………………275
　　　二、沈德潛以「格調說」輔助落實「詩教」
　　　　　的方式與內容 …………………………279
　第三節　以杜甫為「詩教」典範的詮釋進路 …282
　　　一、「杜甫典範」的醞釀與形成 ……………282
　　　二、《明詩別裁集》中以「杜甫典範」為評選
　　　　　依據的初次實踐 ………………………286
　　　三、《杜詩偶評》對「杜甫典範」的補充與
　　　　　確立 ……………………………………289
　　　四、《清詩別裁集》中以「杜甫典範」為評選
　　　　　依據的再次實踐 ………………………293
　第四節　小結 ……………………………………298

第六章　結論 ………………………………………301

參考書目舉要 ………………………………………311

附表一　沈德潛年譜 ………………………………325

附表二　《杜詩偶評》與重訂《唐詩別裁集》
　　　　杜詩收錄比較 ……………………………331

附表三　《杜詩偶評》與重訂《唐詩別裁集》
　　　　詩評比對 …………………………………341

第四章 沈德潛「詩教」觀對詩歌學習及社會現實的關注面向與內容

　　「詩教」所關注的內容，涵蓋了個人與社會兩個部分。在上一章中，我們已經討論過屬於個人生命的部分，本章將就「詩教」在社會現實作用上的展現進行討論。在討論之前，我們必須先瞭解，所謂「社會現實作用」不該只以政治上的「美刺諷諭」，或詩歌是否能反映現實兩點來看。「詩教」既然有教育的功能，那麼就應當關注到「詩教」對知識份子在詩歌學習上的影響。再來，「詩教」傳統中對社會、政治的關懷也是不可忽略的部分。畢竟，這是儒家「詩教」長久以來關注的重點所在。最後，由於在文學批評中，「詩」常與「史」相關連，而「詩」與「史」都具有教育、鑑戒的功能。究竟「詩」與「史」有何共通之處，其關係如何，也是我們必須討論的地方。如下，筆者就以這三方面為切入點來進行探討。

第一節　以「詩教」為學詩指導原則的策略

　　詩在中國古代教育中扮演了很重要的角色，《尚書‧堯典》就有以詩樂等藝術作為培養貴族子弟倫理感情的重要材料，帝舜說：「夔！

命汝典樂，教冑子，直而溫，寬而栗，剛而無虐，簡而無傲。詩言志，歌永言，聲依永，律和聲。八音克諧，無相奪倫，神人以和。」〔註1〕這段話指出了三個重點：第一、說明了受教者的身份爲貴族子弟；第二、這段話說的雖然是「樂教」，但是在當時詩樂不分的背景下，多少也呈現了詩作爲學習教材的現象。第三、描述了詩樂教化所希望達到的教育目標與理想。春秋末期，孔子將教育的權力從貴族的手中釋放出來，使得平民百姓都有受教權，促進了知識階層本質上的轉變。在孔子的時代，《詩》已經從原本的以聲爲用逐漸向以義爲用轉變，獻詩與賦詩都已不行，除了宴享祭祀還使用詩爲儀式歌外，一般只將詩用在言語上。孔子明確地以《詩》作爲修身和致知的教材，「《詩》教」的意義至此才確立起來。因此，「詩教」雖然非始於孔子，但在「詩教」形成的過程中，孔子實居於一關鍵地位。《大戴禮記》記載：「衛將軍文子問於子貢曰：『吾聞夫子之施教也，先以詩世；道者孝悌，說之以義，而觀諸體，成之以文德，蓋受教者七十有餘人。聞之，孰爲賢也？』子貢對，辭以不知。」〔註2〕《大戴禮記》是漢朝人的作品，可以看出當時漢人對於孔子之教的看法。引言中指出孔子施教先以詩，可以說明詩在當時教育下的重要性。「《詩》教」在漢儒的手上，以經學的面貌得到了高度的發展，也逐步的從《詩經》擴展到廣義的詩歌創作中，大陸學者陳桐生在〈論《詩》教——經學與中國文論範疇系列研究之三〉中說到：「《禮記·經解》所說的《詩》教僅限於《詩三百》，由於〈毛詩序〉完成了由美育向創作論的變化，這個詩教又不僅是指《詩經》，而是包括所有詩歌創作了。」〔註3〕經過此一轉變，再加上儒家哲學對中國知識份子的絕大影響力，「詩教」這

〔註1〕參見《尚書·堯典》，（參見屈萬里《尚書釋義》，台北：文化大學，1995），頁39。

〔註2〕《大戴禮記·衛將軍文子第六十》，（北京：中華，1985，北京新一版），頁102、103。

〔註3〕陳桐生〈論《詩》教——經學與中國文論範疇系列研究之三〉，（參見照敏俐主編《中國詩歌研究》第一輯，北京：中華，2002年6月，第一版），頁95、6。

個屬於儒家哲學體系下的詩學論題，就在詩歌創作、欣賞與批評中取得了重要的地位。

詩歌創作除了詩人本身天下橫溢的展現外，學習也同樣重要。詩聖杜甫就曾說：「讀書破萬卷，下筆如有神。」〔註4〕沈德潛在〈許雙渠抱山吟序〉中也說：

> 古人無不學之詩。李太白曠世逸才也，而其始讀書匡山至十有九年；杜少陵自言所得云：「讀書破萬卷，下筆如有神。」知古人所以神明其業者，未有不從強學而得者也。自嚴滄浪有「詩有別材，非關學也」之語，而誤用其說，遂以空疏鄙倍之辭，時形簡帙，而原本載籍者罕矣焉。其去詩道日以遠矣。（參見《歸於文鈔》卷十三）

李白一向被認為是天才型的詩人，而杜甫則是用功型的詩人，即便是像他們兩人般在詩歌創作上有極大成就者，也未嘗不學，更何況他人。在沈德潛看來，凡是不學而欲為詩者，都是對詩道的一種悖離。詩歌創作的學習不只在於形式藝術風格等層面，也應該包含了個人整體學識的要求。也就是說，寫作技巧的「學習」與個人「學問」都必須被重視，而此二者又以「詩教」為目標與理想。除此之外，「學」還有一種間接的、無形的影響，那就是透過「詩」學習古人的道德人格等內在精神，這在「詩教」中尤其重要。蘇桂寧在《宗法倫理精神與中國詩學》中說：「本來，文學藝術的功能是相當豐富的，例如文藝具有愉悅、娛樂功能，但是，中國詩論卻十分明確地把文藝引導到政治道德教化方面，讓文藝沿著教化的軌道發展。」〔註5〕詩歌對於學習者與閱讀者在道德人格的陶冶修養，也是「詩教」的重點之一。綜合來說，「詩教」就以道德修養、學識累積與文藝創作三方面展現在知識份子的教育上。

〔註4〕杜甫〈奉贈韋左丞丈二十二韻〉，（參見楊倫編輯《杜詩鏡銓》上，台北：藝文，1998 年 12 月，初版），頁 160。

〔註5〕蘇桂寧《宗法倫理精神與中國詩學》，（上海：上海三聯，2002 年 6 月，第一版），頁 261。

　　沈德潛「詩教」的教育展現，乃以詩歌評選的方式，企圖形成一套學習的標準教材。本節的重點在於討論他如何在評選中突出自己所要傳達的概念，並且使評選不只是評選，而更具有教育的實質功能，並且強化其在理論上的完整性與可能性，特別是，沈德潛如何使他的評選在當時的眾多評選中脫穎而出，能夠成爲主流指導原則的條件，這是我們要關心的重點。

一、以「詩教」與「尊唐」爲主軸建構詩歌史

　　「詩教」與「尊唐」兩者構成了沈德潛詩論的主幹，這兩者在沈德潛詩觀中的重要性幾乎不分上下，但是嚴格說起來，「詩教」的位階仍然稍高於「尊唐」。因爲沈德潛之所以「尊唐」，除了是因爲唐詩具有偉大的藝術成就外，更因爲唐詩展現了「詩教」的精神。所以我們可以說，「尊唐」有很大部分的原因是因爲「詩教」。在這一小節中，筆者主要要討論的是沈德潛如何以「詩教」與「尊唐」兩者爲主軸，從評選中建立一套屬於他的詩歌史。

　　沈德潛的詩歌選本多是以時代爲斷限者，這並不是偶然爲之，而是經過深思熟慮後的呈現。從這些選評的成書先後及成書原因來看，可以發現「詩教」與「尊唐」觀念在其中扮演的主軸角色。也就是說，這兩概念是沈德潛聯繫這些詩歌選評的基石。以下，筆者依序檢視這些詩歌選評的方式，指出「詩教」與「尊唐」在其中所扮演的角色，以及其內容，藉以展現沈德潛建立詩歌史的旨趣與方式。

　　在沈德潛眾多的詩歌評選中，首先成書的是《唐詩別裁集》，〔註6〕在這本書的序言中，沈德潛說明了他之所以要選詩，且自唐詩選起，有以下原因：

　　第一、源於自我學詩經驗、興趣及當時詩壇風氣的改變。《唐詩別裁集》序云：

　　　　　德潛自束髮後，即喜鈔唐人詩集，時競尚宋元，適相笑

────────────

〔註6〕此處所說皆爲沈德潛第一次編選的本子，有關重訂本則稍後再論。

也。迄今幾三十年，風氣駸上，學者知唐爲正軌矣。（頁1）
根據年譜記載，沈德潛的學習過程最初是從小學入手，他的祖父在他
五歲的時候開始教導他平上去入及一切諧聲會意轉注。學完聲韻，沈
德潛開始學習《易》、《詩》二經，十一歲時，始讀《左傳》、韓文，
並且開始接觸唐代律詩、絕句，這是沈德潛習唐詩之始。其後，爲了
科舉，沈德潛雖然仍以時文與古文研習爲主，〔註7〕但是仍然不放棄
對唐詩的喜愛，所以常常私下閱讀、抄錄唐詩。但是他當時的老師施
星羽曾告誡他：「勿荒正業，俟時藝工，以博風雅之趣可也。」（年譜，
頁6）沈德潛一方面聽從老師之言，努力學習舉業所需之作，另一方
面卻也持續他學詩的趣興。由此可知，沈德潛對於唐詩的愛好由來已
久。

　　順治、康熙詩壇上曾經興起過一股宋詩熱，汪琬、王士禛等人都
曾捲入，〔註8〕後來雖有王士禛《唐賢三昧集》諸選要轉變這種風氣，
但詩壇宗宋之風並未眞正扭轉，以厲鶚爲代表的浙派就是勢力最盛的
宋詩派。沈德潛對詩壇的這種風氣表示不滿，並將之歸於錢謙益詩學
的影響，他在〈與陳恥菴書〉中說：
　　　　錢受之意氣揮霍，一空前人，于古體中揭出韓、蘇，

〔註7〕 根據楊紹旦《清代考選制度》中對清代試藝體裁的論述指出，明試
　　　　四書義、經義、論、詔、誥、表、策等，成化以後，開始使用八股
　　　　文，自此，遂爲試藝文字之要角。清初沿襲明例，後雖廢論、詔、
　　　　誥、表、增排律詩，但四書義仍用八股文。無論院試、鄉試或會試，
　　　　八股文皆爲作重要之考試內容。排律詩即試帖詩，初用於「博學鴻
　　　　詞科」，乾隆時用於各類科舉考試中。（楊紹旦《清代考選制度》，考
　　　　選部出版，1991年9月，初版），頁453。由此可知，八古文與經義
　　　　策試仍是當時科舉的重點。
〔註8〕 俞兆晟在《漁洋詩話序》中記載，王士禛晚年回憶其詩學歷程時曾
　　　　說：「中歲越三唐而事兩宋，良由物情厭故，筆意喜生，耳目爲之頓
　　　　新，心思于焉避熟……當其燕市逢人，征途揖客，爭相提倡，遠近
　　　　翕然宗之。」（參見王士禛撰《王漁洋詩話》，台北：廣文，1982，8
　　　　月，初版），頁1。王士禛論詩有三變，郭紹虞在《中國文學批評史》
　　　　中說：「漁洋詩格與其論詩主張凡經三變，早年宗唐，中年主宋，晚
　　　　年復歸於唐」，（上海古籍出版社，1979年），頁523。因此，雖然王
　　　　士禛後來又歸復於唐，但他對宗宋詩風的影響仍然不可小覷。

于近體中揭出劍南。受之之學，高於眾人，而又當鍾譚及
衰之後，錢氏之學行於天下，較前此爲盛矣。然而推激有
餘，雅非正則。相沿既久，家務觀而戶致能。有詞華，無
風骨；有對仗，無首尾。……愛之之意未嘗云爾，而流弊
則至於此也。（參見《歸愚文鈔》卷十五）

沈德潛並不是批評錢謙益本人，相反的，他對於錢氏之詩學的評價是
高於公安派與鍾惺、譚元春等人的。沈德潛在此主要記錄了一個詩學
風氣升降的歷史。明代前後七子主張復古，其末流產生了「冠裳泥偶」
的弊病，於是公安派與竟陵派企圖解決這個問題，然而卻產生了其他
的問題。錢謙益的詩學是要對公安、竟陵兩派詩學的弊病提出矯正之
法，然而錢謙益詩學卻使得詩壇風氣走向了宋詩一路，也產生了不同
於前人的問題。雖然這不是錢謙益本人的意思，但的確是他的詩學主張
所帶來的影響。隨著王士禎等人有意的糾正詩壇崇宋的風氣，到了康熙
五十年（1711）左右，唐詩的地位又逐漸回升上來，沈德潛爲了要使有
志學唐詩者有一個可供參照的範本，於是編選了《唐詩別裁集》，張健
《清代詩歌研究》就說：「此書是唐詩地位回升的標誌。」〔註9〕

　　第二、爲了讓學詩者能知源流升降，學習、創作以「詩教」爲指
歸的詩歌作品。《唐詩別裁集》序云：

有唐一代詩，凡流傳至今者，自大家名家而外，即旁
蹊曲徑，亦各有精神面目。流行其間，不得謂正變盛衰不
同，而變者衰者可盡廢也。然備一代之詩，取其宏博，而
學詩者沿流討源，則必尋就其指歸。何者？人之作詩，將
求詩教之本源也。（頁1）

沈德潛首先指出唐詩的多樣性，除了已負盛名的那些大家、名家之
外，還有許多不同風格的作品。這些作品都各自擁有其精神面目，學
者在研習之時不應以正變盛衰作爲學習與否的評判標準。因此，沈德
潛以宏博的角度來進行《唐詩別裁集》的編選，並且向學詩者提出「沿

〔註9〕張健《清代詩歌研究》，（北京：北京大學出版社，1999年11月，第
　　　一版），頁514。

流討源」的建議。作詩必須「沿流討源」的目的，就是要求「詩教之本源」。沈德潛認爲作詩必須求「詩教」本源，而唐詩中有「優柔平中順成和動之音」也有「志微噍殺流僻邪散之響」，如果要求「詩教」本源，必由前者入手，方可得之。因而，作爲一個編詩者的責任，就是要將這兩種詩歌分別去取，使後人心目有所準則而不惑，基於這樣的責任感，沈德潛於是編選《唐詩別裁集》作爲學詩範本。

　　第三、選本眾多、良莠不齊。序言中又指出：

> 自明以來，選古人之詩者，意見各殊。嘉隆而後，主
> 復古者拘於方隅，主標新者偭於先矩。入主出奴，二百年
> 間，迄無定論。（頁1）

事實上，在《唐詩別裁集》問世之前，有關唐詩的選本也不少，而比較著名的有：金、元之際元好問的《唐詩鼓吹》、明‧高棅的《唐詩品彙》、後七子領袖李攀龍的《唐詩選》、竟陵派鍾惺與譚元春合選的《唐詩歸》，及清初神韻派領袖王士禛的《唐賢三昧集》。沈德潛對前人的選本有些意見，例如他說「主復古者，拘於方隅」，這可以主張復古的後七子領袖李攀龍的《唐詩選》爲例。陳岸峰在〈《唐詩別裁集》與《古今詩刪》中「唐詩選」的比較研究〉文中認爲，沈德潛的《唐詩別裁集》除了濟神韻之偏外，其重心更在於針對後七子領袖李攀龍所編選的《古今詩刪》中的「唐詩選」，在詩學理念上對其做出批判性的回應與修正。〔註10〕他並且從五個方面指出沈德潛對李攀龍的回應與修正。〔註11〕舉例來說：李攀龍以初、盛、中、晚唐的「四唐說」區分唐詩，而奉盛唐詩爲圭臬，謂「詩必盛唐」。沈德潛的《唐詩別裁集》則不以「四唐說」區分唐詩，轉而以體裁作爲不同卷帙的區分。陳岸峰認爲這兩個選本雖然同尊盛唐詩，但是目的卻各有不

〔註10〕陳岸峰〈《唐詩別裁集》與《古今詩刪》中「唐詩選」的比較研究〉，（參見《漢學研究》第十九卷第二期，2001年12月），頁400。

〔註11〕陳岸峰從：1.詩史觀（復古與傳承）；2.從突破「四唐說」到同尊盛唐詩之不同目的；3.五言、七言絕句；4.五言、七言古詩；5.七律之爭等五點來呈現沈德潛對李攀龍的回應與批判，詳細內容請參見上註論文。

同。李攀龍之所以大篇幅選取李、杜、王維的作品，乃是基於其「詩必盛唐」的狹隘詩學理念。相對來說，《唐詩別裁集》中入選數目最多的前十位詩人（依序為杜甫、李白、王維、韋應物、白居易、岑參、李商隱、韓愈、柳宗元、孟浩然）表現了沈氏格調說與神韻並重的目的。〔註12〕在復古和標新者外，更大弊端在於「時賢之競尚華辭者，復取前人所編濃纖浮豔之習，揚其餘燼，以易斯人之耳目。」（《唐詩別裁集》序，頁1）這正是沈德潛最排斥的部分。除了表達對前人選本的不滿，沈德潛更強調了編詩者的責任。沈德潛認為編詩者的責任在於能分別去取，取，使後人心目有所準則而不惑。這裡他更提出分別去取的標準就是「去鄭存雅」，他認為「詩教之衰，未必不自編詩者遺之也」（同上）我們可以導出這樣的結論：沈德潛認為「雅」是「詩教」的核心，而「鄭」則是背離詩教的。若編詩者不能以「去鄭存雅」的標準來編選作品，其選本的流傳將誤導學詩者，則詩之教化功能就無法得到發揮。

　　基於以上三個原因，促使沈德潛進行了對唐詩的編選。總括來說，沈德潛編選《唐詩別裁集》的目的就是要建立一個以「詩教」為目的的學習經典，除了「詩教」外，在悠悠詩歌史中，沈德潛獨先取唐詩編選，並且認為唐詩是上承「詩教」之源而來，正代表了他的「尊唐」是建立在「詩教」觀上。之後，沈德潛便以這兩者為基礎，開始了他對於詩歌史的建構。

　　沈德潛是以唐代詩歌的藝術成就為出發點，除了肯定其偉大的藝術風格之外，最重要的就是唐詩對於「詩教」的傳承。既有傳承，則必有源頭。《古詩源》乃沈德潛繼《唐詩別裁集》後的另一部詩歌選本，從「詩教」的立場上來看，漢魏詩歌上繼風雅傳統，可說是《三百篇》的直接繼承者。《詩經》因為擁有崇高的「經」的地位，且相傳為孔子所刪，故不可選。然《詩經》同時也是「詩教」的真正源頭，

〔註12〕陳岸峰〈《唐詩別裁集》與《古今詩刪》中「唐詩選」的比較研究〉，（參見《漢學研究》第十九卷第二期，2001年12月），頁405、406。

在不可選卻又必須溯源的情形下，漢魏詩歌就成了最好的連接管道。故《古詩源》序說：「唐詩者，宋元之流，而古詩者，又唐人之初祖也。」（頁 1）鄭莉芳在《沈德潛「古詩源」研究》中指出，《古詩源》的編選動機有三：其一爲矯正自前代以來論詩之弊；其二是提倡詩教；其三是補王士禎《古詩箋》之不足。〔註 13〕筆者以鄭莉芳的分析爲基礎，將《古詩源》的編選動機論述如下：首先是對前代詩風的矯正，序文云：

> 有明之初，承宋元遺習，自李獻吉以唐詩振，天下靡
> 然從風。前後七子，互相羽翼，彬彬稱盛。然其蔽也，株
> 守太過，冠裳土偶，學者咎之，由乎守唐而不能上窮其源。
> （頁 1）

沈德潛肯定李獻吉以唐詩變明初之風氣，但是同時也提出了前後七子復古的弊病：「株守太過，冠裳土偶」也就是無法走出古人的影子，因而失去了自己的性情面目。究其原因，乃因爲不知上窮詩道之源。對照沈德潛在《唐詩別裁集》中的意見可以發現，沈德潛先觀察到了當時詩壇出現的問題，然後，提出了「宗唐」爲解決之道。然而，詩壇之「宗宋」詩風的興起與流行，正爲了解決明七子以「宗唐」爲號召所產生的問題。對於再度標舉「宗唐」的沈德潛而言，明七子的「宗唐」就必須被檢討而且糾正，以免重蹈覆轍或成爲他人攻擊的把柄。《古詩源》正是在這樣的出發點上所編選的作品。

　　再來，在提倡「詩教」的部分，《古詩源》序說：

> 既以編詩，亦以論世，使覽者窮本知變，以漸窺風雅
> 之遺意。猶觀海者由逆河上之以溯崑崙之源，於詩教未必
> 無少助也夫。（頁 1）

用編詩之論世，這是沈德潛從編選唐詩以來就存在的一種方式。這樣的方式除了可以「窮本知變」外，也可以體現風雅傳統的內在精神，

〔註 13〕參見鄭莉芳《沈德潛「古詩源」研究》第三章：《古詩源》之編選動機及形式分析，（師範大學國文研究所，民國 92 年碩士論文），頁 24 ～28。

對於「詩教」的瞭解與促進具有不小的助益。最後,從補充王士禎《古詩箋》之不足這一點來看,《古詩源》原選例言說:

> 新城王尚書,向有古詩選本。抒文載實,極工裁擇。因五言七言,分立界線,故三四言及長短雜句,均在屏卻。茲時采錄各體,補所未備。又王選五言,兼取唐人,七言下及元代。茲從陶唐氏起,南北朝止,探其源,不暇沿其流也。(頁 1)

沈德潛肯定王本檢擇的細緻,但是指出本本有兩個缺點:第一是以五七言爲分界,所以三四言及長短雜句詩就被放棄了。第二是不以時代劃分。王本的五言詩選了唐人的作品,七言詩更選入元人的作品,因此沈德潛的《古詩源》從上古選起,而斷限在於此朝,明確地標示其探源的選詩宗旨。

綜合以上三點,可以看出沈德潛所關注的問題層面爲何。將《古詩源》與《唐詩別裁集》比較,這兩本書的編選原因都出自沈德潛對於詩壇風氣的批評、對於作詩學詩應以「詩教」爲依歸的強調,以及對於前人選本的不滿。從最後一點來看,沈德潛將編選詩歌當作是解決問題、改善風氣、領導學習的一種手段,因此才會對於前人的選本進行嚴格的分辨與批評,並且企圖由同樣的方式,建立起自己的一套學習範本。從《唐詩別裁集》到《古詩源》,沈德潛確立了「詩教」與「尊唐」爲主軸的編選策略。《古詩源》的作用有二:一爲聯繫唐詩與「詩教」源頭的關係,使得他的「詩教」系統更具完整性、正統性;二爲標示唐詩的藝術風格來源。除了傳承自漢魏以來的風雅傳統的藝術風格外,齊梁詩歌的形式美與聲律美也提供了唐詩充足的養分。這使得沈德潛「詩教」中的詩歌藝術美更爲多元,也更符合詩歌流變實際的狀況。

《說詩晬語》在《古詩源》之後成書,它並不是詩歌選本,而是一本詩話,可以彌補「選本」與「以時代爲分界」的侷限,是沈德潛建構詩歌史的重要內容之一。在這本書中,沈德潛具體的提出了許多

「詩教」與「尊唐」標準下的作品內容與風格。同時也在這個標準下，補充了他對宋、金、元等時代之詩歌的看法，並且對明代某部分的作品進行了批評。例如他提到了他對於陸游《劍南集》的看法：

　　《劍南集》原本老杜，殊有獨造境地。但古體近粗，
　今體近滑，遜於杜之沈雄騰踔耳。（《說詩晬語》卷下）

沈德潛認為，陸放翁的詩乃由杜甫一派而來。雖承自杜甫，卻能有自己獨造之處。只是在風格上有「粗」與「滑」的問題，與杜甫沈雄騰踔的風格相較，高下立判。指出宋詩承自唐詩，再加以比較兩者，是沈德潛在以唐詩為前提下對於宋詩的批評態度，也是他「尊唐」的具體呈現。同樣的標準也適用於他對明詩的批評，他說：

　　元季都尚詞華，劉伯溫獨標骨幹，時能規撫杜、韓；
　高季迪出入於漢魏六朝、唐宋諸家，特才調過人，步驟未
　化，故變元特有餘，追大雅猶不足也。（《說詩晬語》卷下）

明初劉伯溫、高啟對於元末以來的華靡詩風有著振衰起弊的作用。劉伯溫詩承自杜、韓，而高啟則漢魏、唐宋兼習。這兩人對於修正元末詩風都有貢獻，然其中劉詩又勝於高詩。這段引文中不止指出了劉、高兩人詩與唐詩間的關係，還是評論高啟詩時，將範圍擴大到了漢魏六朝，也就是距離「詩教」之源更近的時代，可以看出沈德潛「尊唐」同時又重「詩教」的態度。另外，由劉伯溫的評價高於高啟的評價一點來看，沈德潛重視「骨幹」甚於「才調」。因為，高啟雖有「才調」，但是未能變化，因此雖能變元風，但力追大雅則有不足。姑且不論沈德潛對劉、高兩人之間的比較所呈現的意義為何，但是他以「追大雅猶不足」一點來評論高啟詩，可以看出沈德潛「詩教」評選標準的具體化。

　　沈德潛選詩不只是要立下一套經典，更是藉著選詩建構出一個詩歌史的系統。照理說，站在史的立場，沈德潛應當要編選宋、元之詩以繼唐詩之後。但是他沒有，反而直接跳過宋、元，將明詩與唐詩接軌。這樣一來，似乎與史的概念有所出入。但沈德潛在《明詩別裁集》

序言中，開宗明義的說明了選明詩而不選宋、元兩代詩的原因，文云：
「宋詩近腐，元詩近纖，明詩其復古也。」（《明詩別裁集》，頁 301）
明詩因為能復古，所以被沈德潛認可納入他的「詩教」與詩學史脈絡
中。但是，並非所有的明詩都受到沈德潛的肯定，他說：

> 永樂以還，體崇臺閣，骫骳不振。弘正之間，獻吉、
> 仲默，力追雅音；庭實、昌穀，左右驂靳，古風未墜。餘
> 如楊用修之才華、薛君采之雅正、高子業之沖淡，俱稱斐
> 然。然于鱗、元美，益以茂秦，接踵曩哲，雖其間規格有
> 餘，未能變化，識者咎其尠自得之趣焉。然取其菁華，彬
> 彬乎大雅之章也。自是而後，正聲漸遠，繁響競作，公安
> 袁氏、竟陵鍾氏，比之自鄶無譏。蓋詩教衰而國祚亦為之
> 移也。（《明詩別裁集》序，頁 301）

這段引文主要是說明明詩的源流升降，然同時也指出了沈德潛對於明
詩的接受態度，更將「詩教」與國祚興衰目聯繫，強調了「詩教」的
政治性。歸納引文中沈德潛所肯定的風格，主要是「力追雅音」、「才
華」、「沖淡」等，主要是對於「雅正」的追尋成維持。這一點也可以
視為沈德潛「詩教」批評標準的具體呈現，乃是延續《說詩晬語》中
的態度。

　　《明詩別裁集》編選的原因有三：第一、因為「詩教」精神自唐
詩以後就失落了，宋、元詩並未能承接起這一個系統。到了明詩才能
一變宋元風氣，力唱復古，與唐詩接軌。蔣重光〈明詩別裁集序〉有
言：「茲編風旨，除纖去濫，簡嚴和厚，可續唐音。」（《明詩別裁集》，
頁 301）說明了明詩與唐詩接軌的條件與現象，故就詩教史的觀點看
來，明詩之選勢在必行。第二、為了糾正、補缺前人之明詩選本。序
言說：

> 編明詩者，陳黃門臥子《皇明詩選》，正德以前，殊能
> 持擇。嘉靖以下，形體徒存。尚書錢牧齋《列朝詩選》，於
> 青邱、茶陵外，若北地、信陽、濟南、婁東，概為指斥，
> 且藏其所長，錄其所短，以資排擊，而於二百七十餘年中，

独推程夢陽一人。而夢陽之詩繊詞浮語，秖堪爭勝於陳仲醇諸家。此猶捨丹砂而珍溲勃，貴箏琶而賤清琴，不必大匠國工始知其誣妄也。國朝朱太史竹垞《明詩綜》所收三千四百餘家，泯門戶之見，存是非之公，比之牧齋，用心判別。然備一代之掌故，匪示六義之指歸，良楛正閏，雜出錯陳。學者將問道以親風雅，其何道之由？（頁301）

沈德潛舉出三部明詩選本，並逐一評比。他認爲，陳子龍《皇明詩選》所選，在正德以前是不錯的，但是對嘉靖以下詩的選擇就有問題了。對於錢牧齋的《列朝詩選》，沈德潛相當不滿。因爲在他眼裡，牧齋此書只是爲了個人喜好而定，未能公正客觀，有失一位編詩者的責任。至於朱竹垞的《明詩綜》則是沈德潛較爲滿意的一部。因爲他蒐羅眾多，並能泯門戶之見、存是非之公，但是集中重在「備一代之掌故」，資料性質濃厚，並不能呈現詩歌要旨，如果學者要藉此書以親風雅之道，恐怕是有困難的。有鑑於此，沈德潛撮合前人之長，汰去前人之短，並根據自己對「詩教」的概念，刪除輕靡、形似之詩，以成是編。第三、要陵宋元而上追「詩教」。《明詩別裁集》中一千一百餘篇「皆深造渾厚，和平淵雅，合於言志永言之旨。而雷同沿襲浮豔淫靡，凡無當於美刺者屏焉。」（同上）說明了此書對「詩教」美刺功能的繼承。並且藉著對詩人朝代的劃分，使此編具有國史之義。又因詩存人，不以人存詩，足見《明詩別裁集》是一本以「詩教」爲杜準的詩歌選本。

　　楊松年在〈選集的文學評論價值：兼評中國文學批評史的寫作〉中，對沈德潛《明詩別裁集》的編選有這樣的看法，他說：「沈德潛《明詩別裁集》的選輯目的，除突出他所肯定的詩人與詩作，標示明詩發展的正變盛衰情況之外，亦肯定明詩在中國詩史上的地位，它具有古風，其成就『陵宋轢元而上追前古』。」〔註14〕楊松年的這段話

〔註14〕楊松年〈選集的文學評論價值：兼評中國文學批評史的寫作〉，（參見楊松年著《中國文學批評問題研究論集》，台北：文史哲，1994年5月，初版），頁46。

可以說是《明詩別裁集》的編選原因與目的的總結，也可見明詩在沈德潛標舉「尊唐」、「詩教」的詩歌史中所佔有的地位。

在《明詩別裁集》之後的是《杜詩偶評》的編選，這本書雖然不是以時代爲斷限的作品，但是卻具有相當重要的意義，那就是在「尊唐」與「詩教」中標舉出一個具體的典範代表——杜甫。有關沈德潛標舉杜甫成爲典範的過程與意義，筆者將在第五章中討論，故此先行略過。在「史」的考量下，接著應該討論的是《清詩別裁集》。

《清詩別裁集》是沈德潛對於當代詩歌的編選作品，在序言中，沈德潛說明了這本選本與其他當代人選當代詩的選本的不同之處。他說：

> 國朝詩共得九百九十六人，詩三千九百五十二首，較之錢牧齋《列朝詩選》、朱竹垞《明詩綜》祇及十之二三，於數爲少。及觀唐殷璠《河嶽英靈集》云：「自貞觀及開元共得二十二人，詩二百三十四首。」高仲武《中興間氣集》云：「自至德元年至大歷末年，作者數千，選者二十六人。」以予所輯較之，又於數爲多。然而不嫌其少者，以牧齋、竹垞所選備一代之掌故，而予惟取詩品之高也；不嫌其多者，殷璠、高仲武只操一律，以繩衆人，而予唯祈合乎溫柔敦厚之旨，不拘一格也。（頁 365）

《清詩別裁集》與牧齋、竹垞的作品比起來，雖然在數量上少了許多，但這是因爲沈德潛此書並不是以備一代之掌故爲目的，而是要從茫茫詩海中，標舉出具有高尚詩品的作品；《清詩別裁集》與殷璠、高仲武的作品比起來，雖然在數量上多出許多，但這是因爲沈德潛此書並不以單一標準來對待所有的詩歌作品，而是秉持「溫柔敦厚」的主旨，並不拘於一格。綜合上述來看，《清詩別裁集》並不以呈現清詩的全貌爲目的，也不以嚴格的批評爲旨歸，而是要在清詩中形成一個審美主流，一個以「溫柔敦厚」爲主旨，以高尚詩品爲藝術理想，不拘於詩歌格式的審美主流。在這樣的前提下，沈德潛說明了他對詩的作法，《清詩別裁集》凡例說：

　　　　詩之爲道，不外孔子教小子、伯魚數言，而其立言，
　　一歸於溫柔敦厚，無古今一也。自陸士衡有緣情綺靡之語，
　　後人奉以爲宗，波流滔滔，去而日遠矣。選中體制各殊，
　　要惟恐失溫柔敦厚之旨。（頁365）

《論語》中孔子教小子、伯魚的言論可以從三個方面理解：「興觀群怨」、「事父事君」以及「言」的作用，這也正是孔子「《詩》教」的重點內容所在。孔子以《詩》爲教原本是要塑造出一個具有理想、完整人格的個體。至於「溫柔敦厚」則是漢人「詩教」的要求。沈德潛牽合兩者，從立言處說歸於「溫柔敦厚」，除了是說詩歌的發動處外，也涉及語言藝術的呈現方式。自從陸機提出「詩緣情而綺靡」的主張之後，後人順其意旨，於是在思想內容與藝術風格上都逐漸偏離「詩教」。沈德潛此選本雖然包羅眾體，但是其主旨還是「詩教」裡的「溫柔敦厚」。如果說上一則引文點出了沈德潛《清詩別裁集》的編選是以「溫柔敦厚」爲標準，則這段引文則清楚說明了沈德潛所認知的「溫柔敦厚」的意涵爲何。這是沈德潛首次明確以「詩教」中的「溫柔敦厚」作爲整本書的評選指導標準，關於沈德潛對「溫柔敦厚」在不同時期的看法，筆者在前一章中已經說明，故此不再贅述，然仍可看出「詩教」在《清詩別裁集》中的重要性。

　　凡例中的另一段話則說明了「尊唐」在《清詩別裁集》中的地位。文曰：

　　　　唐詩蘊蓄，宋詩發露。蘊蓄則韻流言外，發露則意盡
　　言中。愚未嘗貶斥宋詩，而趣向舊在唐詩。故所選風調音
　　節，俱近唐賢，從所尚也。（頁366）

沈德潛首先說明唐詩與宋詩的分別，然後澄清自己對於宋詩並未採取貶斥的態度，只是與唐詩相較之下，沈德潛還是心儀後者。所以《清詩別裁集》中多選與唐音相近者，而不是與宋詩相近者，這說明了沈德潛「尊唐」價值觀在《清詩別裁集》中的主軸地位。綜合以上，可以證明《清詩別裁集》仍然是以「詩教」與「尊唐」爲主軸進行編選

的作品，所不同的在於此書中沈德潛特別標出了「詩教」中的「溫柔敦厚」來作爲突出的重點。

如果以「史」的客觀時間性來看，沈德潛詩歌史的建立到《清詩別裁集》可以說告一段落了。但是《清詩別裁集》並不是沈德潛選本中的最後一本，他反而選擇重新編定《唐詩別裁集》來爲他的詩歌史劃下句點。他從唐詩出發，最後又回歸到唐詩，可以看出唐詩在他心目中的地位。乾隆二十八年（1763），沈德潛九十一歲，這一年他重訂了他的第一本詩歌選本——《唐詩別裁集》，在重訂序中，沈德潛說明了重訂的原因、部分增入的內容，並且再度重申其選擇標準。重訂序說：

> 當時采錄未竟，同學陳子樹滋攜至廣南鐫就，體格有遺，倘學者性情所喜，欲奉爲步趨，而選中偏未及之，恐不免如望洋而返也。因而增入諸家。……其他如任華、盧仝之粗野，何凝香奩詩之褻嫚，與夫一切僻澀及貢媚獻諂之辭，蓋排斥焉。（頁 59）

之所以必須有重訂本，是因爲初編本仍然不完備，沈德潛考量到若有學者要以此爲學詩的教科書，那麼很可能會有遺珠之憾。因此，重訂本在內容上擴充了許多，並維持了沈德潛一貫的拒絕粗野、褻嫚、僻澀與諂媚的標準。整體來說，重訂本的目的是在補強初編本的內容，並且強調「詩教」的價值，重訂序云：

> 詩雖未備，要藉以扶掖雅正，使人知唐詩中有鯨魚碧海、巨刃摩天之觀，未必不由乎此。至於詩教之尊可以和性情、厚人倫、匡政治、感神明。以及作詩之先審宗旨，繼論體裁，繼論音節，繼論神韻，而一歸於中正和平，前序與凡例中論府已詳，不復更述。（頁 59）

在重訂序的前面，沈德潛就曾經說過他第一次編選唐詩時是「取杜韓語意定《唐詩別裁集》，而新城所取亦兼及焉。」（同上）也就是說，杜甫「鯨魚碧海」與韓愈「巨刃摩天」是他擇選的主要標準，而王漁洋所取「不著一字，盡得風流」與「羚羊挂角，無跡可求」的審美標準，沈德潛也同樣吸收。然從引文中可以知道，沈德潛在重訂本中更

加推崇杜、韓所展現的藝術美感，因此才會希望自己的選本能夠爲當時的學者呈現出不同於王漁洋所選的風貌。再來，重訂序中說許多內容都已經出現在初編本的序和凡例中，對照之後可以發現，沈德潛的觀點大致上並沒有太大的改變，〔註15〕只是重訂本中更明確的說明了「中正和平」的理想，而這一點的提出應是與「和性情」搭配呈現的。

　　要理解「詩教」可以「和性情」與「中正和平」的審美理想是如何搭配的？我們必須先瞭解「和」這個關鍵字的意義。「和」意思是調和、諧和，並使之達到「和」的境界。而所謂「和」的境界就是《中庸》所說的「中和」，同時也是〈詩大序〉「發情止禮」說的依據。《中國文論大辭典》中釋「和」爲「不同之物或對立物的和諧統一」，〔註16〕陳良運在〈「和」與「中和」美學意義辨異〉一文中則針對「和」與「中和」做出了解釋，他認爲「和」的概念出現於公元前八世紀，是人們用以表達聽覺、視覺、味覺獲得的美感。以西方理論來說，就是聯合對立物造成最初的和諧。「中和」的概念則出現在公元前五世紀，是儒家學派對人的情感做出的規範。「和」與西方「美在和諧」的觀念相通，可確認爲美的基本原理之一。「中和」則依「發乎情，止乎禮儀」的政教原則。在董仲舒的努力下，「中和」作爲一個美學

〔註15〕初編序云：「旣審其宗旨，復觀其體裁，徐諷其音節，未嘗立異，不求苟同，大約去淫濫以歸雅正，于古人所示微而婉、和而莊者，庶幾一合焉。」（頁59）對照重訂序中所言可以看到，沈德潛對於作詩的步驟並沒有太大改變，只是在音節之後加上了神韻。關於這一點，張健認爲：「他在《唐詩別裁集》序中雖然沒有提出神韻，但神韻其實也是一個尺度。……因而總起來說，沈德潛論詩有四個標準：宗旨、體裁、音節、神韻。」（參見《清代詩學研究》，北京：北京大學出版社，1999年11月，第一版），頁525。再者，「雅正」也是沈德潛從初編到重訂所秉持的一貫審美標準。

〔註16〕參見彭會資主編《中國文論大辭典》，（百花文藝出版社出版，1990年，第一版），頁495。文中引用春秋時期《國語·鄭語》史伯的一段話，說明「和」與「同」的分別。在史伯看來，五行、五味、四肢、六律、七體、八索、九紀、十數等都是「和」的具體表現，是「和」的極致，即高度的對立統一體。「同」即同一，或相同之意。「同」因爲不是多種或對立的統一，僅是同樣之物的類集，故不能予人以美感。

觀念在儒家美學思想中取得了最重要的位置，並且將更早產生的與更普遍的「和」的概念包含其中，因此對中國美學思想起了重大的影響。戴德編撰《禮記》，藉著孔子之口而確立的詩教——「溫柔敦厚」，設置了一個「中和」之美的範本。〈詩大序〉繼之提示了一個操作的原則：「發情止禮」，於是「發而皆中節」的政治乃至倫理道德標準也確立下來了。〔註17〕藉由陳良運的分析，我們可以瞭解「和」與「中和」的關係，並且肯定沈德潛「和性情」之「和」即「中和」之意。如果單從情感來看，「中和」不是壓抑情感，而是在承認自然情感的狀況下，藉由禮義的節制，使之適度抒發而回復到平和的狀態。根據上文，我們可以這樣說明沈德潛「和性情」之意：人有喜、怒、哀、樂、愛、惡、欲等自然之情感，這種自然情感是詩歌創作的基礎之一。詩歌創作由情感啓動，但這種附著於詩文的情感並非毫無節制的發散，在創作的同時，詩人的情感得以抒發、調和，並回復到禮義的範疇中，使得詩人心中豐沛多元的情感呈現一種和諧的狀態，在作品與作者身上展現「中和」的審美理想，這也就是「和性情」。在這個前提下，一切詩歌創作也才有歸於「中正和平」的基礎。

　　筆者在此將「中正和平」視爲「中和」的同義詞，而「和性情」之「和」也是要使「性情」達到「中和」的境界，「和性情」與「中正和平」應爲兩個互動、且互爲因果的概念。在詩歌的創作過程中，詩人的原始情感以一種沈澱、思索後的形式獲得抒發，使得創作的過程就成爲詩人自我平衡的過程。通過這個過程所呈現出來的作品，自然也不會是原始七情的直截展示，而是被以一種重新咀嚼後的，帶有思想理智的情感與語言模式傳達出來。這種作品自然具有使讀者在閱讀之後達到「性情」之「和」的功效。詩人的創作過程乃至於最後的結果呈現，就是一系列「中正和平」實踐的過程，而最後的作品又能達到「和性情」（不論是詩人還是讀者）的「詩教」，因此可見這兩者

〔註17〕陳良運〈「和」與「中和」美學意義辨異〉，（參見《延邊大學學報》第 36 卷第 2 期，2003 年 6 月），頁 5～10。

間的互動關係。雖然沈德潛在初編《唐詩別裁集》中就已經提到了「和而莊」這個相關詞彙，但是並不如他在重訂本中那樣的清楚明晰。

　　除此之外，在初編本與重訂本中，有一個概念是沈德潛自始至終都沒有改變過的，那就是對於「雅正」的追求。《唐詩別裁集》序說：「大約去淫濫以歸雅正，于古人所云微而婉、和而莊者，庶幾一合焉，此微意所存也。」（頁59）沈德潛以「淫濫」與「雅正」對舉，認爲要回歸「雅正」就必須先去除「淫濫」。要檢視沈德潛心目中之「雅正」，先要瞭解「雅正」過去的使用習慣與解釋方式。李天道在〈「雅正」詩學精神與「風雅」審美規範〉中考察了許多的原典資料，指出「雅者，上也」，自古以來，這兩自是互用互訓的。例如周人的正聲叫做雅樂，周人的官話叫做雅言。而「雅」之所以與「正」互訓，乃是因古時「雅」、「夏」二字互通，而「夏」在古代就意味著中原、中國，也就是正統，所以亦可訓爲「正」。雅言既然是正言，那麼就是一種典範語言，因此，對雅的審美追求就形成了一種主導傾向。體現著以朝廷與士大夫文人審美情趣爲正統的，以恪守現實文化秩序與規範爲旨歸的主流意識型態，和以士人意識及其獨立道德人格完善爲基本的美學精神導向。這樣，中國美學史上就有了對「雅正」審美理想的追求。到了劉勰將「風」與「雅」相通，他所追求的「雅正」就是一種意蘊高尚健康、充實清新、風貌剛健、遒勁、凝練的審美追求與審美理想。唐代白居易則在劉勰的基礎上進一步提出「風雅比興」說，主張繼承「雅正」注重詩歌審美教化與政教功能。〔註18〕李天道的論述聯繫了作爲審美評判之一的「雅正」與作爲教化觀念之一的「風雅」，賦予了「雅正」純粹審美之外的意義。另外，金榮華在〈通俗文學與雅正文學的本質和趨勢〉中這樣定義「雅正」，他說：「『雅』指措辭，『正』指內容。」〔註19〕雖然雅正文學的「雅正」的本文所

〔註18〕李天道〈「雅正」詩學精神與「風雅」審美規範〉，（參見《成都大學學報》，2004年，第一期）28、29。

〔註19〕金榮華〈通俗文學與雅正文學的本質和趨勢〉，（國立中興大學中文

要說明的「雅正」不盡相同，但是金榮華對「雅正」二字的說明卻可以提供我們一個不錯的思考點。《唐詩紀事》中的一段話，提示了「雅正」的意義：「帝嘗作宮體詩，使虞世南賡合。世南曰：聖作誠工，然體非雅正，上有所好，下必有甚。臣恐此詩一傳，天下風靡，不敢奉詔。」〔註20〕虞世南不肯和太宗所作之宮體詩，因爲他認宮體詩體非雅正。爲何虞世南認爲宮體詩非雅正？相信應該與宮體詩的修辭、風格與內容等有很大關係。由此可知，「雅正」的內涵至少應該包括了語言風格與詩歌內容兩部分。而作爲儒家文藝評論的標準之一，「雅正」也應該含有對詩歌的作用性的期許存在。鄭家倫在《沈德潛唐詩別裁集之詩觀研究》中說：「他強調『雅正』就是『微婉』、『和莊』，也就是曲折含蓄、和平莊嚴，這些特色呈現在詩中就稱爲『雅正』，反之就是鄙俗、浮靡。『雅正』一詞實承自孔子的詩教觀，強調詩歌中正和平的情志與溫柔敦厚的教化功能。」〔註21〕綜合以上的論述，可以得到一個簡單的結論，那就是重訂《唐詩別裁集》不只是體現了以「詩教」和「尊唐」爲主軸的詩歌史的構成，更重要的是它清楚地突出了「中和」與「雅正」這兩個詩教的概念，可以說是沈德潛晚年對於「詩教」認知的定論。

　　從初編《唐詩別裁集》到重訂《唐詩別裁集》，沈德潛用了幾乎五十年的生命逐步架構出了屬於他的詩歌史。大陸學者張健說：「沈德潛的詩歌史建構有兩重意義，一是歷史意義，他通過對詩歌史的清理建立詩歌傳統；一是價值意義，這個詩統既是歷史的統，更是價值的統，他在歷史傳統中彰顯並確立儒家詩學的價值系統。」〔註22〕沈

系主編《第二屆通俗文學與雅正文學全國學術研討會論文集》，台北：新文豐，2001年2月），頁8。
〔註20〕參見宋・計有功《唐詩紀事》卷一，（台北：木鐸，1982），頁6。此記唐太宗與虞世南之事。
〔註21〕鄭家倫《沈德潛唐詩別裁集之詩觀研究》，（中央大學中文所，民國八十八年碩論），頁3。
〔註22〕張健《清代詩歌研究》，頁524。

德潛秉持了「詩教」和「尊唐」兩個概念來作爲詩歌史的建構主軸，雖然是「史」的建立，但是他卻不選宋詩和元詩，清楚顯示了時間並不是其詩歌史建立的主線。從唐詩開始，沈德潛先向上爲了唐詩中所體現的「詩教」與藝術形式溯源，於是他找到了距離《詩三百》最接近的漢魏古詩。溯源完畢之後，沈德潛將觸角往下延伸，順著「詩教」與「尊唐」的發展方向編選了明詩與清詩，然後再度回歸到唐詩。明、清詩可以視爲對「詩教」與「尊唐」的繼承者，所以理當被納入其詩歌史的體系內。至於晚年重訂的唐詩則可以視爲沈德潛回顧一生，對於「詩教」與「尊唐」概念的總整理。透過這些不同時代詩歌的評選，沈德潛爲學者指出了一套以「詩教」與「尊唐」爲主旨的詩歌學習教材。

二、「尊唐」審美觀的確立及其關注面向

　　前文已知，「尊唐」是沈德潛詩論的主軸之一，即便「詩教」在其中佔有很大的份量，但是在提倡「詩教」的過程中，「尊唐」不只是切入點，同時也是理論的具體顯現。沈德潛選詩自唐詩起，以唐詩終，就說明了唐詩在他心目中的地位。在他的詩歌評選中，明顯地有以唐代作爲鑑別標準的現象。這代表沈德潛有一套以唐詩爲主的審美觀，這正是他「尊唐」的論詩態度下所必然出現的結果。經過檢閱發現，以唐詩爲審美標準所進行的評論大多集中於《明詩別裁集》與《清詩別裁集》中，而與唐詩審美觀相關的文字，則散見於各書中，故筆者擬以《明詩別裁集》與《清詩別裁集》爲實例，以其他詩歌評選爲輔助，來瞭解沈德潛的這種「尊唐」態度下的審美觀究竟有何面向。

　　《明詩別裁集》選顧絳〈謁夷齊廟〉詩云：

　　　　言登孤竹山，憮焉思古聖。荒祠寄山椒，過者生恭敬。百里亦足君，未肯滑吾性。遜國全天倫，遠行避虐政。甘餓首陽岑，不忍臣二姓。可爲百世師，風操一何勁。悲哉尼父窮，每歷邦君聘。楚狂歌鳳衰，荷蕢識擊磬。自非爲斯人。棲棲無乃佞。我亦客諸侯，猶需善辭令。終懷耿介

心，不踐脂韋徑。庶幾保平生，可以垂神聽。（卷十一，頁
357）

夷、齊是孤竹君的兩個兒子，他們互相讓國，最後一起離去。當武王
伐紂時，他們曾經扣馬勸諫，然而並不被武王採取。於是，當周朝取
代商朝而建立時，他們便避居首陽山，以採薇維生。因爲他們認爲周
政權的取得是不正當的，所以他們不願爲周民，也不食周粟，最後終
於餓死在首陽山上。後人看待這段歷史，大多從他們讓國、義不爲周
民這樣的情操來談。顧炎武這首詩也不例外，他主要的意旨在於「甘
餓首陽岑，不忍臣二姓。可爲百世師，風操一何勁。」四句，明亡後，
顧炎武尊母訓誓不作清官，因此避居山林，故以夷齊之事自書懷抱且
自勵。沈德潛評曰：「唐人登首陽山，只淡淡寫景，此作者自抒懷抱，
應以議論爲長。」（同上）唐人登首陽山的作品，我們可以從《唐詩
別裁集》中，沈德潛對於李頎〈登首陽山謁夷齊廟〉的評語中看出，
他說：「謁夷齊廟，何容復下贊語耶？淡淡著筆，風骨最高。」（卷一，
頁 66）將這兩則評語對照來看，沈德潛認爲謁夷齊廟這樣的主題，
最好的內容與表現方是就是淡淡的寫景，讓夷齊事蹟的意味自己流
出，而不加以評贊。顧炎武這首詩基本上並不符合唐人風格，但是確
有自己的特色。從夷齊事蹟引入自抒懷抱，雖不是唐人風格，但是以
議論見長，沈德潛並不否定如此。

《清詩別裁集》選沈永令〈秦中〉詩云：

深秋沙草馬長嘶，塞柳千條覆曲隄。水落渭河諸派合，
天圍華嶽萬峰低。舊遊金谷雲煙散，故國銅駝枳棘迷。紫
氣近來東望滿，涵關何用一丸泥。（卷二，頁 382）

詩的前四句說明了秦中四周的環境，用沙草、塞柳勾勒出了一片北國
情景。三、四句說明秦中是山水地勢會合之處，故自古人文薈萃，多
爲王室的所在地。但是多少王業建於秦中又滅於秦中，會最後留下的
不過是故國銅駝的悲悽而已。要守住秦中其實有很多方式，控制秦中
控附最危險要的關隘「一丸泥」便是一個方法。軍事上雖然可以輕易

的固守，但是還不如妥善治理國家，使人民安居樂業，壯大自己的國勢來的更爲有效。沈德潛評曰：「顧茂倫稱此詩沉雄瑰麗，可追盛唐，其氣象然也。」（同上）呈現的是唐詩審美觀中屬於詩歌風格方面的部分。同書又選陳廷敬〈分流水送人北歸〉詩云：

> 分流水，流濺濺，行人到此寂無語，別淚滴作分流泉。
> 我行南來幾千里，多情送遠北河水。北河相送去茫茫，南河相迎客路長。與君相別分流處，春草春花易斷腸。（卷五，頁 402）

送別河水分流處，象徵人復分東西。河水的聲音更襯托出行人無言的離愁。北河一去，路途茫茫，希望我的情意能陪伴著你在往北的路上前進。今日相別，不知何日再相見，就像這南歸的流水所展示的是那樣遙遠的距離。春天，是一個充滿生機的喜悅的季節，也是一年的開始，我卻要在此時送別你，對你的離愁將隨著日子而逐漸累積。沈德潛評曰：「命意遣辭如出唐人手。」（同上）以分流之水象徵分別之人，以不同流向之水代表離別之人與送別之人，從命意遣辭上來說此詩爲唐人手筆，與前詩中從風格上的沉雄瑰麗切入有所不同。再來，書中又選其祖父沈欽圻〈送楊日補南還〉詩云：

> 去年春盡同爲客，此日君歸又暮春。最是客中偏送遠，
> 況堪更送故鄉人。（卷七，頁 419）

兩個作客他鄉的人在異地送別，尤其還是送別自己的同鄉回鄉，對照之下，自己的孤單就更爲明顯了。現在我在這裡送別你回鄉，雖然你我本都是作客的遊子，但是你有回家的一天，而我卻不知道何時才能再見故鄉。沈德潛評曰：「四層曲折，一氣傳寫，又脫口而出，略不雕琢，是唐人絕句品格。」（同上）同書又選傅昂霄〈涼州詞〉詩云：

> 九月霜高塞草肥，征鴻無數向南飛。深閨莫道秋砧冷，
> 夜夜寒光滿鐵衣。（卷九，頁 437）

九月正是萬物豐美收成的日子，塞外的草也格外的肥美。隨著天氣的逐漸轉涼，天上的候鳥也開始遷主溫暖的南方。然而，婦人卻還依然守著空空的閨房，只能任憑冷冷的秋涼透身體與心靈。出外戍邊的征

人不像天上的候鳥歸時有期，這時候的他們正在肅颯的邊地戍守著。沈德潛評曰：「溫柔敦厚，可與唐賢絕句並讀。」（同上），征人思婦，遙相憶而不知何時可見，但是全詩並沒有一句怨懟之詞，所以說「溫柔敦厚」。

從上可知，沈德潛「尊唐」審美觀主要關注面向如下：唐人風骨、盛唐詩沉雄瑰麗的風格、命意遣辭、一氣傳寫，脫口而出，略不雕琢的絕句品格，以及「溫柔敦厚」。不論是從詩歌風格、表現方式，或是詩人品格方面來看，唐詩都有很高的成就。沈德潛的「尊唐」，從詩歌風格上來看，是以沈雄瑰麗、沉鬱渾厚爲高的；從表現方式來看，是以一氣呵成，自然不雕琢爲貴的；從詩人品格方面來看，則是以「溫柔敦厚」的儒家理想人格爲要求。

第二節　「詩教」在社會、政治上的展現

沈德潛論詩重「詩教」，而「詩教」的重點之一就是詩歌反映政治社會現實的功能。沈德潛在《說詩晬語》中說：「詩本六籍之一，王者以之觀民風、考得失，非爲艷情發也。」（頁 4）本節的重點即是觀察沈德潛在不同時期的詩歌評選中，有關詩歌對社會政治的反映內容，究竟呈現了他對於哪些問題的關注。

一、入仕前所關注的面向與內容

經翻檢之後，筆者將沈德潛入仕以前詩歌評選中對於社會與政治的展現分爲以下幾個面向：

1. 戰爭與邊事方面

戰爭自古以來就是國家的重點事務，不只是因爲它與國家的安全息息相關，也因爲它們對於人民、社會各個層面的強大影響力。從戰爭的目的，我們大約可以將之分爲兩個部分，一種是開邊的戰爭，另一種則是爲了抵抗侵略、平定內亂而不得不發生的戰爭。開邊是一種主動向外擴張的行爲，也就是說，國家本身的生存並沒有受到威脅，

但是為了某些原因，統治者會主動發起這樣的戰爭。這種類型的戰爭基本上與統治者的好惡、慾望有較直接的關係，所以若是無限制的發生，很容易就變成窮兵黷武的狀況。至於為了抵抗侵略、平定內亂而不得不發生的戰爭，則是因為國家生存或主權受到威脅，為了保衛國家或主權，不得不動用武力。但不論是開疆拓土，或是抵抗外來入侵，用兵對一個國家而言都是一件大事。因為戰爭除了勞民傷財之外，還會帶來大量的死亡，對國家社會來說都會有很大的影響。不論最後勝利的是哪一方，都勢必將付出極大的代價，因此作為一國之君或是有能力發動戰爭的人都不可不慎。

　　在沈德潛的選本中，我們可以看到他對以上這兩種戰爭的看法。他不認同因開邊與擴張而導致的戰爭，初編《唐詩別裁集》選李白〈古風〉之十一：

> 胡關饒風沙，蕭索竟終古。木落秋草黃，登高望戎虜。荒城空大漠，邊邑無遺堵。白骨橫千霜，嵯峨蔽榛莽。借問誰凌虐？天驕毒威武。赫怒我聖皇，勞師事鼙鼓。陽和變殺氣，發卒騷中土。三十六萬人，哀哀淚如雨。且悲就行役，安得營農圃。不見征戍兒，豈知關山苦。李牧今不在，邊人飼豺虎。（卷二，頁68）

沈德潛在評語中說明了天寶年間的一段史事做為李白這首詩的背景。他說：「天寶中，上使王忠嗣攻吐蕃石堡城。忠嗣言堅守難攻。董延光自請攻之，不克，復命哥舒翰攻而拔之，獲吐蕃四百人，而唐兵死已略盡。其後世為讎敵矣。詩為開邊重戒。」（同上）玄宗為了要攻破土蕃石堡城，一而再、再而三的發動戰爭。最後，石堡城的確被攻破，唐軍也俘虜了吐蕃四百人，但是唐兵也已全軍覆沒，唐與吐蕃兩國並從此成為世仇。一座城池與無數年輕的生命以及日後的和平相較之下，孰輕孰重本應十分明顯，但玄宗卻執意以這般巨大的代價換取一座石堡城，更顯得這場戰役的荒謬。沈德潛看到了這一點，因此說「詩為開邊重戒」（同上）。關於玄宗用兵吐蕃，杜甫也有詩記之。杜甫〈兵車行〉云：

車轔轔，馬蕭蕭，行人弓箭各在腰。耶孃妻子走相送，塵埃不見咸陽橋。牽衣頓足攔道哭，哭聲直上干雲霄。道旁過者問行人，行人但云點行頻。或從十五北防河，便至四十西營田。去時里正與裹頭，歸來頭白還戍邊。邊亭流血成海水，武皇開邊意未已。君不聞漢家山東二百州，千村萬落生荊杞？縱有健婦把鋤犁，禾生隴畝無東西。況復秦兵耐苦戰，被驅不異犬與雞。長者雖有問，役夫敢申恨：且如今年冬，未休關西卒。縣官急索租，租稅從何出？信知生男惡，反是生女好；生女猶得嫁比鄰，生男埋沒隨百草。君不見青海頭，古來白骨無人收？新鬼煩冤舊鬼哭，天陰雨濕聲啾啾。（卷六，頁 98）

這首詩不僅表達士兵們沉痛哀怨的心情，也揭露了統治者長久以來的窮兵黷武，連年征戰的自私慾望，最終只會給人民造成生靈塗炭的巨大災難。杜甫從一個送別的場面切入，咸陽橋上，征夫們準備出征，他們的家人都來送行，行人車馬所捲起的塵埃掩沒了咸陽橋，可見人數之眾多。送別的人激動不已，甚至牽衣頓足攔道哭，送別者淒厲的哭聲暗示了征夫們將要踏上的是一條不歸路。統治者連年的開疆拓土，使得這些男丁長年在外作戰，每一分鐘都要面對戰爭的恐慌與生死的無常。在無情的戰火下，人命如草芥，死於戰火下的士兵，血流成河，屍骨無存，恐後也得不到安息。在前線的戰士們如此，在後方的家人也不好過。由於征戰連年，男丁都被征調出戰，使農田荒廢，縱使有壯健的婦人嘗試耕種，但也無法種植。在這種經濟困境下，朝廷爲供應戰事物資，仍然租稅繁重。在這種民不聊生的情況下，人們連基本的溫飽生活也難以維持，又何來交付繁重的稅賦呢？杜甫於詩中明言這場戰役是因爲「武皇開邊意未已」，開邊未已的結果就是人民大量的傷亡。沈德潛評曰：「詩爲明皇用兵吐蕃而作。」（同上）對於爲了開邊而不惜犧牲人民性命，這是他提醒統治者所應避免的。

《明詩別裁集》中選高啓〈塞下曲〉云：

日落五原塞，蕭條亭堠空。漢家討狂虜，籍役滿山東。

去年出飛狐，今年出雲中。得地不足耕，殺人以爲功。登
高望衰草，感嘆意何窮。（卷一，頁 11）

在這首詩中所描述的是漢代對匈奴的戰爭，雖然戰爭的起因是因爲匈
奴屢入寇，然而這場戰役最後的目的已經不單純只是爲了平定匈奴，
而是順便開邊，至於開邊的結果則是「得地不足耕，殺人以爲功」。
作者用「籍役滿山東」說明了參與戰爭的人數之眾，戰爭的所付出的
代價遠超出所獲得的利益，而士卒主要的功勞獎勵則是由殺人而來。
人爲了自己的私欲，損害他人的利益尚且不說，還將自己的功名建築
在犧牲、殘害另一個生命之上。曾幾何時，生命的價值變的如此低廉，
面對這一切，主人翁登高遠望，心中湧現了無窮無盡的感慨。沈德潛
評曰：「爲千古開邊者垂戒」（同上），所垂戒者何？正是對於開邊價
值的重新思量。

沈德潛雖然反對爲了一己私欲而輕啓戰端，然而，當國家受到攻
擊或發生內亂的時候，此時不得不用武力制止武力，對此沈德潛則不
反對，他甚至認爲主動參與抵抗侵略的戰役是一種值得讚許的行爲。
初編《唐詩別裁集》選王昌齡〈少年行〉詩：

西陵俠少年，送客短長亭。青槐夾兩道，白馬如流星。
聞有羽書急，單于寇井陘。氣高輕赴難，誰顧燕山銘（卷
一，頁 65）

詩中的主人翁是一名俠少，在送別朋友同時聽聞外族犯邊，因此滿腔
熱血的他馬上決定要前赴國難，在國家與個人友情之間，他選擇了犧
牲小我完成大我。沈德潛評曰：「少伯塞上詩多能傳出義勇。」（同上）
所謂「義」是指正當且必須的行爲，而「義勇」則是一種正當且富有
理智勇氣的行爲。以「義勇」評價此詩，可以看出沈德潛對詩歌內容
的讚許。《古詩源》選鮑照的〈代出自薊北門行〉：

羽檄起邊亭，烽火入咸陽。征師屯廣武，分兵救朔方。
嚴秋筋竿勁，胡陣精且強。天子按劍怒，使者遙相望。雁行
緣石徑，魚貫度飛梁。簫鼓流漢思，旌甲被胡霜。疾風衝塞
起，沙礫自飄揚。馬毛縮如蝟，角弓不可張。時危見臣節，

世亂識忠良。投軀報明主，身死爲國殤。（卷十一，頁 40）

這首詩的頭四句說明了邊塞告急，消息也已經傳到了咸陽城，所以我們要出動軍隊應戰。接下來描述敵方的陣容，還有流治者所採取的應變措施。而後空間一變，轉而描繪戰場的狀況。從「旌甲被胡霜」、「疾風衝塞起，沙礫自飄揚」就可以知道邊地的氣候是那樣的惡劣，風沙滿天，夜晚的溫度甚至讓鎧甲都蒙上了一層霜。尤其「馬毛縮如蝟，角弓不可張」兩句，我們可以想像要在這樣嚴寒的氣候下作戰，是一件多麼辛苦又危險的事。但是詩裡的主人翁不在乎這些，他所希望的是能夠「投軀報明主，身死爲國殤」。沈德潛雖未直接稱許這種主動參與抵抗的行爲，但是他說：「明遠能爲抗壯之音」（同上），以「抗壯」許鮑照此詩，展現了沈德潛對他的贊許，也間接表達了他對於詩歌內容的看法。

儘管站在「國家興亡，匹夫有責」的立場，沈德潛肯定主動參與抵抗侵略的軍事行動，但是歷史的事實告訴我們，不論目的爲何，一旦發生戰爭，人民總是蒙受最大的傷害與損失。初編《唐詩別裁集》中錄喬知之〈苦寒行〉：

> 胡天夜清迴，孤雲獨飄揚。搖曳出鴈關，逶迤含晶光。陰陵久徘徊，幽都無多陽。初寒凍巨海，殺氣流大荒。朔馬飲寒冰，行子履胡霜。路有從役倦，臥死黃沙場。羈旅因相依，慟之淚沾裳。由來從軍行，賞存不賞亡。亡者誠已矣，徒令存者傷。（五言古詩，卷一，頁 61）

在這首詩中，我們所看到的是荒涼的塞外景色，以及戰爭的現實和殘酷。士兵們離開故鄉，前赴那充滿「殺氣」、「寒冰」和「霜」的胡地，若是不幸戰死沙場，他們也不會得到任何撫恤或是關注。因爲歷史的現實是「由來從軍行，賞存不賞亡」。然而亡者已矣，最痛苦的就是那些還活著的人，因爲他們必須要永遠面對失去親人傷痛。在此，沈德潛並沒直指那造成人民家破人亡的始作俑者，而是用對戰場及戰爭的悲慘描述，來引起人們對戰爭的戒愼恐懼，尤其是有能力可以用兵

者，應深以爲戒，因此沈德潛在詩後評曰：「通體亦爲用兵者戒。」
（同上）。《明詩別裁集》選王世貞〈過長平作長平行〉云：

> 世間怪事那有此？四十萬人同日死！白骨高於太行
> 雪，血飛迸作汾流紫。銳頭豎子何足云，汝曹自死平原君。
> 烏鴉飽宿鬼車哭，至今此地多愁雲。耕農往往誇遺跡，戰
> 鏃千年土花碧。即今方朔澆莒敢，總有巫咸招不得。君不
> 見新安一夜秦人愁，二十萬鬼聲啾啾。郭開賣趙趙高出，
> 秦璽忽送東諸侯。（卷八，頁 340）

長平之戰是戰國末年的一場重大戰役。秦將白起在這場戰役中阬殺了
趙國的降兵四十萬人，〔註23〕觸目所及，不見山河，只見趙卒的白骨
與鮮血充斥四野。千年以前的那場殺戮，至今似仍愁雲未散。長平的
農夫在耕作時，往往可以撿拾到白骨、戈與箭頭等物，可見參戰士卒
之眾與戰事之慘烈。長平一役雖爲秦之一統天下取得關鍵性的勝利，
然秦始皇千秋萬代的夢想終究沒有實現。項羽在新安阬殺了二十萬秦
兵，〔註 24〕就好似當年白起阬殺四十萬趙卒一般，原來是贏家的秦
國，到最後也落得與其他被滅的國家一樣的下場。王世貞又引郭開、
趙高之例，表達行萬事無常的感嘆。戰國時期，趙悼襄王的寵臣郭開
先後害死了廉頗、李牧兩位令秦兵聞風喪膽的趙國大將，對趙國來說
無疑是自毀長城。秦始皇因郭開而得以加速併吞趙國。但秦國後來也
因趙人趙高而加速滅亡。這一段風水輪流轉的歷史證明了一件事：戰
爭殺伐雖然可以建立一時的權力，但是卻無法長久保有。凡奪人者，

〔註23〕 司馬遷《史記・白起列傳》記載：「秦軍射殺趙括，括軍敗，卒四十
萬人降武安君。武安君計曰：『前秦已拔上黨，上黨民不樂爲秦而歸
趙，趙卒反覆，非盡殺之，恐爲亂。』乃挾詐而盡阬殺之。遺其小
者二百四十人歸趙。前後斬首虜四十五萬人，趙人大震。」（參見瀧
川龜太郎撰《史記會注考證》卷七十三，列傳第十三，台北：漢京，
1983 年 9 月），頁 936。

〔註24〕 司馬遷《史記・項羽本紀》記載：「項羽乃召黥布、蒲將軍計曰：『秦
吏卒尚眾，其心不服，至關中不聽，事必危，不如擊殺之，而獨與
章邯、長史欣、都尉翳入秦。』於是楚軍夜擊，阬秦卒二十餘萬人
新安城南。」（同上書），頁 146。

人恆奪之。故沈德潛於其末評曰：「說出天道好還，使窮兵黷武者知戒。」（同上）在他看來，能夠避免戰爭就應該盡量避免，因為歷史已經向我們展示了太多戰爭中殘酷的殺戮。沈德潛反對戰爭的原因，除了其所帶來的無盡殺戮外，還有它的不正當性與荒謬性。王世貞〈戰城南〉詩云：「啼者何？父收子，妻問夫。戈甲委積，血淹頭顱。家家招魂入，隊隊自哀謈。告主將，主將若不知。」又說「何不睹主將，高牙大纛坐城中。生當封徹侯，死當廟食無窮」（《明詩別裁集》卷八，頁 339）。此詩直接呈現了戰場的血腥，從「戈甲委積，血淹頭顱」二句中，可以想見死傷之慘重，而「父收子，妻問夫」及「家家招魂入，隊隊自哀謈」幾句，更是深切地刻畫出了家破人亡、愁雲慘霧的戰後景象。諷刺的是，為國犧牲的人沒有得到應有的撫恤，反而是那些不顧士兵死活的主將，生可封侯，死亦有饗。沈德潛於詩後評曰：「末即死是征人死，功是將軍功意。」（同上）戰爭有百害而圖極少數人的利益，故沈德潛認為當盡力避免之。李白〈戰城南〉云：「乃知兵者是凶器，聖人不得已而用之。」（卷六，頁95）正可用作為沈德潛對於戰爭的看法。

　　除了戰爭，邊疆地區的治理對一個國家而言，也是一個很大的問題。因為距離與風俗習慣的不同，邊地的存在對一個國家來說，是力量的表徵，同時卻也是問題的來源。治理邊地如果沒有用對方法，那麼將是件事倍功半的事情。《明詩別裁集》選錢嶫〈憫黎詠〉說明了治遠之道，詩前有序曰：「嘉靖戊申，崖吏失御。重以積蠹之餘，群黎遂叛。……當路請命征討，予分典戎事，深悼誅夷之慘，用廣咨諏，卒藉天威……諸村悔過，悉歸順焉。……追惟致寇有因，覆車當戒，感時述事，潸然有懷。」（卷七，頁 324）說明了這首詩的創作動機與背景，主要是因為官吏治理無當所致，詩云：

　　　　海南無猛虎，而有麢與麖。玄崖產珍木，種種稱絕奇。
　　斯物出異域，頗為中國推。以茲重徵索，奔頓令人疲。……
　　黎人多良田，征斂苦倍蓰。誅求盡餘粒，尚縶犢與豕。昨

　　當租吏來，宰割充盤几。吏怒反索金，黎民哪有此。泣向
　　邇者借，刻箭以爲誓。貸一每輸百，朘削痛入髓。生當剝
　　肌肉，死則長已矣。……黎兒憤勇決，挺身負戈矢。鎗急
　　千人奔，犯順非得已。……（同上）

詩中敘述了黎民之叛原因不外乎徵求貢物與橫徵賦斂。沈德潛評曰：
「治之以不治，馭遠人之道也。徵求貢物，賦斂無藝，兵戎於是興矣。」
又說：「末以弭饑爲救亂之本，是眞能弭亂者。老成遠慮，可垂炯戒，
後之炳國者，尚其敬而聽之。」（同上）對於邊地之民，不應該壓榨
其物力、人力，而是應以「無爲而治」的方式治之，沈德潛在此提出
對統治者的殷切期望。申時行〈題清秋出塞圖〉則從另一個角度說明
了治理邊事的重點所在，詩云：

　　……惟茲遼左僻海隅，頻年侵擾無寧都。射雕躍馬彎
　　強狐，司馬申令陳師徒。指揮鐵如意，玩弄金僕姑。揚旌
　　督戰親援枹，萬卒超距爭先驅。奔狼突矢皆就俘，凱歌入
　　奏天顏愉。司馬讓功焰若無，但云將士多勤劬。何以勞行
　　役？請蠲幕府租。何以恤飢疲？請發司農儲。人人夾纊齊
　　歡呼。自從司馬歸江湖，邊人茹苦若堇茶。荷戈不解甲，
　　挽粟仍飛芻。羽檄徵材官，絡繹在道途。震鄰之恐非剝膚，
　　騷動根本何爲乎？安得再起司馬登戎樞，坐紆長策銷隱
　　虞，國威震疊邊人蘇。（卷七，頁 337）

邊地的人民常受到外族的侵擾，好不容易遇見一位身先士卒、愛民如
子的好將領，在他的治理下，人民都願意赴湯蹈火，因此也得到了戰
爭上的勝利。這位將領不居功，只關心將士的勞苦，並且爲人民請求
減免租稅、發倉賑飢，人民因此蒙受他的德澤。但是自從他離開之後，
邊地人民的生活就陷入苦難中了。緊張、不安與飢餓籠罩著大地。於
是，緊急的情勢一觸即發，朝廷又要爲了邊事而徵兵了。沈德潛評曰：
「安邊之策，全在得人與轉輸。」（卷七，頁 337）得人故可以長治，
轉輸故可以定遠，只要注意這兩者，就可以免去不必要的戰爭，正是
治邊之道。

2. 賦稅與徭役部分

國家的經濟要靠稅收，賦稅雖然是一國的財源，但是爲政者必須
要取之有道。同樣的，徭役雖然也是人民的義務，然而統治者必須使
民有節。過度的聚斂、驅使，只會讓人民苦不堪言，進而增加動亂的
危險。初編《唐詩別裁集》中，沈德潛選聶夷中〈田家〉來表現重賦
對人民所造成的痛苦：

> 父耕原上田，子斸山下荒。六月禾未秀，官家已修倉。
> 二月賣新絲，五月糶新穀。醫得眼前瘡，剜卻心頭肉。我
> 願君王心，化作光明燭。不照綺羅筵，只照逃亡屋。（五言
> 古詩，卷四，頁 88）

在這首詩中，我們可以看到農民們辛勤工作、努力生產，卻仍然趕不
上賦悅的徵收速度，於是只好挖東牆補西牆，所以說「醫得眼前瘡，
剜卻心頭肉」。身處重賦之下的農民所希望的是，君王不要只重視歡
宴，而應該多重視民生疾苦。沈德潛評曰：「詩家每陳下民苦情。」
（同上）說明詩人是用詩作表達人民之苦，藉以上達天聽，讓君王因
此能見得失、匡政治，達到「下以風刺上」的效果。

《古詩源》選陳琳〈飲馬長城窟行〉則表達了徭役對人民的影響，
詩云：

> 飲馬長城窟，水寒傷馬骨。往謂長城吏，慎莫稽留太
> 原卒。官作自有程，舉築諧汝聲。男兒寧當格鬥死，何能
> 怫鬱築長城？長城何連連，連連三千里。邊城多健少，內
> 舍多寡婦。作書與內舍，便嫁莫留住。善待新姑嫜，時時
> 念我故夫子。報書往邊地，君今出語一何鄙！身在禍難中，
> 何爲稽留他家子。生男慎莫舉，生女哺用脯。君不見，長
> 城下死人骸骨相撐拄。結髮行事君，慊慊心意間。明知邊
> 地苦，賤妾何能自久全。（卷五，頁 21）

這首詩寫的是一對夫婦間的對話，丈夫在邊地築城，生死無定，因此
勸妻子改嫁。妻子不願改嫁，並表明同甘共苦的決心。透過夫妻間的
對話，讓我們看到役男築城的痛苦。自春秋戰國以來，築城抵禦外敵

成為國防上的要事之一。長城的修築到秦朝達到一個顛峰。孟姜女與
萬杞良的故事，就是描寫築城慘酷的經典代表。陳琳這首詩中，清楚
說明了築城的慘狀。健壯的男丁都被徵調去築城，留下的都是孤兒寡
婦。而這雄偉的長城，竟是由死人骸骨所支撐出來的。明代李夢陽亦
有詩描寫築城的慘況，《明詩別裁集》選〈朝飲馬送陳子出塞〉有云：
「行人痛哭長城下，城中白骨借問誰，云是今年築城者，但道辭家別
六親，寧知九死無還身。不惜身為城下土，所恨功成賞別人。……今
年下令修築邊，丁夫半死長城前。城南城北秋草白，愁雲日暮鳴胡鞭。」
（卷四，頁319）時代雖易，築城帶給人民的痛苦卻是不變的。

　　人民所需負擔的徭役並不是只有築城而已，何景明〈歲晏行〉從
整體上呈現了過重的賦稅與徭役對人民的傷害，詩云：「徭夫河邊行
且哭，沙寒水冰凍傷骨。長官叫號吏馳突，府帖連催築河卒。一年徵
收不少蠲，貧家賣男富賣田。……往時人家有儲粟，今歲人家飯不足。」
（卷五，頁325）前四句寫的是徭役的情形，後面寫的則是賦稅的狀
況。過重的賦稅不只是貧家無法負荷，就連富有之家也不得不賣田來
納捐，可見稅捐之重。在這樣的重稅之下，人民連飯都吃不飽，可想
而知他們的生活是怎樣困苦了。沈德潛《古詩源》選〈書井〉說出了
他對主事者對賦稅與徭役應有的態度的想法，文曰：「取事有常，賦
斂有節」（卷一，頁3）。賦稅與徭役不可沒有，但是主事者應該秉持
著有原則、有節制的態度取之，以免造成人民的不安和痛苦。

3. 對統治者用人的看法

　　一個國家中，除了領導者與人民之外，最重要的就是官吏了。而
官吏又可以大略分為兩類：一類是中央的政府官員，他們與統治者主
導了政策的擬定與國家未來的走向；另一類是地方官吏，他們也許位
低權輕，但卻是政策的實際執行者，與老百姓的生活息息相關。在中
央集權的政治下，官吏的產生雖然可以經由各種選薦制度而來，但是
最後的決定權往往掌握在統治者或君主的手中。由此可見，統治者對

於用人的態度，是整個國家的運作與興盛與否的關鍵之一。在用人上，沈德潛的選本中呈現了兩個觀念：

第一、要禮賢下士、廣納人才

《古詩源》選樂府歌辭中的〈君子行〉云：「周公下白屋，吐哺不及餐。一沐三握髮，後世稱聖賢。」（卷二，頁 12）沈德潛評曰：「周公戒伯禽曰：我一沐三握髮，一飯三吐哺，起以待士，猶恐失天下之賢人。」（同上）周公禮賢下士的精神，正是後世爲政者所應該學習的。所以魏武帝曹操〈短歌行〉中說：「山不厭高，海不厭深，周公吐哺，天下歸心。」（卷四，頁 17）沈德潛評：「山不厭高四句，言王者不卻眾庶，方能成其大也。」（同上）

第二、要能扶君子、抑小人

初編《唐詩別裁集》選杜甫〈將赴成都草堂途中有作先寄嚴正公五首〉詩，其第四首中有二句云：「新松恨不高千尺，惡竹應須斬萬竿」（卷十三，頁 141），沈德潛認爲此二句「言外有扶君子、抑小人能意」（同上）。同新生的松樹來比喻受小人包圍的君子，用惡竹來比喻小人，藉由杜甫這樣生動的書寫，來說明爲政者應該保護、獎勵賢臣，使他們能發揮所長，爲國家社稷謀福利，並且同時摒棄小人，讓他們不至於危害到君子賢人。再來，沈德潛也選了許多賢人不用、小人誤國的例子，例如初編《唐詩別裁集》選李商隱〈有感〉之二說：「丹陛猷敷奏，彤廷欻戰爭。臨危對盧植，始悔用龐萌。」（卷十八，頁 165）沈德潛說此詩「咎文宗之誤任非人也。」（同上）；《古詩源》選曹操〈薤露〉詩：「惟漢二十載，所任誠不良。沐猴而冠帶，知小而謀彊。猶豫不敢斷，因狩執君王。白虹爲貫日，己亦先受殃。賊臣執國柄，殺主滅宇京。蕩覆帝基業，宗廟以燔喪。播越西遷移，號泣而且行。瞻彼洛城郭，微子爲哀傷。」（卷四，頁 17）東漢獻帝因爲所任非人，最後導致董卓之亂，社稷覆亡，足見小人誤國之劇。沈德潛從正反兩面舉例說明用人之道，展現了他對於問題的觀察面向及重

視程度。

4. 對君臣關係與君臣本分的看法

政治機制中的兩個重要角色就是國君與臣子。他們之間最直接的關係就是發號施令與執行者，單只就這層關係來看，就已經牽涉了許多問題。如何保證政治的安定與清明，除了從外在用人或吏治上來觀察，國君與臣子本身所具備的條件與特質也是一個重點。以下即分別言之。

身為一國之君，擁有最大的權力，通常也享受最多的資源。他個人的好惡、品行很容易就會影響整個國家。所以，沈德潛認為國君必須戒除以下幾種欲求，才不會為國家帶來災禍。

第一、戒美色

初編《唐詩別裁集》選李商隱〈北齊〉二首：

> 一笑相傾國便亡，何勞荊棘始堪傷。小憐玉體橫陳夜，
> 已報周師入晉陽。（卷二十，頁178）

> 巧笑知堪敵萬機，傾城最在著戎衣。晉陽已陷休回顧，
> 更請君王獵一圍。（同上）

詩中說明了國君沈迷於美色所造成的結果就是城陷亡國。一笑傾人城，再笑傾人國，美色的殺傷力是無形的，等到結果出現時，通常已經為時已晚。《古詩源》選李延年〈歌一首〉詩：

> 北方有佳人，絕世而獨立。一顧傾人城，再顧傾人國。
> 寧不知傾城與傾國，佳人難再得。（卷二，頁9）

這描寫的原本是一位具有傾城傾國之美的女子，使是家國的價值在與她相較之下，都顯得遜色不少，詩中著力彰顯傾城美女的絕世與珍貴。然而沈德潛看到的不是這樣，他評這首詩說：「古來破家亡國者，何必皆庸愚主耶？」（同上）亡國破家不一定是昏君的專利，沈迷女色的國君也將遭到這樣的命運。

第二、戒嗜欲

所謂「上有好，下必甚焉」，國君的喜好往往會帶動社會風氣，

不管是臣下還是人民常因爲了投其所好而造成問題，甚至是危害到社會風氣。所以沈德潛認爲身爲國君者，必須節制自己的嗜欲。《古詩源》選古諺古語云：「上求材，臣殘木；上求魚，臣乾谷。」（卷一，頁6）沈德潛評曰：「上可以多求乎！」（同上）又選〈城中謠〉：「城中好高髻，四方高一尺。城中好廣眉，四方且半額。城中好大袖，四方全布匹。」（卷四，頁17）沈德潛引《後漢書》爲之評曰：「前世長安城中，謠言改政移風，必有其本。上之所好，下必甚焉。」（同上）足見上之嗜欲影響臣下之深廣。

第三、戒求仙

　　生命的無常與短暫，不分古今皆然。對於擁有至高無上權力的君王來說，長生不老就成了權力與功業之後的追求目標。所以歷史上秦始皇、漢武帝都曾派人求取仙藥，只爲了能永享帝業。但是求仙、求長生的行爲除了讓君主不能專心於政務，也讓國家付出許多社會成本，百害而無一利。沈德潛對此十分反對，初編《唐詩別裁集》選李商隱〈漢宮詞〉詩云：「青雀西飛竟未回，君王常在集靈臺。侍臣最有相如渴，不賜金莖露一杯。」（卷二十，頁178）沈德潛評曰：「言求仙無益也。或謂刺好神仙而疏賢才，或謂天子求仙，宮闈必曠。」（同上）君王爲了等待仙藥而長在集靈臺，可想而知對於政務必然荒廢。同書選顧況〈宿昭應〉詩：「武帝祈靈太乙壇，新豐樹色遶千官。那知今夜長生殿，獨閉空山月影寒。」（卷二十，頁176）沈德潛評曰：「刺祈禱之無益也。」《古詩源》選樂府歌辭〈淮南王篇〉，沈德潛評曰：「此哀淮南求仙無益，而以身受禍也。」（同上）以上例證足以看出沈德潛對統治者求仙的態度是即爲否定的。

第四、戒宴樂

　　宴樂之事原本無可避免，但是常令人沈迷其中，導致國窮民困。《明詩別裁集》選李夢陽〈艮嶽篇〉云：

　　　　宋家行殿此山頭，千載來人水邱。到眼黃蒿元玉砌，
　　傷心錦纜有漁舟。金鐺社稷和戎日，花石君臣棄國秋。漫

　　知南雲望南土，古今龍戰是中州。（卷四，頁 321）

宋徽宗喜歡蒐集「花石」造成了社會人民空前的災難，也引發了方臘之亂。爲了營造仙境般的生活，宋徽宗在宰相蔡京的慫恿下，進行了一項浩大的工程。宋徽宗在京城築了一座假山，名爲「萬壽山」，又因其在「艮」方，故稱「艮嶽」。爲了滿足徽宗的慾望，各地臣子採盡了天下各地的花石來進貢，此舉使得百姓怨聲載道，終於引發民變，也加速了北宋的滅亡。元代郝經有詩曰：「亡宋誰知是石頭。」一針見血的點出了北宋亡國的原因之一。「艮嶽」裡的花石和神仙般的生活斷送了北宋的江山，故沈德潛評曰：「人知南渡之庸儒，而不知覆亡之禍原於徽宗君臣之宴樂也」（同上）同書亦選皇甫汸〈廣寒宮登眺〉詩云：「寶閣凌霄建，珠窗映日開。月臨疑桂宇，露灑即銅臺。山悉圖嶠入，池猶象漢迴。倚妝花屢發，窺舞鳥能來。傾國元因色，榮民豈但財。地隨胡運改，棟與美人摧。殷鑑良非遠，秦宮亦可哀。聖朝留故蹟，皇覽日休哉。」（卷七，頁 333）沈德潛評曰：「以前朝爲荒宴之戒。」（同上）是一針見血的評論。

　　其次，沈德潛描述了他心目中臣子所應有的應對。《唐詩別裁集》選王維〈奉和聖制從蓬萊向興慶閣道中留春雨中春望之作應制〉云：

　　　　渭水自縈秦塞曲，黃山舊繞漢宮斜。鑾輿迥出千門柳，
　　閣道迴看上苑花。雲裡帝城雙鳳闕，雨中春樹萬人家。爲
　　乘陽氣行時令，不是宸遊玩物華。（七言律詩，卷十三，頁
　　138）

春天正是陰氣盡、陽氣出的日子，皇帝春遊應只是爲了賞玩春意。王維在這首和作的應制詩中，除了歌頌春景行遊之美，更於末兩句期許皇帝勿以遊幸爲樂。沈德潛評曰：「結意寓規於頌，臣子立言，方爲得體。」（同上）此處沈德潛提出了一個重點，就是臣下在寫作這種頌歌之作時，應該要寓規於頌，盡到提醒、規箴的責任。又如《明詩別裁集》選申時行〈大閱詩應制〉云：「我祖犁庭烈，先皇保泰規。永言思繼述，持以贊雍熙。」（卷七，頁 337）沈德潛評曰：「歸本文

皇之犁庭，孝宗之保泰，寓規於頌，大臣進言之體。」（同上）

　　沈德潛理想的君臣關係也有所觸及，以《古詩源》選曹植〈美女篇〉爲例：

> 美女妖且閑，採桑歧路間。柔條紛冉冉，落葉何翩翩！攘袖見素手，皓腕約金環。頭上金爵釵，腰佩翠琅玕。明珠交玉體，珊瑚間木難。羅衣何飄飄，輕裾隨風還。顧盼遺光彩，長嘯氣若蘭。行徒用息駕，休者以忘餐。借問女何居，乃在城南端，青樓臨大路，高門結重關。容華耀朝日，誰不希令顏？媒氏何所營，玉帛不時安？佳人慕高義，求賢良獨難。眾人徒嗷嗷，安知彼所觀？盛年處房室，中夜起長歎。（卷五，頁 19）

曹植用了很大篇幅描寫這位氣質高尚，風華絕代的美女。她的美麗讓行者息駕，休者忘餐。但這樣美麗的女子卻依然獨居城南，不是沒有愛慕者的追求，而是她只願與有德有義之人爲伴。然而這樣的人畢竟是少數，所以美女已屆盛年，依然獨身，每思及此，夜不能寐，只得起而長嘆。表面看來，似乎主旨是寫美女之怨，但仔細體會，則又有深意。美女不是不知君子之難求，但因自重自賞，且慕高義，所以寧願忍受孤獨，也不願意放棄原則。故沈德潛評曰：「美女者以喻君子，言君子有美行，願得賢君以事之。若不遇時，雖見徵求，終不屈也。」（同上）沈德潛的評語說明了兩件事：第一是樹立了君子立身處事、不屈於世的典範；第二是說明唯有賢君方得配君子。因爲只有賢君能以知人用人，唯有賢君、君子相會，才能如鍾子期之知伯牙。可見，沈德潛並不盲目的追求仕宦。君爲賢君，臣爲能臣，兩者間的關係應該是互信互敬的狀態。《古詩源》選〈祝越王辭〉最足以說明沈德潛此時對理想君臣關係的看法，詩云：「皇天祐助，我王受福。良臣集謀，我王之德。宗廟輔政，鬼神承冀。君不忘臣，臣盡其力。上天蒼蒼，不可掩塞。觴酒二升，萬福無極。」（卷一，頁 5）詩以歌頌王德爲主，但是其中傳達了一個君臣關係訊息。沈德潛評曰：「君不忘臣，臣盡其力。恐君臣之不終，故有此語。」（同上）雖然是恐怕君

臣不能相知始終，所以才提示「君不忘臣，臣盡其力」，但是以此二句為銘，亦足以展示沈德潛對這種君臣關係的肯定。《古詩源》又選曹植〈怨歌行〉云：「為君既不易，為臣良獨難。忠信事不顯，乃有見疑患。……今日樂相樂，別後莫相忘。」（卷五，頁 19）沈德潛對於君臣間的關係其實看得很清楚，臣子縱然忠心不二，難保君主不會因為他人讒言而疏遠你、責罰你，因此，在這種不平等的關係中，臣子只能希望君主能夠記得遇合之際的君臣和樂，不要輕易聽信讒言。沈德潛知道君臣關係不可能像孟子理想中的那般，其中有許多的變數與無奈。儘管如此，沈德潛仍不忘在這樣的關係中，尋求一種合理與尊重的君臣關係。

二、入仕與致仕後的關注面向與內容

這一部份主要由《杜詩偶評》、《清詩別裁集》與重訂《唐詩別裁集》來呈現，由於筆者已先將今日可見之重訂《唐詩別裁集》內容加以區分，分出了屬於初編本的大致內容，以及重訂本可能加入的部分，本段引文即出於重訂本之部分。經檢索之後大致可以分為以下面向：

1. 對於戰爭相關內容部分

戰爭相關內容從一開始就是沈德潛關切的對象之一。此一時期，沈德潛同樣表達出了他對於戰爭所造成的傷害的反感。《杜詩偶評》選杜甫〈石壕吏〉詩云：

> 暮投石壕村，有吏夜捉人。老翁踰牆走，老婦出門看。吏呼一何怒，婦啼一何苦。聽婦前致詞：三男鄴城戍，一男附書至，二男新戰死，存者且偷生，死者長已矣。室中更無人，唯有乳下孫。有孫母未去，出入無完裙。老嫗力雖衰，請從吏夜歸。急應河陽役，猶得備晨炊。夜久語聲絕，如聞泣幽咽。天明登前途，獨與老翁別。（卷一，頁 53）

唐肅宗乾元二年（759）春，郭子儀等九節度使共六十萬大軍包圍安

慶緒於鄴城，由於指揮不統一，所以被史思明打的全軍潰散。唐王朝爲了補充兵力，便在洛陽以西至潼關一帶強行抓人當兵，人民因此苦不堪言。這時的杜甫正由洛陽經過潼關趕回華州任所，根據途中見聞寫成了「三吏」、「三別」，而〈石壕吏〉正是「三吏」的其中一首。詩的主題是由「有吏夜捉人」一語展開的，從老婦與官吏的對話中可知，這一家的壯丁都已從軍，甚至爲國捐軀了，只留下老弱婦孺守著貧困的家園。作戰原本需求的是年輕力壯的男子，但當時戰事吃緊，先前從軍的一批青年喪亡慘重，在這種情況下，老翁一定逃不過被捉充軍的命運。爲了不讓這一家的男子死絕，老婦以自己代替了老翁，隨著官吏入軍中以爲炊事職。杜甫從觀察者的角度記錄了這一個悲慘的時刻，自古以來女子不從軍，本以爲官吏會放過老婦，然而「天明登前途，獨與老翁別」暗示了老婦已被徵召而去。從「出入無完裙」以及捉老婦充軍一事可知，這場戰爭已經使人仍物力到了山窮水盡的地步。故沈德潛評曰：「古者有兄弟始遣一人從軍，今盡役壯丁及於老幼婦女，民不堪命也。」（同上）「民不堪命」正是戰爭下人民的寫照。

《清詩別裁集》選方拱乾〈募僧收枯骨〉詩，詩云：

> 兵戈二十載，枯骨尚如麻。中豈無才智，生原有室家。
> 啼魂昏白晝，掩骴仗黃沙。何處煩冤盡，觀空仰法華。（卷
> 一，頁 369）

長年的戰爭造成大量的死亡，舊的骨骸還來不及化爲塵埃，新的就已經疊上。這些數不盡的枯骨，曾是才智之士，也曾有各自歸屬的家園，但是如今已與草木同朽，只剩黃沙爲伴。這個地方因爲聚集了太多的冤氣與殺戮，因此即使在白晝也顯得昏暗無光。今日募僧收枯骨，希望每個因戰爭而含冤早逝的靈魂，能早日脫離苦海，得到眞正的安息。沈德潛評曰：「仁人之心，仁人之事，仁人之言。」（同上）何謂「仁」？「仁」是孔子哲學中的重點，《論語》中有關孔子論「仁」的資料很多，孔子對於「仁」的回答也都不盡相同。這是因爲「仁」本身就不是一個語言概念，不能用語言定義其內容，只能就個別具體

情況來說明之。然不論何種回答，有一點是確定的，那就是「仁」是不外求的。孔子說：「仁遠乎哉？我欲仁，斯仁至矣。」〔註25〕只要我想要，馬上就可以得到「仁」，這說明了「仁」是內在於個體生命之中的。方穎嫻根據符號學分析的兩個關節點，認為仁的原意應當是：一、人類情感的溫柔的方面，即愛。二、對別人的利他主義的關心，因此是人性成熟的表現。〔註26〕杜維明在〈仁：《論語》中一個充滿活力的隱喻〉中根據方的說法作了以下的結論，他說：「因此，在《論語》中，仁被上昇為普遍性的美德，比儒家任何其他基本美德更富包容性。」〔註27〕牟宗三先生認為孔子的「仁」具有兩大特質：一、覺；二、健。「覺」不是感官知覺或感覺，而是俳惻之感。中國成語「麻木不仁」便指出了「仁」的特性是有覺而不是麻木。「覺」是指點道德心靈的，有此覺才可感到四端之心。而「健」就是《易經》中「健行不息」的意思，也就是說，我們的生命應該像天一樣表現出創造性，在精神上創生不已。根據以上兩者，可以這樣描述「仁」：「仁以感通為性，以潤物為用。」感通是生命的層層擴大，必以與宇宙萬物為一體為終極。潤物是在感通的過程中予人以溫暖，並且能夠引發他人生命。〔註28〕綜合以上三種說法，我們可以得出這樣的結論：「仁」是一種感知、一種創生的內在力量，也是一個主體自覺的終極目標。它使個體擁有對人對己的善的影響力，並且是一種具有普遍性及包容性的美德。為何募僧收枯骨是「仁」的展現？這是因為一種發自內在

〔註25〕《論語・述而》，（參見阮元《十三經注疏》，板橋：藝文，1989 年 1 月，11 版），頁 64。

〔註26〕參見方穎嫻〈原仁論──從詩書到孔子時代的演變〉，（錄自《大陸雜誌》總 52 期，1976 年 3 月，第三號），頁 22～24。

〔註27〕杜維明〈仁：《論語》中一個充滿活力的隱喻〉，（參見杜維明著《儒家思想：以創造轉化為自我認同》，台北：東大，1997 年，初版），頁 91。

〔註28〕以上牟宗三先生之意見引自〈孔子的仁與「性與天道」〉，（參見牟宗三《中國哲學的特質》第五講，台北：台灣學生，1982 年 5 月，6 版），頁 29、30。

的不忍與共體同悲的情感，在體悟到天道好生的美德的同時，哀憐他
者的不幸，並且引發幫助他者的行為，故說其為「仁」。沈德潛以「仁」
來稱許這首詩的情感與思想，不只反應了他對於「仁」的尊崇，同時
也展現了他對於殺戮、戰爭的抗議。同書又選鄂爾泰〈經略北軍弔戰
歿諸將佐〉云：

> 蟲沙猿鶴總堪哀，持節籌邊塞上來。聞道將軍期馬革，
> 幾人真箇裹屍回？（卷十八，頁 506）

沈德潛評曰：「可憐無定河邊骨，猶是春閨夢裡人，為從軍者言之。
此為將帥言之，彌可悲也。議開邊者，尚敬而聽之。」（同上）馳騁
疆場的將帥們，誰不希望能戰功彪炳？建功立業、凱旋歸來固然是最
好的結果，再不然，馬革裹屍也是一種軍人的榮耀。但是這首詩將這
個美夢戮破了，一旦上了戰場，大多數的人都只是一顆無名的棋子，
只有絕少部分的人能被傳唱於千秋萬代之後。因此，欲以開邊立戰
功，不啻是最可悲的想法了。

重訂《唐詩別裁集》選了白居易的〈新豐折臂翁〉更明確的說明
了沈德潛對邊功與戰爭的不滿，詩云：

> 新豐老翁八十八，頭鬢眉須皆似雪。玄孫扶向店前行，
> 左臂憑肩右臂折。問翁臂折來幾年，兼問致折何因緣。翁
> 雲貫屬新豐縣，生逢聖代無徵戰。慣聽梨園歌管聲，不識
> 旗槍與弓箭。無何天寶大徵兵。戶有三丁點一丁。點得驅
> 將何處去？五月萬里雲南行。聞道雲南有瀘水，椒花落時
> 瘴煙起。大軍徒涉水如湯，未過十人二三死。村南村北哭
> 聲哀，兒別爺娘夫別妻。皆雲前後徵蠻者，千萬人行無一
> 回。是時翁年二十四，兵部牒中有名字。夜深不敢使人知，
> 偷將大石錘折臂。張弓簸旗俱不堪，從茲始免徵雲南。骨
> 碎筋傷非不苦，且圖揀退歸鄉土。此臂折來六十年，一肢
> 雖廢一身全。至今風雨陰寒夜，直到天明痛不眠。痛不眠，
> 終不悔，且喜老身今獨在。不然當時瀘水頭，身死魂飛骨
> 不收。應作雲南望鄉鬼，萬人塚上哭呦呦。老人言，君聽

取。君不聞開元宰相宋開府，不賞邊功防黷武？又不聞天
寶宰相楊國忠，欲求恩幸立邊功？邊功未立生人怨，請問
新豐折臂翁！（卷八，頁 109）

詩人先透過老翁的嘴說出了天寶年間用兵雲南的慘狀，再說出老翁爲
了逃避參戰，選擇折斷自己的一隻手臂，雖然至今折臂處仍時常感到
疼痛，但犧牲一隻手臂與後來無數不眠的夜，換來生命的保全，老翁
的心裡無怨無悔。相較於那些戰死異鄉的鬼魂們來說，這點疼痛又算
得了什麼。詩末是白居易自己的評論，他以開元賢相宋璟與天寶宰相
楊國忠相較，前者爲了翦除窮兵黷武之禍而停止邊功之賞，〔註29〕後
者卻爲了得到皇帝的寵幸而謀圖邊功，〔註30〕開元、元寶僅僅幾年之
間，卻有如此大的差別，掌權者對於邊功的態度直接影響到戰爭的有
無，以及人民生命財產的安全。這首詩提示了戒邊功與惡戰爭兩個重
點，沈德潛評曰：「窮兵黷武之禍，慨切言之，以宋璟、楊國忠對言，
見開、寶治亂之機，實分於此。」（同上）他將國家治亂的原由與邊
功、戰爭關聯起來，並且批評窮兵黷武之禍，沈德潛對於戰爭與邊功
的態度昭然若揭。

　　正如前文所說，雖然沈德潛反對戰爭，但是他對於抵抗侵略是表
示贊同的。在前期的選評中，沈德潛是從選擇「投身報明主，身死爲
國殤」這類的作品來展現他鼓勵人民抵抗侵略的看法。而在入仕與致

〔註29〕《舊唐書》卷一百四十七，列傳第九十七，〈杜祐〉有言：「昔馮奉
　　　　世矯漢帝之詔，擊莎車，傳其王首於京師，威震西域，宣帝大悅，
　　　　議加爵士之賞。蕭望之獨以爲矯制違命，雖有功效，不可爲法，恐
　　　　後之奉使者爭逐發兵，爲國家生事，述理明白，其言遂行。國家自
　　　　天后以來，突厥默啜兵強氣勇，屢寇邊城，爲害頗甚。開元初，邊
　　　　將郝靈佺親捕斬之，傳首闕下，自以爲功，代莫與二，坐望榮寵。
　　　　宋璟爲相，慮武臣邀功，爲國生事，止授以郎將。由是詫開元之盛，
　　　　無人復議開邊，中國遂寧，外夷亦靜。此皆成敗可徵，鑒戒非遠。」
　　　　（台北：新文豐，1975），頁 1976。
〔註30〕《新唐書》列傳卷二百一十六上，列傳第一百四十一上，吐蕃上記
　　　　載：「十載，安西節度使高仙芝俘大酋以獻。是時，吐蕃與蠻閣羅鳳
　　　　聯兵攻瀘南，劍南節度使楊國忠方以姦罔上，自言：『破蠻夷六萬於
　　　　雲南，拔故洪州等三城，獻俘口。』」（台北：新文豐，1975），頁 2434。

仕後的評選中，沈德潛則有不同的呈現手法。首先，在《杜詩偶評》中，沈德潛藉著杜甫之口說出了他對於戰爭與邊功的看法，同時呈現了詩歌反映社會現實的功能。書中除了選評了杜甫反映戰爭殘酷的詩歌外，同時也選評了一些杜甫對於當時將領、藩鎮的看法。書中選杜甫〈有感五首〉之一云：

> 以帥蒙恩澤，兵戈有歲年。至今勞聖主，何以報皇天。
> 白骨新交戰，雲臺舊拓邊。乘槎斷消息，無處覓張騫。（卷三，頁 187）

詩的前四句說得十分明白，朝廷給予這些武將豐厚的封賞，但是戰爭依然持續在進行著，沒有停止的跡象。本來「食君之祿，分君之憂」是天經地義的事情，但是藩鎮們的表現讓人不得不懷念起漢代張騫那樣的爲國盡忠、爲君分憂的臣子，〔註31〕於是沈德潛評曰：「此慨節鎮擁兵，不能禦寇。」（同上）書中又選杜甫〈諸將五首〉之一云：

> 漢朝陵墓對南山，胡虜千秋尚入關。昨日玉魚蒙葬地，
> 早時金盌出人間。見愁汗馬西戎逼，曾閃朱旗北斗殷。多
> 少材官守涇渭，將軍且莫破愁顏。（卷四，頁 233）

唐朝在安史之亂以後，國力大不如前，致使回紇、吐蕃等外族連番寇邊。唐朝軍隊無力抵抗，外族因此得以進入唐帝國的中心地帶，別說人民受到侵擾，就連皇帝的陵寢也無法倖免。「昨日玉魚蒙塵處，早時金盌出人間」就是皇陵被發的寫照。雖然朝廷部署了許多的官軍鎮守邊防，但是卻沒有人能爲國家制止侵略者的腳步。沈德潛評曰：「此爲吐蕃內侵，諸將不能禦侮而作也。不忍斥言，故借漢爲比。」（頁

〔註31〕漢朝與匈奴交惡，想要聯合同樣與匈奴有仇的大月支，夾擊匈奴。就是漢武帝建元二年（前 139）時，派出了張騫前往大月支。不料中途爲匈奴所獲，滯留匈奴十年。匈奴爲他娶妻生子，但是張騫並沒有忘記自己此行的任務，趁機逃離匈奴，繼續前往大月支。到達大月支後發現，形勢以然不同，大月支不願與匈奴交惡，於是漢朝的計畫宣告失敗。在回程的途中，張騫又被匈奴擄獲，滯留一年。經過千辛萬苦，終於返抵國門，時已十三年。雖然聯合大月支的計畫失敗，但是他卻爲漢朝打開了通往西域的大門。

234）藉杜甫之口，說出了對於將士不能守邊的諷刺。同一組詩的第四首說：

> 迴首扶桑銅柱標，冥冥氛祲未全銷。越裳翡翠無消息，
> 南海明珠久寂寥。殊錫曾爲大司馬，總戎皆插侍中貂。炎
> 風朔雪天王地，只在忠臣翊聖朝。（卷四，頁 235）

唐朝爲了平定安史之亂，除了向回紇借兵以外，對於地方藩鎮與武將的權力也大大的提升了。雖然這些藩鎮將領得到了高官厚祿與更多的權力，但是他們並沒有善盡職責，因此許多南方原本按時進貢的藩屬對於唐朝的忠誠度都有所動搖，杜甫此詩就是抒發對於諸將不能善盡撫邊職責的不滿，以及對於忠於職守的將士的期待。沈德潛評曰：「言南方不靖，貢獻久稀，由諸將膺異寵、擁達官而不盡撫綏之道耳，故於忠良有厚望焉。」（同上）杜甫歷經開元世盛與安史之亂，見證了唐帝國由盛轉衰的過程，而過程中，這些藩鎮將領實際扮演了很重要的角色，可以說是「成也藩鎮，敗也藩鎮」。因此，杜甫對於這些食君之祿卻未能分君之憂的將領，表達了由衷的不滿，同時，對於眞能護國的人表達了他的期待。而沈德潛則藉著杜甫之口，傳達了同樣的心思。

在《清詩別裁集》中，沈德潛改變了《杜詩偶評》的呈現方式，選評了不少記載忠臣義士的詩。例如錢謙益〈奉謁少師高陽公於里第感舊述懷〉詩云：

> 倉皇出鎮便門東，單騎橫穿萬騎中。拊手關河歸舊服，
> 側身天地荷成功。朝家議論三遺矢，社稷安危一敵宮。聞
> 道邊廷饒魏絳，早懸金石賞和戎。（卷一，頁 368）

高陽公孫承宗是一位通曉兵事的宰相，《明史》說他「喜從材官老兵究問險要阨塞，用是曉暢邊事。」〔註32〕這首詩中所記載的是孫承宗

〔註32〕《明史》卷兩百五十，列傳第一百三十八記載：「孫承宗，字稚繩，高陽人。貌奇偉，鬚髯戟張。與人言，聲殷牆壁。始爲縣學生，授經邊郡。往來飛狐、拒馬間，直走白登，又從紇干、清波故道南下。喜從材官老兵究問險要阨塞，用是曉暢邊事。」（台北：新文豐，1975），頁 2724。

的一段史實。崇禎二年清兵取遵化，將逼近都城，朝臣們紛紛籲請皇帝召回孫承宗。承宗奉召來，原本崇禎要留他在身邊指揮軍事，後來卻突然派他去守通州。孫承宗成功的安定了通州的局勢，並且解決了祖大壽的叛變，但後來受到長山之敗的牽連，終於被追奪一切封賞，也因此離開了朝廷。﹝註33﹞這樣的一位忠賢之臣，明朝當時的安危幾乎可說全繫於其身，但最後卻不得所用。沈德潛評曰：「眾以年老輕之，而社稷安危繫於閒散之身，以挽回天下望之矣。孫文忠，諱承宗，高陽人，牧齋座主也。以宰相任邊事久，屢立匡復功，爲奄人斗筲所阨，家居七年。崇禎十七年，城陷不屈死。詩中望其出而救時，非阿好也。」（同上）孫承宗爲國盡瘁，雖然後來受到誣陷而離開官位，但城陷之時，他仍然展現了忠義的風範，不屈而死，足爲表率。書中又選魏象樞〈甲申闖賊陷寧武關周摠兵戰死〉詩，文云：

　　　　大呼高帝出城闉，三百年來此一身。帳下投醪多戰士，
　　軍前扳幟是孤臣。裹屍不愧眞男子，擐甲曾聞有婦人。若

﹝註33﹞原文茲引如下：「二年十月，大清兵入大安口，取遵化，將薄都城，廷臣爭請召承宗。詔以原官兼兵部尚書守通州，仍入朝陛見。承宗至，召對平台。帝慰勞畢，問方略……明日夜半，忽傳旨守通州。……至十二月四日，而有祖大壽之變。……承宗聞，急遣都司貫登科手書慰諭大壽，而令游擊石柱國馳撫諸軍。……承宗密札諭大壽急上章自列，且立功贖督師罪，而已當代爲剖白。大壽諾之，具列束奔之故，悉如將士言。帝優詔報之，命承宗移鎮關門。諸將聞承宗、世龍至，多自拔來歸者。大壽妻左氏亦以大義責其夫，大壽斂兵待命。當潰兵出關，關城被劫掠，閉門罷市。承宗至，人心始定。……初，右屯、大凌河二城，承宗已設兵戍守。後高第來代，盡撤之，二城遂被毀。至是，禾嘉巡撫遼東，議復取廣寧、義州、右屯三城。承宗言廣寧道遠，當先據右屯，築城大凌河，以漸而進。兵部尚書梁廷棟主之，遂以七月興工，工甫竣，我大清兵大至，圍數周，承宗聞，馳赴錦州，遣吳襄、宋偉往救。禾嘉屢易師期，偉與襄又不相能，遂大敗於長山。至十月，城中糧盡援絕，守將祖大壽力屈出降，城復被毀。廷臣追咎築城非策也，交章論禾嘉及承宗，承宗復連疏引疾。十一月得請，賜銀幣乘傳歸。言者追論其喪師辱國，奪官閒住，並奪寧遠世廕。承宗復列上邊計十六事，而極言禾嘉軍謀牴牾之失，帝報聞而已。家居七年，中外屢請召用，不報。」（同前註），頁2728～2730。

　　　　使將軍猶未死，慧芒膽敢近中宸？（卷二，頁 378）

明末流寇四起，闖王李自成所到之處，無人能敵，然攻至寧武關的
時候，卻遇到了頑強的抵抗。當時鎮守寧武關的就是周遇吉。雖然
周遇吉力守寧武關，但終究還是因爲沒有奧援而被攻陷。城陷之
時，周遇吉戰死，他的夫人帶領婦女數十人力抗闖賊，終於彈盡援
絕，自殺殉國。詩人記載了這段悲壯的史實，並且沈痛的表示，如
果周將軍不死，闖賊又何能得志？沈德潛評曰：「末二語意，流賊
李自成亦言之，見忠義之氣能動寇賊也。同時武臣如劉澤清輩，不
啻蛆虫糞穢也。」（同上）沈德潛用十分強烈的話話來批評當時不
戰而降、苟且偷生，乃至於賣國求榮的臣子，認爲他們與周遇吉相
遇之下，簡直就是蛆虫糞穢這類的東西。兩相對照，可以看出沈德
潛對忠臣義士的崇敬之情。

　　明末內憂外患，戰亂紛呈，不論對象是清兵還是闖賊，沈德潛站
在保衛國土的立場，給予這些勇敢參與戰聲、犧牲自己以換取國家安
全的臣子們極高的評價，並且在選本中爲他們留下一席之地，也看出
了沈德潛對於戰爭、國家、忠義之間的價值判斷。

2. 賦稅與繇役部分

《清詩別裁集》選張慶篤〈明季詠史〉之四云：

　　　　敕使當年出未央，紛紛礦稅採諸方。山川絕少金銀氣，
　　誅斂何殊花石綱。一任豎貂盤杜鼠，誰將鹽鐵議弘羊。可
　　憐國脈從此喪，浪說朱提入太倉。（卷十四，頁 475）

明神宗時開徵礦稅，以太監爲礦稅使，只要認定某處地下有礦，那麼
地產的所有人就要繳納礦稅。詩人認爲此舉不異於宋徽宗蒐集花石之
舉，同樣讓人民苦不堪言。非但如此，這些礦稅並不是納入國庫，而
是進了神宗的「內庫」，或者是那些礦稅使的私囊。如此搜刮民脂民
膏，卻用以中飽私囊，明朝滅國由此可知。沈德潛評曰：「此極言礦
稅所出之害。」（同上）表達了不合理的賦稅對於國家人民的危害。
同書又選徐永宣〈繰絲行〉詩，詩云：

　　　　柳花村巷晴窗南，蠶神祀罷事春蠶。一箔三眠日卓午，
食葉聲中作風雨。婦姑餉蠶不得閒，雙眉不暇描春山。戴
勝飛鳴繭成早，繰車索索絲皓皓。賣絲抵稅輸縣官，入冬
子婦仍號寒。（卷十九，頁 511）

前首詩說的是明朝的礦稅，這首詩寫的則是清朝重稅帶給人民的痛
苦。婦女們辛苦的養蠶取絲，連妝點自己的時間精力都沒有了。家家
戶戶收成的蠶絲十分豐碩，然而，他們卻無法享用辛勤的成果，因爲
這些絲是要拿去交易，換取金錢來繳納租稅。豐碩的蠶絲照理來說會
有不錯的價錢，但是這些錢全充作稅金，因此到了冬天，養蠶之家的
婦女孩子們還是依然只能在寒凍中大聲的哭號著。

　　重訂《唐詩別裁集》選白居易〈重賦〉詩云：

　　　　厚地植桑麻，所要濟生民。生民理布帛，所求活一身。
身外充徵賦，上以奉君親。國家定兩稅，本意在愛人。厥
初防其淫，明敕內外臣，稅外加一物，皆以枉法論。奈何
歲月久，貪吏得因循。役我以求寵，斂索無冬春。織絹未
成匹，繰絲未盈斤。裡胥迫我納，不許暫逡巡。歲暮天地
閉，陰風生破村。夜深煙火盡，霰雪白紛紛。幼者形不蔽，
老者體無溫。悲啼與寒氣，並入鼻中辛。昨日輸殘稅，因
窺官庫門。繒帛如山積，絲絮似雲屯。號爲羨余物，隨月
獻至尊。奪我身上暖，買爾眼前恩。進入瓊林庫，歲久化
爲塵！（卷三，頁 81）

在肥沃的土地上種植桑麻，原本是爲了人民能賴以溫飽，後來反而變
成了痛苦的來源。原本國家徵收賦稅的原則是收取有餘之物，以之提
供皇宮內苑之用。因此曾明訂除了兩稅以外，不得以任何名義額下加
徵，但是時間一久，被有心的貪官利用，他們爲了自己的恩寵而對老
百姓橫徵賦斂，使或百姓們衣不蔽體、生活困窘。他們從人民身上榨
出的血汗，卻因爲長久大量堆積在皇宮寶庫中而腐壞。詩人用飢寒交
迫的小孩和老人，與皇宮中腐壞的絲帛兩個生動而鮮明的對比，說明
了在貪官污吏的壓榨下，人民所承受的重稅之苦。沈德潛說：「唐時

已有羨餘者，言下慨然。」（同上）根據《舊唐書》的記載，唐代的
藩鎮為了博取皇帝的歡心，鞏固自己的勢力，經常採用加收賦稅、苛
扣俸祿、販賣商品的方式來聚斂財貨，除了自己揮霍之外，就作為「羨
餘」進獻給皇帝。〔註34〕對於這樣的陋習，詩人表達了直接而深沈的
批判。同書又選張籍〈野老歌〉云：

> 老翁家貧在山住，耕種山田三四畝。苗疎稅多不得食，
> 輸入官倉化為土。歲暮鋤犁倚空室，呼兒登山收橡實。江
> 西賈客珠成斛，船中養犬常食肉。（卷八，頁112）

張籍此詩主要在展現當時社會上貧富差距，以及貧民的痛苦。詩中的
主人年紀已大，他所擁有的田也是位於山上的小小山田。起頭的兩句
詩說明了老翁生活的困境。農業生活最重要的是強壯的勞動力以及肥
沃方整的良田，但是這些都是老翁所沒有的，可想而知，山田的收成
應該是僅供餬口而已。第三句詩中的「苗疎」證實了山田的收成確實
不好，雖然收成不佳，但是老翁還是必須繳納眾多的賦稅，這對於老
翁的生活來說無疑是雪上加霜。歲暮之時，原本是家家歡樂豐收的日
子，但是老翁所有的財產與收成都被充作稅收，因此無奈而年老的他
只能扛著農具，獨自守著空屋。然而，日子還是要過下去，老翁只能
叫孩子到山上去找些果實充飢。詩人向我們展示了兩幅對比強烈的圖
畫：老翁之飢與在官倉中因數量眾多而腐壞的糧食為其一；老翁之貧
與商賈之富為其二。就連商人之犬都有肉吃，老翁與之相較，讓人不
禁感嘆人不如狗。

〔註34〕　《舊唐書》志卷四十八，志第二十八，食貨上曰：「先是興元克復師
　　　　後，府藏盡虛，諸道初有進奉，以資經費，復時有宣索。其後諸賊
　　　　既平，朝廷無事，常賦之外，進奉不息。韋皋劍南有日進，李兼江
　　　　西有月進，杜亞揚州、劉贊宣州、王緯李錡浙西，皆競為進奉，以
　　　　固恩澤。貢入之奏，皆曰臣於正稅外方圓，亦曰羨餘。節度使或託
　　　　言密旨，乘此盜貿官物。諸道有謫罰官吏入其財者，刻祿廩，通津
　　　　達道者稅之，蔬蔬藝果者稅之，死亡者稅之。節度觀察交代，或先
　　　　期稅入以為進奉。然十獻其二三耳，其餘沒入，不可勝紀。此節度
　　　　使進奉也。」（台北：新文豐，1975），頁994。

重賦害人如此，重役亦然。《清詩別裁集》選鄭世元〈捉船行〉云：

客行在西吳，喧呼聞捉船。云奉憲司票，取數需一千。
烏程縣堂曉傳鼓，縣官排衙點船戶。東船西舫寂不行，里
正如狼吏如虎。行人坐守居人困，百里官塘斷商賈。罟師
漁父都含愁，城南城北水斷流。千艘萬艇城中集，葦岸蘆
港風悠悠。大船競輸錢，差役幸暫免。小船無錢只一身，
捉住支吾應供遣。自從名隸公家籍，日日河頭坐白日。太
倉合米聊入腹，誰爲饔飧顧家室。可憐有船何處撑，江千
萬眾俱吞聲。（卷二十四，頁 550）

地方官吏奉了負責國家刑獄的憲司的指令，正在大規模徵調當地的船
夫，河上所有的交通往來與貿易都因此停頓。大船的主人較爲富有，
因此得以以錢代役；小船的主人是沒有錢的貧民，因此只能任憑官吏
差遣。詩中由捉船的原因說起，再寫實地呈現捉船的過程，包括了官
吏的惡形惡狀、捉船對人民生計的影響、貧富差距在捉船事件中的放
大，以及貧苦船夫因服官府役而無法養家的痛苦。雖然表面上受到影
響的是船夫，但是船夫背後所背負的家庭也是受害者。沈德潛評曰：「捉
船不行，日坐河干，可發一歎復一笑也。予有〈民船運〉〔註35〕一篇，
情事正復相類。」（同上）官府雖然捉船，但是捉了之後卻又不立即分
配任務行事，只是浪費時間，讓這些需要養家的船夫們不能工作，所
以沈德潛說「一歎復一笑」。感歎的是官府動不動就徵調人民服役，擾
民生計；諷刺的是徵調之後卻又不能有效率的運用，徒然費時而已。
沈德潛自己的〈民船運〉詩也表達了這種徭役對人民的深刻影響。

〔註35〕沈德潛〈民船運〉云：「天旱河流乾，糧船難運行。官府日捉船，挽
漕輸神京。虎吏奉符帖，遠近皆震驚。商船斂錢送，放之匿郊坰。
民船空兩手，點之充官丁。大船幾百斛，中船百斛盈。江干集萬艘，
一一標旗旌。三月發京口，四月停淮城。五月下黃流，六月指濟寧。
口糧半中飽，枵腹難支撐。點者盜糧粒，愚者時呼庚。太倉急轉輸，
王事有期程。運官肆榜笞，牛羊役窮氓。夜月照黃蘆，白浪聞哭聲。
願汝停哭聲，努力事遠征。大農有賢者，惠汝如孩嬰。」（參見沈德
潛《歸愚詩鈔》卷二），頁 1、2。

3. 用人與吏治方面

治國當用賢，這是沈德潛自始至終的主張。欲用賢必須先能辨別賢與不肖，《清詩別裁集》中選陳學洙的〈君子行〉詩云：

> 君子畏幽獨，大廷乃敢言。小人讐稠眾，衾影不可捫。
> 繩尺君子心，之死靡所奪。脂韋小人態，臨難思苟活。譬如
> 丹山鳳，煌煌世之儀。蛇蝎藏陰房，白日難逞威。又如青松
> 枝，經霜不俞色。厭彼荊棘繁，翦伐何足恤。緇素既異染，
> 砥瑜僅同形。瀉水一器中，當辨渭與涇。（卷十六，頁485）

此詩中將君子與小人作了很生動的比較，君子那種正正當當的胸襟與氣魄，又豈是小人能及，雖然同樣為人，但是本質就有很大的差異。因此最重要的是，當君小與小人並存時，我們要有辨別黑白的能力，所以沈德潛評曰：「末歸到人君之能辨，尤為得要。」（同上）。重訂《唐詩別裁集》選白居易〈和大觜鳥〉詩亦是此意，詩云：

> 烏者種有二，名同性不同。觜小者慈孝，觜大者貪庸。
> 觜大命又長，生來十餘冬。物老顏色變，頭毛白茸茸。飛
> 來庭樹上，初但驚兒童。老巫生奸計，與烏意潛通。云是
> 非凡鳥，遙見起敬恭。千歲乃一出，喜賀主人翁。祥瑞來
> 白日，神聖佔知風。陰作北斗使，能為人吉凶。此鳥所止
> 家，家產日夜豐。上以致壽考，下可宜田農。主人富家子，
> 身老心童蒙。隨巫拜復祝，婦姑亦相從。殺雞薦其肉，敬
> 若禋六宗。烏喜張大觜，飛接在虛空。烏既飽羶腥，巫亦
> 饗甘濃。烏巫互相利，不復兩西東。日日營巢窟，稍稍近
> 房櫳。雖生八九子，誰辨其雌雄？群雛又成長，眾觜騁殘
> 凶。探巢吞燕卵，入蔟啄蠶蟲。豈無乘秋隼？羈絆委高墉。
> 但食烏殘肉，無施搏擊功。亦有能言鸚，翅碧觜距紅。暫
> 曾說烏罪，囚閉在深籠。青青窗前柳，鬱鬱井上桐。貪烏
> 佔棲息，慈烏獨不容。慈烏爾奚為，來往何憧憧？曉去先
> 晨鼓，暮歸後昏鐘。辛苦塵土間，飛啄禾黍叢。得食將哺
> 母，饑腸不自充。主人憎慈烏，命子削彈弓。弦續會稽竹，
> 丸鑄荊山銅。慈烏求母食，飛下爾庭中。數粒未入口，一

丸已中胸。仰天號一聲，似欲拆蒼穹。反哺日未足，非是
惜微軀。誰能持此冤，一爲問化工？胡然大嘴烏，竟得天
年終？（卷三，頁82）

白居易以兩種不同嘴型的烏代表了賢人與小人。象徵小人的大嘴烏貪
婪但是壽命長，其外型會隨著時間而改變。某日，大嘴烏遇到了一個
巫人，於是兩者聯合起來蒙蔽世人，因此得到富貴饜足的生活。從此
之後，大嘴烏一代一代地在此繁衍下來，雖然有秋隼，但是這隻隼也
只食殘肉，並不會主動驅逐大嘴烏，因此對大嘴烏並沒有影響。也曾
經有別的烏控訴大嘴烏的惡行，但是結果卻是控訴者被囚禁。於是象
徵賢人的小嘴烏就被驅逐了。小嘴烏會孝順母親，但是他所面對的生
活是如此的艱難，讓人不禁要問，爲什麼孝順的小嘴烏的壽命與遭遇
還不及作惡多端的大嘴烏？沈德潛評曰：「烏之殘惡、巫之奸計、主
人之昏愚，三者合而慈烏自不能容身矣。大嘴烏何代無之，要在主人
之明，分別種類。」（同上）各個時代都有小人，重點在於用人者能
否明辨，並且加以摒棄。

　　先明辨，後要能用，《清詩別裁集》選張鵬翀〈經史法戒詩〉之
九云：

近小人，遠君子，桓靈之衰只緣此。跋扈讒誅任宦官，
一時鈎黨盡摧殘。俊廚顧及空標榜，白馬清流釀禍端。士
氣衰，國運否，人才與國相終始，千古興亡鑑青史。（卷二
十七，頁578）

諸葛亮〈前出師表〉就曾說：「親賢臣，遠小人，此先漢之所以興隆
也；親小人，遠賢臣，此後漢之所以傾頹也。先帝在時，每與臣論此
事，未嘗不嘆息痛恨于桓、靈也！」〔註36〕詩人對於桓、靈親小人、
遠賢臣，最後導致亡國破家的結果，感到無比的憤慨，他認爲爲政者
都應該從歷史中學到教訓，真正瞭解賢臣對於國家的重要性，故沈德
潛評曰：「此戒親佞遠賢。鋤正人，殄邦國也。」（同上）

────────────────

〔註36〕參見《古文觀止》，（台北：漢湘文化，1995年，初版），頁427。

　　除了對於君主用人的要求外，沈德潛也透過選詩表達了對於官吏本身的看法。《清詩別裁集》中選張廷玉的〈雜興〉之一：

　　　　我聞昔人言，苛政猛如虎。又誦魏風篇，碩鼠況貪取。
　　嗟哉牧民人，煌煌縕珪組。乃以父母稱，而爲眾所苦。騶
　　虞有仁心，麟趾中規矩。藹然太和氣，千載如可睹。君子
　　慎所擇，休與毒獸伍。（卷十八，頁 508）

詩中舉用「苛政猛如虎」及《詩經‧碩鼠篇》來說明官吏的貪暴，並用了「毒獸」來比喻害民的官吏。這些被稱爲父母官的人並沒有如父母一般照料百姓，反而讓百姓爲之所苦，作爲君王的人應該要審慎的選擇，千萬不要讓毒獸成爲自己的臣子。沈德潛評曰：「此爲墨吏酷吏勛也，有父母稱而不愧父母實者，吾願眞見其人。」（同上）。此詩從墨吏、酷吏的危害說起，末了希望君主能夠遠離毒獸，也間接的表達出對眞正關心百姓的父母官的渴望。重訂《唐詩別裁集》錄白居易〈秦中吟〉之〈輕肥〉云：

　　　　意氣驕滿路，鞍馬光照塵。借問何爲者，人稱是內臣。
　　朱紱皆大夫，紫綬悉將軍。誇赴中軍宴，走馬疾如雲。樽
　　罍溢九醞，水陸羅八珍。果擘洞庭橘，膾切天池鱗。食飽
　　心自若，酒酣氣益振。是歲江南旱，衢州人食人。（卷三，
　　頁 81）

沈德潛並沒有對此詩作直接的評論，而是於〈秦中吟〉後說：「諷意俱於末二語結出」（同上）。這首詩的前十四句都在描寫內臣參與的宴會是那樣的奢華，享用的都是山珍海味，以及酒足飯飽之後那種滿足的神態，這跟最末的兩句：「是歲江南旱，衢州人食人」形成很強烈的對比，呈現出高官與人民這兩種不同世界的生活，是多麼矛盾與諷刺。另外，〈買花〉、〈歌舞〉也是〈秦中吟〉裡類似的作品。這些作品傳達出官吏爲禍的幾個主要方面。首先是苛政，政策的形成往往來自於君主與朝廷大臣，因此，政策的良善與否，他們必須負絕大責任，而地方官員的不恤民情、草菅人命同樣也是苛政的幫手。所以，不論是政府大員或是地方父母官都必須審慎選擇。再來是貪取，因爲如果

官員的貪念熾盛，那麼地方官吏會對人民強取豪奪，朝廷內臣則會貪污受賄，這都是動搖國本的行爲。沈德潛透過選本表露出吏治不清的弊病，藉以提醒君主吏治的重要。

4. 對君主本身的期待

　　這部分包含了君主在治國上的建議，以及對於君主本身在人格道德上的要求。從治國牧民方面來看，沈德潛在《清詩別裁集》中提示了這一點，他選陸師的〈騎牛曲〉詩云：

　　　　牛背兒童自放歌，頭頭注澗復踰坡。問渠何法牛馴擾，鞭撻無驚雛牧多。（卷十八，頁 509）

沈德潛評曰：「牧民之道，盡末一語。」（同上）牧童與牛達到一種和諧的境界，牧童不需時時監視牛群，因此牛群有足夠的空關與自由能夠覓食、成長。治國者與人民間的關係也是一樣的。沈德潛認爲牧民之道在於「鞭撻無驚雛牧多」，換句話說，也就是不要以刑罰、苛政驚擾人民，同時維持人民足夠的生活物資，使他們能得以溫飽，所謂「民以食爲天」正是這個道理。生活能夠免於恐懼與飢寒，那麼歷史上的許多動亂也就可以避免了。王恕〈牧牛詞〉也是這個道理，詩云：

　　　　童兒長成何所求，農家職守唯牧牛。春風著物百草長，驅牛嚙草來沙洲。童知牛性不擇草，遇豐茸處俱堪留。乘間好弄三孔笛，綠楊影裡聲悠悠。天上日車休輾轆，少待吾牛飽其腹。牛德飽兮安吾心，牛不飽兮媿吾牧。不施鞭朴牛馴擾，順牛之性無機巧。牛蹄彳亍牛尾搖，背上閒閒立春鳥。高下陂陁任所之，牛日肥兮牛不知。嗚呼！司牧盡如此，人間那受飢寒死？（卷二十四，頁 556）

牧童唯一的工作就是牧牛，只要照顧好所牧的牛隻，就算是盡了他的本分。牛的本性是不會挑剔選擇草的好壞，只要有得吃就可以了，作爲照顧牛群的負責人，牧童有責任爲牛找一些豐美的牧草。只要讓牛隻有牧草可吃，那麼牧童就可以高枕無憂了。人民也是一樣。只要讓人民吃的飽，日子可以過下去，那麼君主亦可無憂。君主最重要的責

任就是讓他的人民豐衣足食，就像牧童有責任讓牛群吃飽一樣。如果連這一點都做不到，就是愧對牧牛（牧民）這份工作。讓牛群（人民）在不知不覺中成長發展，就是牧牛（牧民）最大的收穫，如果所有的牧民者都能知曉這個道理，那麼天下哪還有受飢寒而死的人呢？沈德潛評曰：「通體說牧牛，牧民之道已。曲折詳盡，正意一點自足。牛肥必使牛知，此小補術也。不使之知，上下兩忘氣象。」（同上）沈德潛評語中除了點出牧牛與牧民的共通處外，更提示了人君與百姓應該達到一種上下兩忘的境界。也就是國君應牧民於無形，人民亦不自知其受惠的道理。

　　要能善於治國牧民，君主本身必須有相當的條件與規範，《杜詩偶評》選〈有感五首〉之三云：

> 　　洛下舟車入，天中貢賦均。日聞紅粟腐，寒待翠華春。
> 莫取金湯固，長令宇宙新。不過行儉德，盜賊本王臣。（卷
> 三，頁 188）

沈德潛評曰：「時程元振勸帝遷都洛陽，公婉言時議之非，而末進以儉德，與郭子儀論奏之旨相和。」（同上）詩的前兩句說的是當時主張遷都者的看法，〔註37〕他們認為洛陽位居全國的中心，法路交通便利，四方入貢賦稅，到這裡的路程也大致相等。雖然詩人這裡看似以肯定的口吻說出，但事實上從下兩句詩就可以知道他真正的意見。詩人指出洛陽的國家糧倉裡堆滿了已經腐敗的糧食，貧寒的老百姓正延首等待皇上能給他們帶來春天般的溫暖。這兩句話形成了一個對比。如果洛陽的糧倉這麼富有，那麼老百姓為什麼會貧寒呢？因此，遷都洛陽只是方便了聚斂的苛政罷了。詩人反對遷都洛陽的另一個原因是

〔註37〕動盪了八年的安史之亂雖然在廣德元年（763）被平息了，但是唐朝上下仍是一片混亂，尤其回紇、吐蕃等外族乘機侵擾，更令唐王朝措手不及。廣德元年七月，吐蕃入寇，十月，攻陷長安，代宗出奔陝州，直到郭子儀收拾散兵，反攻長安，吐蕃才退去。這一次的情勢之所以這麼危急，是因為宦官程元振隱匿軍情所致。動亂評定以後，程元振害怕被懲處，於是建議代宗遷都洛陽，郭子儀上表力阻，代宗這才醒悟做罷。

因為，如果皇帝真的希望首都的所在地能固若金湯，那麼應該做的是力行儉德，而不是依恃外在環境的險要。因此，沈德潛評詩的末四句說：「人君欲固金湯，不過以儉德服天下耳。」（同上）力行儉德，杜絕聚斂，這是君主治國的重點所在。

　　除了力行儉德，作為一個君主，也應該要控制自己的嗜欲，尤其切忌玩物喪志。《清詩別裁集》選張鵬翀〈經史法戒詩〉之二云：

　　　　成康既遠王道微，昭既南征兮穆又西弛。騁八駿於萬里，觴王母之瑤池。事雖荒而難信兮，徵祈招之風詩。神仙不可期，遠略難為續。至尊居九重，王度式金玉。（卷二十七，頁 578）

這是說周穆王乘八神駒西遊的事。傳說周穆王有八匹神駒，〔註38〕他曾乘著神駒西遊，這件事雖然荒誕難以探信，但是《詩經·祈招》篇確實有所記載。穆王好神仙遊遠而致國衰，沈德潛評曰：「此戒肆心荒遠也。」（同上）同樣的題材，在重訂《唐詩別裁集》中也選入白居易〈八駿圖〉，詩云：

　　　　穆王八駿天馬駒，後人愛之寫為圖。背如龍兮頸如象，骨竦筋高脂肉壯。日行萬裡速如飛，穆王獨乘何所之？四荒八極踏欲遍，三十二蹄無歇時。屬車軸折趁不及，黃屋草生棄若遺。瑤池西赴王母宴，七廟經年不親薦。璧台南與盛姬游，明堂不復朝諸侯。《白雲》《黃竹》歌聲動，一人荒樂萬人愁。周從后稷至文武，積德累功世勤苦。豈知才及四代孫，心輕王業如灰土。由來尤物不在大，能蕩君心則為害。文帝卻之不肯乘，千里馬去漢道興。穆王得之不為戒，八駿駒來周室壞。至今此物世稱珍，不知房星之精下為怪。八駿圖，君莫愛。（卷八，頁 109）

白居易於詩題下明注曰：「戒奇物懲佚遊也」。周穆王好遊歷，長久不

〔註38〕《拾遺記》記載周穆王的八匹神駒云：「一名絕地，足不踐土。二名翻羽，行越飛禽。三名奔宵，野行萬里。四名越影，逐日而行。五名逾輝，毛色炳耀。六名超光，一形十影。七名騰霧，乘雲而奔。八名挾翼，身有肉翅。」，（台北：黎明文化），頁 9457。

理政事，終於導致了徐偃王的叛變。〔註39〕周從后稷到文王、武王，憑著各代君主的勤苦，才累積開創了周的盛世。沒想到到了穆王一代，居然重寶馬、好佚遊甚於國事，視王業猶塵土，還導致了諸侯的叛變。由此可知，「由來尤物不在大，能蕩君心則為害」。為何能蕩君心的物會成為禍害呢？這是因為君主的地位與眾不同，所肩負的責任與擁有的權力也是第一等的，若耽於奇物、沉於逸樂，將造成不可挽救的後果，而且上有所好，下必甚焉，其所引起的連鎖影響就不只是君主個人心智昏喪，更會為國家百姓帶來無窮的苦難。因此詩人最後告誡為君者，不要貪愛名物。沈德潛評曰：「耽佚遊，政治荒矣。以漢文之卻千里馬對照，興壞顯然。」（同上）雖未明言，然實望國君以漢文為榜樣，以穆王為鑑戒。

　　除了戒除嗜欲與逸樂外，戒求仙也是對於君王的一個要求。人們早就體悟到生命的短暫於無常，因此「古詩十九首」才有「生年不滿百，常懷千歲憂」的感嘆。身為九五之尊的君王，擁有至高無上的權力，享受人間最美好的一切，自然對於生命的消逝有著更多的恐懼，因此才有秦始皇派徐福去海外求仙的事情。在沈德潛看來，求仙不只是荒誕不可信的事情，更是勞民傷財舉動。《清詩別裁集》選張鵬翀〈經史法戒詩〉之七云：

> 神仙有無何恍惚，黃帝廣成但傳說。秦皇漢武慕長生，方士怪迂始百出。安期盧敖去不來，文成五利徒喧豗。神君未下鬼先集，世上烏有神仙哉？蓬萊可望不可及。但願人人足衣食，昇平樂過華胥國。（卷二十七，頁578）

神仙鬼怪原本就是恍惚不可及之事，秦始皇、漢武帝卻為了求長生而導致方士亂國。蓬萊仙島只是傳說中的仙境，如果人人都能豐衣足食，那麼不就是人間樂土了嗎？沈德潛評曰：「此戒求仙也。」同書

〔註39〕《史記》記載：「造父以善御幸於周穆王，得驥、溫驪、驊、騄耳之駟，西巡狩，樂而忘歸。徐偃王作亂，造父為穆王御，長驅歸周，一日千里以救亂。」（參見瀧川龜太郎撰《史記會注考證》，台北：漢京，1983年9月），頁90。

又選方京〈薤上露〉詩曰：

> 薤上露，日出晞，朝槿花，日暮萎。微物轉瞬間，人
> 生諒如斯。彭祖帝堯民，亦復同所歸。服食求神仙，仙成
> 竟何時。守道以待終，令名庶可垂。（卷三十一，頁 617）

人生如朝露、槿花，稍縱即逝，即便是生活在彭祖與堯之世的人民，
終究不免一死。服食求仙，何時可成？還不如守道以垂名來的實際，
故沈德潛評曰：「〈薤露〉原詞只言人命奄忽，以挽王公貴人，此陳求
仙之謬，而以守道令名爲不朽，粹然儒者之言。」（同上）《重訂唐詩
別裁集》選白居易〈海漫漫〉也是同義，詩人於題下注爲「戒求仙也」
（卷八，頁 109），沈德潛評曰：「此言求仙之妄也。」（同上）均爲
對人君服食求仙的勸誡。

第三節　「史筆爲詩」的內容與意義

在詩歌的批評中「詩」與「史」存在著關連性。例如我們稱杜甫
的詩爲「詩史」。沈德潛在選評中常常提到「史筆爲詩」這個概念，
以作爲他對於某詩的評價，到底這兩者間有什麼關係，論詩重「詩教」
的沈德潛爲什麼會提出這個概念？以及在他的諸多選評中，這種「史
筆爲詩」的內容與形式是否有所異同？其內容爲何？即是本節所要討
論的重點。

一、「詩」與「史」的關連

在進行這些討論之前，我們必須先釐清一個概念，那就是分屬於
不同文體，擁有不同寫作風格與方式的兩種文學藝術，其各自特色爲
何，以及其中究竟有何關連。必須先釐清這一點，才能爲「史筆爲詩」
找到一個立論的基礎。

我們已經知道，「詩」是沈德潛一直以來關注的焦點，那麼對於
「史」，沈德潛又是怎麼看待的呢？沈德潛在〈尙論編序〉中說到他
對於「史」的看法，他說：「嗟夫，士大夫有眞經濟者，必先有眞史

學。蓋前古後今之局熟悉於胸中，而可以出而定天下之大務也。」(《歸愚文鈔》卷十一) 在沈德潛看來，瞭解「史」是一個士大夫必備的條件。因為知識份子的責任就是要淑世，淑世則需要有一定的見識與知識，這兩者可以從「史」中得到，因此沈德潛對於「史」的重視由此可知。既然，「詩」與「史」都是沈德潛所注重的，那麼對於這兩者間的關係，沈德潛又是如何看待的？關於這點，可以從〈李脩子詩序〉中，沈德潛對於《詩》與其他諸經間的關係得到一個概念，他說：

> 詩三百篇與諸經相貫通者也。論其體材，《易》、《書》、《禮》中，時多韻語，而要其大旨，《詩》取勸懲，《春秋》所以昭勸懲也；《詩》考盛衰、鑑得失，而盛衰得失莫專於《書》也；雅歌於朝，頌奏於廟，禮樂具備，而禮樂之精華於《三禮》為總也；天載言，天秉彝言性，有覺言德，而言天言性言德於《周易》尤詳且悉也。由是言之，學者不能窮經耳，能窮經，詩學深矣。(《歸愚文鈔餘集》卷一)

首先，他認為《詩三百》與諸經是相貫通的。然後，他開始解釋貫通點為何，他將這部分分為二，一是體裁，二是大旨。從這兩部分來比較說明《詩三百》與諸經如何貫通。古時「左史記言，右史記事」，記言者即為《書》，故《書》從廣義上來說也是「史」的一種，從引文中可知，《書》與《詩三百》的貫通處在於體材與大旨兩者。在體材方面，沈德潛乃從「韻語」一點來觀察，魯迅在《《書》與《詩》》一文中指出《書》的體材中有韻語的現象，他說：「其文質樸，亦詰屈難讀，距以藻韻為飾，俾便頌習，便行遠之時，蓋已遠矣。」[註40] 他認為《書》之有韻語的成分，是為了方便閱讀與學習。至於《詩》的韻語成分當然就不必贅言了。在大旨方面，沈德潛從「考盛衰、鑑得失」來說明《詩》、《書》兩者的溝通處。《書》因為記載皇帝貴人的言語，因此可供後世鑑戒。而《詩》則是古時史官採集，用以觀風化、鑑得失的依據，其這部分的作用性自然存在。再來，《春秋》與《詩三

〔註40〕參見魯迅《漢文學史綱要》，(收於《魯迅全集》第九卷，台北：谷風，1989年，台一版)，頁355。

百》貫通處亦在於大旨。也就是說，《詩三百》與《春秋》在內容與作用性上都具有「昭勸懲」的共同點。這是因爲《春秋》所展現的「微言大義」的要旨與「一字褒貶」的筆法，與《詩》作爲美教化、善人倫的功能相似，因此可以互通。綜合以上兩者可知，「詩」與「史」同具有「昭勸懲」、「考盛衰、鑑得失」的作用。引文說的雖然是《詩三百》，但是沈德潛形有《詩三百》爲詩之源的概念，這在前文中就已論述過了，因此將此概念擴大爲「詩」與「史」的關係的論述亦可成立。

　　根據引文我們可以發現一點，那就是《書》與《春秋》同樣是「史」，但是沈德潛對於這兩者與「詩」之間的溝通處卻有不同的看法。《書》不只在大旨處可以溝通，體材處亦有「詩」的特質（韻語）的存在。但是《春秋》則不然。很明顯地，沈德潛已經注意到這兩本史書在寫作筆法上的不同，於是並沒有相同的標準來評判。這其中比較值得注意的是沈德潛對於《詩》與《春秋》間溝通處的看法。表面上看來，沈德潛似乎以與《書》相同的教化勸懲的概念來看待《春秋》的大旨。然而，《春秋》在這個「昭勸懲」的特色卻與它的筆法有很大關係。《左傳》成公十四年記載：「《春秋》之稱，微而顯，志而晦，婉而成章，盡而不汙，懲惡而勸善，非聖人，誰能修之？」〔註41〕這段文字可說是對於《春秋》筆法」最早的評論，其指出之書寫方法的特點是：用辭不多而意義明顯，記載史實卻蘊含深意，表達婉轉而順理成章，全力表達事情的眞實而無迂曲。然而這樣的文字，用以評判一本史書，以史學的眼光來說，似乎不太合適。在史學的觀點中，史最重要的就時能儘可能地掌握史料，再針對史料作最客觀的紀錄，在記錄的過程中則應該避免個人好惡情緒於其中。如果以這個標準來看，《春秋》都不符合。它的文字精簡，因此不能詳細描述事件人物的細節；它有褒貶在其中，因此達不到客觀的標準。但是，這種文辭精簡的敘事方式與其寓褒貶的手法，卻被後人所稱揚。劉知幾《史通》就說：「夫

─────────────

〔註41〕參見《左傳》（參見清・阮元《十三經注疏》，台北：藝文，1976），頁465。

國史之美者，以敘事爲工，而敘事之工者，以簡要爲主。」〔註42〕章益國在〈詩與史──中國傳統史學的詩性〉一文中解釋了這個問題，他說：「中國傳統詩學與哲學常糾纏於一個命題：言意之辨。對漢語這種模糊語言，古人的基本態度是求『言外之意』，主『得意忘形』。我們或許也可以講，與傳統詩論中老生常談的『省文取意』說一樣，在傳統史學中，史筆不求詳盡顯豁，不突出自己，反而要諷定自己，要凸顯的正是『言外之意』，體現的態度正是『得意忘言』。」〔註43〕這個「意」不只是內容意義，而且還是所謂的「言外之意」。從另一方面來說，「言外之意」也就是「言有盡而意有餘」。徐復觀曾對於詩學中「言有盡而意有餘」這個現象做出了說明，他說：「意有餘之『意』，絕不是『意義』之意，而是『意味』之意。『意義』之意，是以某種明確的意識爲其內容；而『意味』之意，則並不包含某種明確意識，而只是流動著的一片感情的朦朧飄渺的情調。」〔註44〕徐復觀進一步指出：「一切藝術文學的最高境界，乃是在有限的具體事物中，敞問一種若有若無，可意會而不可以言傳的主客合一的無限境界。」〔註45〕從這個角度來看，古人對於史筆以簡爲高的要求，其實就是對於「史意」的要求，而這個「意」不是意義的意，而是意味的意。儘管我們不能否認從內容上直接呈顯的意義也是「史」的作用與目的之一，但是從文學藝術上的要求來說，「言外之意」與「得意忘言」不啻更爲重要。《春秋》雖然不是韻語，但是具有「史意」，而這種「史意」又與「詩意」的手法有共通處，因此雖不是韻語，但可以從「意味」上取得合作的空間。同時，這種具有「言外之意」的筆法，也成

〔註42〕參見劉知幾《史通‧敘事》第二十二，（台北：華世，1981 年 11 月，新版），頁 199。

〔註43〕章益國〈詩與史──中國傳統史學的詩性〉，（收錄於《學術月刊，199 年第十期》），頁 65。

〔註44〕參見徐復觀《中國文學論集》，（台北：台灣學生，1974 年 10 月，再版），頁 114。

〔註45〕參見徐復觀《中國文學論集》，頁 114、115。

就了《春秋》「微言大義」與「一字褒貶」的特色，這種對於事件人物具有批判性的風格方式也與「詩」有共同之處。

除此之外，「史」所具有的記錄人事的作用，「詩」同樣也具備了。亞里斯多德曾說：「詩人所描述者，不是已發生之事，而是一種可能發生之事，亦即一種蓋然的或必然的可能性。……歷史家所描述者爲已發生之事，而詩人所描述者爲可能發生之事，故詩比歷史更哲學與更莊重；蓋詩所陳述者毋寧爲具普遍性質者，而歷史所陳述者則爲特殊的。」〔註46〕這段話是亞里斯多德對於古希臘敘事詩與歷史的差別所做出的判斷，雖然在文體上與中國有些差異，但是仍可以傳達出某些不變的事實。他認爲「詩」能描述即將發生的事，中國詩歌也具有同樣的能力。然而這種能力來自於對客觀事件的觀察，詩人面對一個客觀事件時，擇取其中部分事實，經過詩人的學識、經驗、人格與情感等的消化，再加以組構，並形諸於文字，使得這個客觀事件成爲可以預測下一個事件的普遍性的基礎。因此，從某方面來說，「詩」同樣是記錄人事，雖然與以客觀記錄個別人事的「史」有所不同，但是都是對人事的紀錄，也因此都有史料的性質。而這種性質也提供「詩」和「史」另一個溝通的層面。

綜合來看，沈德潛對於「詩」與「史」的關係的理解，基本上建立在兩個部分：其中是對於體材（語言文辭）的使用方式，除了韻語的部分外，「詩」與「史」具有相同的注重「言外之意」的筆法：其二是在內容大旨上，「詩」與「史」除了同時具備記錄人事的作用外，同時具有給予後世規箴，或是展現批評的功能。

二、《明詩別裁集》中「《春秋》筆法」的內容

從上文可知，「詩」與「史」確有其可互通之處，然而，在史的寫作中，有兩種方式被後世史學家立爲範例，一是「《春秋》筆法」，

〔註46〕參見亞里斯多德撰、姚一葦譯註《詩等箋註》第九章，（台北：台灣中華，1984年），頁86。

二是「《史》、《漢》筆法」。顧名思義，這兩者就是分別以《春秋》與《史記》、《漢書》的手法爲範本的寫作方式。在《明詩別裁集》中出現的是「《春秋》筆法」本段所要討論的就是沈德潛於書中使用「《春秋》筆法」評詩時，關注的是哪些內容。

在前文中筆者已就「《春秋》筆法」稍做了一些解釋，以下即細言之。晉·杜預曾經解釋了《左傳》對於「《春秋》筆法」的意見說：

> 爲例之情有五，一曰微而顯，文見於此，而起意在彼。……二曰志而晦，約言示制，推以知例。……三曰婉而成章，曲從義例，以示大順。……四曰盡而不汙，直書其事，具文見意。……五曰懲惡而勸善，求名而亡，欲蓋而章。……言高則旨遠，辭約則意微，此理之常。〔註47〕

近人錢鍾書曾對這段話提出了他的意見，他認爲這五例「乃古人作史時心向神往之楷模。殫精竭慮，以求或合者也。雖以之品目《春秋》，而《春秋》實不足語此也。」〔註48〕在他看來，《春秋》的語言太過簡略，說其特色爲「微」、「晦」、「婉」是可以成立的，而至於「顯」、「志」、「辯」、「成章」等特色就不是《春秋》本書所能展現的了。既然如此，那麼杜預所言究竟從何而來？對此錢鍾書說：「揚言能睹之於《經》者，實皆陰求之於《傳》。」〔註49〕也就是說，後人關於《春秋》的那段意見，其實是從《春秋三傳》對《春秋》的闡發而得來的。錢鍾書甚至認爲《春秋》的語言文字爲所以精簡，比較可信的原因是「勢使然爾」。〔註50〕儘管如此，後世研究丈仍多採取《左傳》對於《春秋》的看法，肯定「一字之褒，一字之貶」的「微言大義」是《春

〔註47〕參見杜預《左傳正義》序，（台北：廣文，1972 年 8 月，再版），頁6～8。

〔註48〕參見錢鍾書《管錐篇》第一冊，〈左傳正義〉，（台北：書林，1990 年8 月），頁 161。

〔註49〕參見錢鍾書《管錐篇》第一冊，〈左傳正義〉，頁 161。

〔註50〕錢鍾書說：「春秋著作，其事煩劇，下較漢晉，殆力倍而功半焉。文不得不省，辭不得不約，勢使然爾。」（同註 48 書，頁 163）這是因爲春秋時沒有紙，所有的書都是用刀或筆刻寫在竹帛之上，因此不得不儘量簡約。漢代時蔡倫造紙，對於書寫狀況才有了大範圍的改善。

秋》的特色與風格。就連錢鍾書也說：「古人不得不然，後人不識其所以然，乃視爲當然，又從而爲詞。於是《春秋》書法遂成史家楷模，而言史筆幾與言詩筆莫辨。」〔註51〕他的這段文字不啻是爲詩中的「《春秋》筆法」提供了可能性與基礎。

《史記‧孔子世家》曾說：「約其文辭而指博。故吳楚之君自稱王，而春秋貶之曰『子』；踐土之會實召周天子，而春秋諱之曰『天王狩於河陽』；推此類以繩當世。貶損之義，後有王者舉而開之。春秋之義行，則天下亂臣賊子懼焉。」〔註52〕《史記》這段話具體的解釋了所謂的「約其文辭而指博」的意思，大陸學者曹順慶在〈「《春秋》筆法」與「微言大義」——儒家經典的解讀模式與話語言說方式〉一文中說：「這種『文約而指博』的方法，就是在用字選詞上，寓『貶損之義』，哪怕是一個字的不同，也寓深刻意義在其中。表面看起來僅僅是記錄史實，而實際上這一字之差就包含著巨大的或褒或貶之意蘊。」〔註53〕這段話說的其實也就是「一字之褒，一字之貶」的語言文字使用方式，寓褒貶大義於一字之中，也就是「微言大義」的展現。曹順慶並且將「《春秋》筆法」的「微言大義」歸納出三個特徵：第一、善善惡惡，強烈的倫理化定向闡釋；第二、辯是非，而並非爲史而史；第三、垂空文以斷禮義，當一王之法。〔註54〕也就是說，「《春秋》筆法」的「微言大義」所展現的是《春秋》爲政治而作史的思想。

綜合上文，我們可以歸納出「《春秋》筆法」的特徵如下：「《春秋》筆法」是以《春秋》爲文本，經過三傳闡發出來所形成的一套獨特的解讀與行文模式。其目的性在於政治教化的建立，而非單純的書

〔註51〕參見錢鍾書《管錐篇》第一冊，〈左傳正義〉，頁164。
〔註52〕參見瀧川龜太郎撰《史記會注考證》，卷四十七，頁763。
〔註53〕曹順慶〈「《春秋》筆法」與「微言大義」——儒家經典的解讀模式與話語言說方式〉，（參見《北京大學學報》哲學社會科學版，1997年，第二期），頁101、102。
〔註54〕曹順慶〈「《春秋》筆法」與「微言大義」——儒家經典的解讀模式與話語言說方式〉，（參見《北京大學學報》哲學社會科學版），頁102。

史。其語言特徵爲「微言大義」，也就是寓最豐富的意義於最精簡的文字當中。因此，一字一句可說都是經過仔細斟酌之後而定，並非單純記錄書寫事件，而是加入了作者對於事件的評判。然此評判並不直接由文字表面意義來呈顯，因此也不由文字表面意義來判讀，而是經由適切的文字語言使用，引發讀者進一步深思獲取作者眞正的意涵，這就是「《春秋》筆法」。

　　沈德潛在《明詩別裁集》的評論中語及了此點，他以一個評選者的角度，賦予某些詩作「史筆」、「史聲」與「《春秋》之筆」的評價，可見他的確有詩蘊「《春秋》筆法」的概念。以下筆者將由作品本身與沈德潛的評論兩者，與上文中所定義的「《春秋》筆法」加以對照，檢視沈德潛在使用這個詞語之時，其所展現的眞正內容爲何。

　　《明詩別裁集》選高啓〈弔岳王墓〉詩云：

　　　　大樹無枝向北風，十年遺恨泣英雄。班師詔已來三殿，
　　射虜書猶說兩宮。每憶上方誰請劍，空嗟高廟自藏弓。栖
　　霞嶺上今回首，不見諸陵白露中。（卷一，頁306）

一生精忠報國的岳飛，就連他墓上的草都指向南方，正如同至死都忠於國家的他一樣。他的一生都在爲了復國抗金而努力，就算是朝廷已經決定退守議和，他仍然努力的堅持收復失土。然而，每當這些忠臣主戰之時，宋高宗總是與他們站在不同一邊。時間終究還是證明了高宗的錯誤，然而歷史已經無法改變，栖霞嶺上的岳王墓，怎樣也望不見北宋諸皇的陵墓。沈德潛評曰：「鳳州作英氣勃發，讀此和平溫厚之篇，又爽然失矣。通體責備高宗，居然史筆。」（同上）沈德潛先以「和平溫厚」來說明高啓這首詩與其他作品的區別，後再以「史筆」評論整首詩。雖然沒有直接指明是爲《春秋》筆法，但是從「和平溫厚」與「史筆」同時並用來看，這兩者間必有關連。「和平溫厚」從何可見？整首詩是透過英雄無用的感嘆，寓意了南宋君臣的昏庸怕事。即便作者有責備高宗之意，但仍不直接指陳，而是婉言出之，例如「自藏弓」一句，字面上的意義說的是自我約束，但實際上的意思

是諷刺高宗殺良臣、求議和這種自毀江山的作爲。岳飛的忠心就連墓樹的枝芽都沒有向北方生長的，相對之下，高宗與主和派臣子就連樹木都不如了。整首詩不只有「微言大義」，同時也對於是非善惡做出了判別，同時也爲後人留下了鑑戒，故可知其爲「《春秋》筆法」。

同書又選袁凱〈題李陵泣別圖〉詩，詩云：

> 上林木落雁南飛，萬里蕭條使節歸。猶有交情兩行淚，西風吹上漢臣衣。（卷二，頁 307）

蘇武爲漢武帝的使者，出使匈奴時被其所執，匈奴單于軟硬兼施希望蘇武投降匈奴，無奈蘇武不爲所動，因此，匈奴王就將蘇武發配北海牧羊，直至公羊生出小羊才可回來。北海的環境極其惡劣，蘇武「渴飲雪，飢吞氈」，仍然堅持漢臣身份與使節威儀，堅決不降。於是匈奴王便派遣早前投降的李陵前往勸說。李陵本以「人生如朝露，何久自苦如此！」勸降蘇武，並說「且陛下春秋高，法令亡常，大臣亡罪夷滅者數十家，安危不可知，子卿尚復誰爲乎？」然而，蘇武依然嚴詞拒絕。不久，漢昭帝即位，曾經派遣使者向匈奴討回蘇武，但是匈奴騙漢蘇武已死。某日，皇宮內捉到一隻雁，腳上還綁著帛書，說蘇武還活著，只是在遙遠的北海牧羊。昭帝再度派遣使臣前後匈奴討人，這次匈奴不能否認，只好放人。蘇武臨別時一席正義凜然的話，讓李陵不禁淚下，感嘆蘇武之義與自己的通天罪過。[註55] 沈德潛評曰：「王元美云：『頗見風雅。』詞婉意嚴，李陵之罪自見，『漢臣』二字，春秋之筆。」（同上）「漢臣」二字何以爲「《春秋》筆法」？李陵兵敗降敵，雖非自願，但是相較於同樣遭遇困境卻堅決不放棄漢臣身份的蘇武而言，李陵的投降之罪就顯得無可辯解。泣別之時，一著胡服，一著漢裝，縱有多年友誼，終究要面對歷史的評價。胡服、漢裝代表了兩個不同的政治立場，甚至評判了兩人的道德人品與節操。末句只寫即將歸漢的漢臣蘇武，沒寫出來的是對於李陵降胡的批判。由「漢臣」

〔註55〕原文請參見《漢書補注》列傳，卷五十四，李廣蘇建傳第二十四，（台北：新文豐，1975），頁 1120～1125。

而思李陵之降，故說「春秋之筆」。除此之外，「詞婉意嚴」也可說是《春秋》「寓褒貶於一字」的風格的展現，由此亦可見「春秋之筆」。

最後，《明詩別裁集》選了陳恭尹〈明妃怨〉詩，詩云：

> 生死歸殊俗，君王命妾來。莫令青塚草，生近李陵臺。

（卷十二，頁 361）

昭君出塞在歷史上引發許多討論，有人為昭君的命運感慨，有人批評漢元帝的不察，更有人氣憤毛延壽的貪婪。不論如何，王昭君的確為漢朝帶來期望中的和平。詩的起首就點出了昭君生於漢卻死於異鄉的命運，然而不同的是，這裡強調昭君是奉了元帝的命令才出塞和番，這樣一來，昭君的身份就與其他的漢朝使節沒有兩樣，也為詩的後兩句埋下伏筆。昭君墓因長年綠草如茵，因此又名「青塚」。詩人假借昭君之口說出希望不要讓墓草靠近李陵臺，言下之意就是不屑與李陵為伍。沈德潛評曰：「韻語中明是非、定賞罰，居然史筆。」（同上）沈德潛此處由「明是非、定賞罰」來說，如果以《左傳》來說，就是「懲惡勸善」，若以曹順慶的歸納來說，就是「善善惡惡」與「辯是非」。不論何者，都足以說明此「史筆」正是「《春秋》筆法」。

從以上的例子中可以看出，沈德潛以「《春秋》筆法」評詩，主要出現在個人對於國家民族的節操內容上。他所著眼的仍然不出「《春秋》筆法」中「一字之褒，一字之貶」的「微言大義」的手法，也展現了從道德倫理與政治角度來評判的標準，以及「當一王之法」的理想。

三、《清詩別裁集》對「《史》、《漢》筆法」與「《春秋》筆法」的並重

在進行之前，必須要先說明「《史》、《漢》筆法」的特徵為何。《史記》與《漢書》是繼《春秋》之後，最重要的史書。他們在體例與手法上方面儘管有些差異，〔註56〕但是兩者的傳承關係卻是明確的。朴

〔註56〕《史記》是私修的紀傳體通史，而《漢書》則是官修的編年體斷代史。

宰雨在《「史記」、「漢書」比較研究》書中指明了這一點，他說：「班固爲了寫《漢書》繼承《史記》的固有遺產，甚至大幅度的襲用《史記》的現成文字。」〔註57〕他認爲，《漢書》對《史記》的傳承、改動，有得有失，〔註58〕但是兩者各有所長，都是偉大的傑作。

這兩部偉大的著作，究竟形成了一套什麼樣的風格？便是以下要論述的重點。日人齋藤謙《拙堂文話》說：「讀一部《史記》，如直接當時人，親睹其事，親聞其語。使人乍喜乍愕，乍懼乍泣，不能自止。是子長敘事入神處。」〔註59〕這段文字說明了《史記》的動人處在於它那豐富的藝術傳染力。《史記》的這種筆法，一般認爲是承襲自《春秋》，而變化之。張高評在《春秋書法與左傳學史》書中將《史記》所傳承《左傳》之《春秋》書法史法之處，列爲四端，〔註60〕關於《史記》如何傳承《春秋》筆法這部分固然不是本論文的重點，但是從他的分析中可以看出《史記》的特色在於對人事描寫的側重，這也使它具有相當的文藝術價值。相對於《史記》那種生動豐富的描述手法與能力來看，《漢書》雖然也有這樣的優點，但還是稍遜一籌。《漢書》的長處我們可以從《後漢書・班固傳贊》對於班固文筆的描述中窺知一二，文言：「若固之序事，不激詭，不抑抗，贍而不穢，詳而有體，使讀之者亹亹而不猒。」〔註61〕簡單來說，班固的筆法是平穩的、詳

〔註57〕 朴宰雨《「史記」、「漢書」比較研究》，（北京：中國文學，1994 年 8 月，第一版），頁 1。
〔註58〕 朴宰雨將《漢書》對《史記》的傳承與改動的優缺點各分爲六，詳文參見上書，頁 1～10。
〔註59〕 齋藤謙《拙堂文話》卷二，（台北：文津，1978），頁 13。
〔註60〕 引文如下：「一、《春秋》《左傳》之據事直書，衍變爲《史記》之以敘事寓含議論；二、《春秋》《左傳》之微婉顯晦，衍變爲《史記》之以側筆揭示眞相；三、《春秋》《左傳》之屬辭比事，衍變爲《史記》之以互見法開創傳記文學；四、《左傳》之『君子曰』論斷，衍變爲《史記》之以『太史公曰』發微闡微。」（參見張高評《春秋書法與左傳學史》，台北：五南，2001 年，初版），頁 65。
〔註61〕 《後漢書・班固傳贊》，（列傳第三十，台北：新文豐，1975 年 4 月，初版），頁 459。

細的、有系統的書寫，因此《漢書》也呈現了這樣的特色。朴宰雨對於這兩書的特色給了一個結論：他認為《史記》是情感移入，而《漢書》則是不失客觀。〔註62〕綜合上述，我們可以知道，「《史》、《漢》筆法」在形式上是以對人事的敘述為重點，其敘述的手法是豐富而又富有藝術感染力的，同時兼顧了詳細與系統性的特質，也就是情感的移入與客觀性並重的寫作方式與風格。

　　在《清詩別裁集》中，沈德潛運用了「《史》、《漢》筆法」通「《春秋》筆法」兩者來評論詩歌，以下就從實際的文本中來分辨沈德潛在使用這兩組概念之時，是否符合其特色，又他所關注的內容為何。《清詩別裁集》選朱彝尊〈岳忠武王墓〉詩云：

> 宋室偏安日，真忘帝業難。但愁諸將在，不計兩宮還。
> 鄂國英雄士，淮陰伯仲間。策名先部曲，薄伐自江關。赤
> 縣期全復，黃河渡幾灣？龍庭生馬角，雪窖視刀鐶。城下
> 盟何急，師中詔已頒。盈庭尊獄吏，囊木謝朝班。相狡妻
> 兼煽，和成主愈孱。長城隳道濟，大勇喪成覸。舊井銀瓶
> 失，高墳石虎閒。銘功存版碼，鑄像列頑奸。曠世心猶感，
> 經過淚獨潸。傳聞從父老，流恨滿湖山。朔騎頻來牧，南
> 枝尚可攀。墓門人寂寞，江樹鳥綿蠻。宿草經時綠，秋花
> 滿目斑。依然潭水月，終古照潺湲。（卷十二，頁455）

南宋君臣寧願偏安，也不願收復失土的這段歷史，筆者在前文中已經提及。後世許多詩人對於這段歷史，以及其中所涉及的人物，都有著很深的感觸，朱彝尊就是其中之一。首兩句就說出了南宋君臣的樣態。詩人認為原本徽、欽二帝是有機會再回來的，但是高宗君臣不思營救，反而急於與敵人訂立城下之盟，自毀長城。與敵人議和並不能保證什麼，反而使君主的權力益發削弱了。然而奸臣、昏君只能得意於一時，雖然忠心的臣子最後被害，但是歷史會還給他們公道。因此，武穆的事蹟千古流芳，而如秦檜這樣的奸人，只能跪在武穆的墓旁，

〔註62〕朴宰雨《「史記」、「漢書」比較研究》，頁300。

受後人唾罵。沈德潛評曰：「生馬角，視刀鐶，見二帝歸國有日。而甘爲城下之盟，自壞長城，見小朝廷可勝恥也。前路明云：但愁諸將在，不計兩宮還，見殺戮忠臣，故由秦檜，而主之者實高宗也。春秋之意，必誅首罪，信夫。」（同上）沈德潛認爲「但愁諸將在，不計兩宮還」這兩句是「《春秋》筆法」的顯現，表面上，南宋大殺忠臣是秦檜爲了議和的傑作，然而事實上，高宗爲了保有自己的帝位，不願意見到徽欽二帝回來，才是南宋之所以願意偏安議和的眞正原因。「《春秋》筆法」的特色之一就是「昭勸懲」，因此，沈德潛由《春秋》中必定追出始作俑者以評之的作法，給予了這首詩「《春秋》筆法」的評價。

同書又選沈受宏〈九龍灘〉詩云：

> 我從建溪走千里，膽落魂銷百灘水。舟人更說九龍灘，絕險諸灘安足齒。嗟予漂泊何爲哉？今日親到龍灘來。恰聞昨日七舟下，兩舟卻破尋屍骸。上灘猶比下灘好，人登崖岸且自保。長索條分眾舟挽，獨把操篙付三老。一灘水懸一丈高，奢雷捲雪春怒濤。舟尾向天舟倒立，還防巨石訇相遭。欲上不上力再著，號呼互映愁一錯。我傍山根彳亍行，崚嶒石躇難移腳。九龍九龍路折盤，盡日勞勞上幾灘。最有蟇龍勢猶險，過此相慶方平安。嗚呼上灘人自苦，下灘水急誰能主。輕舟逐浪轉如飛，縱有貪獲勇何補。清流之人水中生，弄舟慣與洪流爭。商旅乘舟漫僥倖，性命直比鴻毛輕。我意欲將山路闢，下屬安沙上鐵石。閉卻九龍不復行，往來免誤天涯客。（卷二十，頁 520）

這首詩主旨在於描述九龍灘[註63]之險。詩一開始就敘述詩人狼狽的樣子，因爲旅新中經過了太多的峽灘，長江水勢湍急，使得詩人十分吃不消。但是這些險灘與九龍灘比起來，簡直就是小巫見大巫，不算什麼。

〔註63〕 峽江險灘眾多，其有名可數的就可達百餘處，而三峽險灘又多在西陵峽內，所謂「五步一灘、七步一峽」、「灘如竹節稠」。人們所熟知的「西陵三灘」（泄灘、新灘、空舟令灘）都在秭歸境內，再加上九龍灘，遂有「歸水四險」之稱。（引自 http://www.cjw.com.cn/indes/ Civiliation/detail/20040330/11413.asp）

詩人用這樣的對比，呈顯出九龍灘之險是無法想像的。接著，詩人用許多具體的景象與事件來傳神九龍之險。例如昨日的船破人亡、過上灘時眾人拉緊繩索的樣子、浪濤捲舟使之倒立、過了九龍灘才是平安的開始等等。讓人身歷其境，九龍灘之驚濤巨浪、灘勢之落差、人命之輕如鴻毛，彷彿就在眼前。沈德潛評曰：「史漢敘事，全在生動，使千載下如視其事，如見其人，六代下俱平坦也。中寫上灘數語，猶存史漢遺法。」（同上）沈德潛從「生動」一點來說，認爲這首詩生動的描繪了過九龍灘之險，因此讓人儘管於千載之下讀之，猶能如見其人其事，此爲「《史》、《漢》筆法」。若將詩本身與我們之前對於「《史》、《漢》筆法」的特色的解釋相對照，生動固然是其爲「《史》、《漢》筆法」的主要原因，但同時也符合了《漢書》記敘詳實與系統性的特色。詩從一人之過諸灘，客到九龍灘之險，再從岸上寫到水中，從進灘寫到出灘等等，都可以展現這首詩的系統性。因此筆者以爲，此詩的「《史》、《漢》筆法」並不止於生動，還有這種層層遞進的系統性手法。

最後，書中選王恪〈寄題陳橋驛〉詩云：

五代干戈苦戰爭，天心撥亂已潛生。營光久應焚香祝，檢點曾傳相識驚。倉促黃袍醉素志，綢繆金匱負遺盟。最憐永棄燕州地，當日師名是北征。（卷二十四，頁549）

唐朝滅亡之後，接著下來的是動盪的五代十國。這個時期中的國家，大多是藩鎭割據下的結果。爲了當皇帝，甚至發生了向外族自稱「兒皇帝」，與割讓邊防要塞「燕雲十六州」這樣的事情。〔註64〕後周顯

〔註64〕《新五代史·四夷附錄》記載：「契丹當莊宗、明宗時攻陷營、平二州，及巳立晉，又得鴈門以北幽州節度管內，合一十六州。乃以幽州爲燕京，改天顯十一年爲會同元年，更其國號大遼，置百官，皆依中國，參用中國之人。晉高祖每遺使聘問，奉表稱臣，歲輸絹三十萬四，其餘寶玉珍異，下至中國飲食諸物，使者相於道，無虛日。德光約高祖不稱臣，更表爲書，稱『兒皇帝』，如家人禮。德光遺中書令韓頴奉冊高祖爲英武明義皇帝。高祖復遺趙瑩、馮道等以太常鹵簿奉冊德光及其母尊號。終其世，奉之甚謹。」（台北：新文豐，1975 4月，初版），頁1358。

德六年（959 年），周世宗柴榮死，七歲的恭帝即位。殿前都點檢、歸德軍節度使趙匡胤，與禁軍高級將領石守信、王審琦等結義兄弟掌握了軍權。翌年正月初，傳聞契丹兵將南下攻周，宰相范質等未辨眞僞，急遣趙匡胤統率諸軍北上禦敵。周軍行至陳橋驛，趙匡義和趙普等密謀策劃，發動兵變，眾將以黃袍加在趙匡胤身上，擁立他爲皇帝，這就是有名的「陳橋兵變」。趙匡胤建立了宋朝，成爲了開國之君，他的母親杜太后臨死之前，要他立下了一個盟誓，將皇位傳給弟弟趙光義。相傳這是宋太宗趙光義爲了強調自己得位之正所編出的理由。然而，太祖得位不以正，太宗相傳亦然，一個不以正道傳國的朝代，又怎麼能強盛？更何況，邊防要塞「燕雲十六州」早已被當作交換權力的物件，送給契丹了。石敬瑭固然得位不正，然而宋太祖亦然，只是方式不同罷了。於是乎以北征爲名，似乎有名不正、言不順之感。沈德潛評曰：「黃袍加身後，杜太后云：『我兒素有大志。』則宋祖之不臣顯然矣。金匱之盟，負者太宗，而宋祖主是議，亦非中庸之道也。結意燕雲永棄，強名北征，宋之積弱，以盟見宋代之非行中庸之道，由燕雲之失見宋代積弱之跡，可爲後世鑑戒之用，故可謂春秋之筆。

　　《清詩別裁集》中除了延續《明詩別裁集》以「《春秋》筆法」評詩的方式外，還加入了「《史》、《漢》筆法」的部分。從詩作的分析可以發現，基本上，沈德潛對於「《春秋》筆法」的特色掌握的很全面，不論是在「考得失、知鑑戒」還是「昭勸懲」的「微言大義」方面，都有詩可以爲例。然而對於「《史》、《漢》筆法」則主要在其敘事的生動性來評論，然仍可於其中嗅出《漢書》筆法的特色。

第四節　小結

　　社會、政治、教育等現實意義在「詩教」中原本就是一個很重要的部分，論詩重「詩教」的沈德潛當然不會忘記這一點。從教育方面來說，沈德潛所要作的是建立一套學習的典範教材。他企圖以詩歌評

選的方式，以「詩教」爲審核與立論標準，建立出一套詩歌史，透過
這套詩歌史強化「詩教」的傳統系統，使得學詩者都能尋正途而進。
這套詩歌史的建立方式是以「尊唐」與「詩教」雙重主軸來進行的。
從「尊唐」來說，沈德潛以唐詩爲入手處，又以唐詩爲結尾，代表了
他自始至終的「尊唐」信仰。因爲，唐詩不只爲「詩教」典範，更是
詩歌藝術上的典範。從「詩教」方面來說，沈德潛向上追溯了「詩教」
的源頭，向下釐清了「詩教」傳承發展的脈絡，強化了「詩教」在詩
論中的重要性。經過這樣的篩選與建構之後，呈現出來的這些詩歌選
評，就是學者進入詩的領域的最好舟楫。「詩教」中的教育作用，實
際上要靠詩歌作品本身來呈現。因此，「詩教」中對於社會與政治方
面的反映就是最好的教材。不管是在入仕前，還是入仕或致仕後，沈
德潛對於這方面都依然關注。其面向主要有戰爭與邊事方面、徭役與
賦稅部分、用人與吏治方面、對君臣關係的規範與對統治者人格修養
的要求與行爲規範部分四大類。可以看出，沈德潛所關切的上至君臣
倫理、下至國計民生，可說就是一個人的全部生活環境，都可以作爲
「詩教」的教材。除了作爲當世的教材外，沈德潛也希望能爲後世奠
定下基礎。於是可以發現沈德潛在評論詩歌時，注意到了「史」的筆
法的使用。在這方面，《明詩別裁集》出現的是「《春秋》筆法」，而
《清詩別裁集》則加入了「《史》、《漢》筆法」。前者著重於「微言大
義」，以「微言大義」達到「考得失、知鑑戒」與「昭勸懲」的作用。
後者著重於富有藝術感染力的敘事手法，透過這樣的手法，可使千載
之下，達到如視其事，如見其人的效果。這種「史」的手法與「詩教」
的教化意義相輔相成，正是沈德潛對於「詩教」在現實意義中的期望。

第五章 「詩教」所對應的表現方式與詮釋策略

　　「詩教」的教化作用是否能得到充分的發揮，詩歌作為載體的表現方式扮演了重要的角色。也就是說，「詩教」作為一個詩學理論，須透過表現才能呈現教化作用。因此，表現方式為形成「詩教」傳統時極重要的一環，有些在早期「詩教」理論中就已經出現，有些則在後來逐步累積而益形豐富。表現方式所展示的是作者創作時的心意思慮，藉由詩歌的表現手法，作者能夠直接地將意念透過作品傳達給讀者。這是「詩教」的運作模式之一。另有一種模式，在作品、作者與讀者間，加入了批評者的存在，批評者藉由對作品或作者個人的批評，傳達批評者在作品中所領略到的意義，以及批評者對作者個人的看法，而讀者則經由對作品與批評意見的閱讀，被帶領至批評者所期望的思維模式與反應方式中，形成了以批評者的觀念為主的教化作用。不可否認，在這種模式中，批評者對作品的詮釋進路，會直接且大幅度地影響讀者，以及「詩教」的教化作用的達成率。因此，在這種模式中，批評者對作品採取了何種詮釋策略？而這種策略對「詩教」的教化作用有何幫助？也是值得被討論的。在討論沈德潛詩歌評選中所呈現的「詩教」觀時，我們必須同時從詩歌的表現手法，以及沈德潛對作品的詮釋進路這兩方面來進行。因為沈德潛「詩教」觀是依附

在詩歌評選上來呈現的，因此，詩歌作品本身的表現方式就必須被討論。另外，沈德潛以一個批評者的身份，對這些詩歌進行了評選，故上文所言的第二種模式，也應該要納入討論。因此，以下筆者就來探討沈德潛「詩教」中有哪些相應的表現方式與詮釋策略，藉以觀察「詩教」在沈德潛詩歌評選內的實際運作狀況。

第一節　對「風雅傳統」的繼承與實證

　　「詩教」所對應的表現方式首推「風雅傳統」。「詩教」由《詩經》而來，而「風雅傳統」正是對《詩經》內容分類和表現方式的討論。以下將探討「風雅傳統」中的表現方式，如何在沈德潛詩歌評選中呈現，特別是有關「比興」、「意在言外」、「含蓄蘊藉」與「主文譎諫」等表現方法的討論。

一、「詩教」中「風雅傳統」的內涵

　　討論「風雅傳統」，首先必須定義這個名詞，而後方能釋其內涵。解釋「風」、「雅」必須從《詩經》的「六詩」和「六義」說起。「六詩」之說始於《周禮·春官》：「太師教六詩：曰風、曰賦、曰比、曰興、曰雅、曰頌。」〔註1〕〈詩大序〉把「六詩」稱爲「六義」：「故詩有六義焉，一曰風，二曰賦，三曰比，四曰興，五曰雅，六曰頌。」〔註2〕一般來說，後人多將「風、雅、頌」理解爲《詩經》的分類，而「賦、比、興」則是詩的作法。例如唐代孔穎達在《毛詩正義》中就說：「風、雅、頌者，詩篇之異體；賦、比、興者，詩文之異辭耳……賦、比、興是《詩》之所用，風、雅、頌是《詩》之成形。用彼三事，成此三事，是故同稱爲義。」〔註3〕後人論「六義」大多承自孔穎達

〔註1〕　《周禮·春官·大師》卷二十三，（參見阮元《十三經注疏》，板橋：藝文，1989 年 1 月，11 版），頁 356。
〔註2〕　〈詩大序〉，（參見阮元《十三經注疏》，板橋：藝文，1989 年 1 月，11 版），頁 15。
〔註3〕　孔穎達《毛詩正義》，（台北：台灣古籍，2001 年 10 月，初版）頁 14。

的說法而來，孔穎達以「用彼三事，成此三事」來解釋「風、雅、頌」
與「賦、比、興」間的關係，提示了「賦、比、興」作爲「風、雅、
頌」的表現手法這一點，等於說明了「比興」表現手法爲「風雅傳統」
的內容之一。

　　根據前文可知，「風」與「雅」是「六義」中的兩項，指的是《詩
經》的分類而言。關於《詩經》的分類，孫克強、張小平在《教化百
科──《詩經》與中國文化》一書中曾經做過整理，他們認爲風、雅、
頌的解釋雖然多，但概而言之，可以分爲三端：一是就詩篇內容不同
而進行的劃分，〈詩大序〉之說可以爲代表；〔註4〕二是根據詩篇作者
不同而進行的劃分，鄭樵《詩辨妄》之說可以爲代表；三是根據音調
不同而進行的劃分，清‧惠周惕《詩說》可以爲代表。〔註5〕這三者
中，前兩者又有互相涵攝的部分，然以〈詩大序〉對後世的影響爲大，
故筆者依〈詩大序〉以詩篇內容爲劃分依據的說法爲主，來進一步說
明「風、雅、頌」的內容。〈詩大序〉說：

> 是以一國之事，系一人之本，謂之風；言天下之事，形
> 四方之風，謂之雅。雅者，正也，言王政之所由廢興也。……
> 頌者，美盛德之形容，以其成功告于神明也。〔註6〕

從引文可知，「風」就是個人對家國之事的反應；「雅」是陳述四方之風，
以反映王政的盛衰；而「頌」就是郊廟祭祀的樂章。鄭樵《通志序》中
也說明了「風、雅、頌」的內容，他說：「風土之音曰風，朝廷之音曰

〔註4〕 〈詩大序〉云：「以一國之事，系一人之本，謂之風；言天下之事，
　　　　形四方之風，謂之雅。……頌者，美盛德之形容，以其成功告于神
　　　　明也。」（同註2書），頁18；鄭樵《詩辨妄》說：「《風》者出于土
　　　　風，大概小夫、賤　、婦人、女子之言，其意雖遠，而其言淺進重
　　　　複，故謂之風。《雅》者出于朝廷士大夫，其言純厚典則，其體抑揚
　　　　頓挫，非復小夫、賤　、婦人、女子所能言者，故曰雅。」；惠周惕
　　　　《詩說》卷上云：「《風》、《雅》、《頌》以音別也。」（北京：中華，
　　　　1985），頁1。
〔註5〕 孫克強、張小平《教化百科──《詩經》與中國文化》，（河南：河
　　　　南大學，1995年6月，第一版），頁7、8。
〔註6〕 〈詩大序〉，參見阮元《十三經注疏》，頁17。

雅，宗廟之音曰頌。」〔註7〕依他的說法，「風」就是十五個地區的民間歌謠，〔註8〕「雅」是周王畿所用的樂歌，「頌」則是用於宗廟祭祀的樂章。比較〈詩大序〉與鄭樵的定義可以發現，詩大序全從內容方面來說明，而鄭樵的說法則主要由音樂的角度切入。雖然鄭樵沒有直接說明「風、雅、頌」這三種不同的音樂的內容如何，但是依音樂的屬性來看，〈詩大序〉對「風、雅、頌」之內容的說法，與鄭樵的說法是可以搭配的。朱自清認爲：「風雅頌的意義，歷來似乎沒有什麼異說。直到清代中葉以後，才漸有新的解釋。」〔註9〕準此，「風雅傳統」若從內容上來看，應該是指書寫關於人民生活、國家事務的內容的詩歌。

關於「風」，〈詩大序〉作了內容之外的延伸。〈詩大序〉說：「風，風也，教也。風之動之，教以化之。」〔註10〕說明了「風」具有的教化功能。又說：「上以風化下，下以風刺上，主文而譎諫，言之者無罪，聞之者足以戒，故曰風。」〔註11〕這段文字進一步說明了「風」除了有教化作用外，還有風諫的功能。上對下行風教，下對上行風諫，並且針對風諫提出其重點在於「主文譎諫」，以達到「言者無罪聞者戒」的理想。「風」原本是民間歌謠，然而因爲民歌「感於哀樂，緣事而發」的特色，最能表現個人對現實政治、生活的感想，在漢人的使用方式下，就延伸出了「風教」、「風諫」的教化與政治的意義，成爲了「風雅傳統」的內涵之一。

至於「雅」，筆者在第四章第一節中已經討論過，此處就不再綴論。簡單來說，「雅」的本意是「正」，它使用的範圍並不限於詩。「雅」字的原始意義加上〈詩大序〉以「雅」爲詩體的解釋方式下，「雅」就成爲了以國家政事爲主要內容，以典範語言寫作的詩，並呈現出一

〔註7〕 鄭樵《通志序》，（參見鄭樵撰《通志》，第一冊，杭州：浙江古籍，2000 年），頁 2。
〔註8〕 《詩經》有十五國風，這十五地依序爲：周南、召南、邶、鄘、衛、王畿、鄭、齊、魏、唐、秦、陳、檜、曹、豳。
〔註9〕 參見朱自清《詩言志辨》，（台北：頂淵，2001 年 12 月），頁 49。
〔註10〕 〈詩大序〉，參見阮元《十三經注疏》，頁 12。
〔註11〕 〈詩大序〉，參見阮元《十三經注疏》，頁 16。

種以士大夫文人審美觀爲主的主流審美價值。

　　〈詩大序〉除了定義「風」、「雅」之外，也提出了「變風變雅」之說，文曰

> 　　至於王道衰、禮義廢、政教失、國異政、家殊俗，而
> 變風變雅作矣。國史明乎得失之跡，傷人倫之廢，哀刑政
> 之苛，吟詠情性，以風其上，達於事變而懷其舊俗者也。
> 故變風發乎情，止乎禮義。發乎情，民之性也；止乎禮義，
> 先王之澤也。〔註12〕

「變風變雅」的產生跟時代、政治的混亂有關。當一切的秩序與所有穩定的力量都消失時，就是「變風變雅」產生的舞台了。朱自清認爲「變風變雅」的原意只是「達於事變而懷其舊俗」，因此「變」就只是「達於事變」的「變」，並沒有微言大義在內。〔註13〕然而，鄭玄〈詩譜序〉中將「風雅正經」與「變風變雅」對立起來，劃期論世，分國做譜，顯明禍福，作後王之鑒。〔註14〕朱自清認爲所謂「風雅正變」說，就是鄭玄的創見。〔註15〕孔穎達《疏》說：「變風變雅之作，皆王道始衰，政教初失，尚可匡而革之，追而復之。固執彼舊章，繩此新失，覬望自悔其心，更遵正道，所以變詩作也。以其變改正法，故謂之變焉。」〔註16〕孔穎達將「正」與「變」對舉，是受到了鄭玄

〔註12〕〈詩大序〉，參見阮元《十三經注疏》，頁16。
〔註13〕參見朱自清《詩言志辨》，（台北：頂淵，2001年，初版），頁134。
〔註14〕鄭玄〈詩譜序〉原文如下：「及成王周公致大平，制禮作樂，而有頌
　　　聲興焉，盛之至也。本之由此風雅而來，故皆錄之，謂之詩之正經。
　　　後王稍更陵遲，懿王始受譖亨齊哀公，夷身失禮之後，邶不尊賢。
　　　自是而下，厲也幽也，政教尤衰，周室大壞，《十月之交》、《民勞》、
　　　《板》、《蕩》，勃爾俱作，眾國紛然，刺怨相尋。五霸之末，上無天
　　　子，下無方伯，善者誰賞，惡者誰罰，紀綱絕矣！故孔子、錄懿王、
　　　夷王時詩，訖於陳靈公淫亂之事，謂之變風變雅，以爲勤民恤功，
　　　昭事上帝，則受頌聲弘福如彼；若違而弗用，則被劫殺大禍如此。
　　　吉凶之所由，憂娛之萌漸，昭昭在斯，足作後王之鑒，於是止矣。」
　　　參見阮元《十三經注疏》，頁5、6。
〔註15〕參見朱自清《詩言志辨》，頁49。
〔註16〕〈詩大序〉，參見阮元《十三經注疏》，頁17。

的影響，他們兩人對「變」的看法已經和〈詩大序〉以「時變」來說「變」的意義不同了。關於「風雅正變」的問題，張寶三在〈《詩經》詮釋傳統中之「風雅正變」說研究〉一文中，歸納分析了前人的說法，並且提出了他的意見。他認爲「風雅正變」說自《毛詩・關雎・序》中略具雛形，後經鄭玄《詩譜》之敷衍，緊密結合世次爲說，以建立其嚴整之詮《詩》系統。孔穎達《正義》復闡述鄭說，更豐富其內涵。考察鄭、孔對「風雅正變」之論說，可以發現其「寓作於述」、「強調《詩經》鑑戒功能」、「說經務求融通」等解經特質。經學家透過對經典的詮釋，寄託其經世理想，以達到「勸善」的目的。〔註17〕筆者認爲「風雅正變」是「風雅傳統」中的一部份，它強調了「聲音之道與政通」以及「鑑戒」的功能。雖然這是在詮釋《詩經》時所發展出來的系統，然而其所強調的兩個功能卻不只在《詩經》的詮釋中發生作用，同時也被納入了「風雅傳統」的論述中，將文本擴大到的廣義的詩作上。

　　綜合以上，〈詩大序〉對「風」、「雅」的定義可以簡單歸納如下：「風」、「雅」原本是《詩經》的兩種體裁，「風」指的是各地區的民歌，「雅」則指的是用於朝廷之上的詩篇；「風」的作者大多是平民百姓，而「雅」的作者則是士大夫；「風」有「感於哀樂，緣事而發」的特色，而「雅」則呈現士大夫文人的審美觀；「風」的內容主要是人民生活中的事務，而「雅」則以國家政事爲主要內容；若將「風」、「雅」所書寫的內容合在一起看，那麼就涵蓋了日常生活與政治、國家事務，幾乎佔了生活中的絕大部分內容。由此可知，「風雅傳統」在內容上是以現實生活爲主的書寫，所關切的小至生活瑣事，大致國家社會，其與生活緊密結合，使得「風雅傳統」具備了強烈的現實意義。

　　從表現方式來看，「賦比興」是表現「風雅頌」的方式，因此，「風

〔註17〕張寶三〈《詩經》詮釋傳統中之「風雅正變」說研究〉，（參見台灣大學文學院《文史哲學報》，第五十二期，2000年6月），頁39、40。

雅傳統」中必然包涵了「賦比興」的部分。然而，由於詩歌講求的是以最簡鍊的語言表現最豐富的意蘊，因此，後人對「比興」的討論遠多於「賦」。同時，由於〈詩大序〉依據「風」的特色，將「風」引伸出了「風教」、「風刺」的動詞意義，由這個引伸義所帶出的就是對「主文譎諫」的要求。「主文譎諫」是爲了讓「言者無罪聞者戒」而使用的表現方式，加上「比興」，就成爲了「風雅傳統」最基礎、也最重要的兩種表現方式。〈詩大序〉也提到了「變風變雅」，由這點發展出的是「風雅傳統」中「聲音之道與政通」的特質，以及「鑑戒」的功能。前者可說是從「風雅」的內容上發展出來的，而後者則是從「風教」、「風刺」的延伸出去的。

　　劉勰吸收了〈詩大序〉的看法，將「風雅」從作品的意蘊情性一點來觀察。他在《文心雕龍》中多次將「風雅」並舉，例如《文心雕龍・情采篇》說：

> 　　昔詩人什篇，爲情而造文；辭人賦頌，爲文而造情。何以明其然？蓋風雅之興，志思蓄憤，而吟詠情性，以諷其上，此爲情而造文也；諸子之徒，心非郁陶，苟馳夸飾，鬻聲釣世，此爲文而造情也。故爲情者要約而寫眞，爲文者淫麗而煩濫。而後之作者，采濫忽眞，遠棄風雅，近師辭賦，故體情之制日疏，逐文之篇愈盛。〔註18〕

此段引文中的「風雅」可以視爲「詩」的同義詞，其特點是「志思蓄憤」、「吟詠情性，以諷其上」，也就是「爲情而造文」。以今日的說法來說，就是先有情感的發動並累積至某個強度，透過理性思維的咀嚼後再現，成爲反映作者獨特情思與個人特質的作品，而此作品亦具有現實政治社會的功用。劉勰對「風雅」的看法，涉及到作品的內蘊情性，同時也繼承了〈詩大序〉認爲「風」有教化作用的看法。《文心雕龍・風骨篇》說：

〔註18〕《文心雕此・情采》，（王更生注譯，台北：文史哲，1988 年 3 月，3版），頁 78。

　　《詩》總六義，風冠其首，司乃化感之本源，志氣之
符契也。是以怊悵述情，必始乎風；沈吟鋪辭，莫先于骨。
〔註19〕

「風」之所以是化感的本源、志氣的符契，乃是因爲「風」有「感於
哀樂，緣事而發」的特質，現實的遭遇與情感的抒發能從心理層面深
入地感動、影響讀者，因此有著「教化」的作用。「風」必須體現時代
精神，表現社會風氣，並且發揮審美教化功能和感化作用。在繼承〈詩
大序〉的同時，劉勰也將魏晉時期品評人物書畫的神采骨力論相融會，
進而提出了「風骨」〔註20〕一詞。劉勰揉合了〈詩大序〉與當代審美
論題所形成的是一種意蘊高尚、充實清新、風貌剛健、遒功凝練的審
美追求與審美理想。這一主張影響了唐代對「風雅傳統」的認識。

　　唐代陳子昂首先結合了創作實踐與理論，對魏晉以來脫離現實、
內容空虛、並偏重形式的文風，發出了放革的聲音。他在〈修竹篇序〉
中云：

　　文章道弊五百年矣！漢、魏風骨，晉、宋莫傳，然而
文獻有可徵者。僕嘗暇時觀齊、梁間詩，彩麗競繁而興寄
都絕，每以永嘆，思古人常恐逶迤頹靡，風雅不作，以耿
耿也。〔註21〕

〔註19〕《文心雕此‧情采》，頁35。
〔註20〕關於「風骨」的意義，王更生在解釋劉勰「風骨」時說：「何謂『風
　　　　骨』？蓋指文章之感染力也。夫感染力之來源有二：一是氣韻流動，
　　　　二是內容充實。」也就是說，作者情志之抒發，或由內在心理之激
　　　　動，或因外來物境之感發，意氣流露於字裡行間，造成文章的氣韻，
　　　　而俱有感染力量，如風之襲人，氣之動物，這就是劉勰所謂的「風」。
　　　　而作品能夠氣韻流動，具備感染力量者，乃有賴於作者思想、情感
　　　　與表現材料，以及其結構而定。所以充實的思想內容就是劉勰所謂
　　　　的「骨」。（同註18，頁33）；傅璇琮主編之《中國詩學大辭典》解
　　　　釋劉勰「風骨」說：「『風』意味文章在語言表現上呈現的剛健風格。
　　　　『風骨』作爲一個整體範疇，指堅挺剛健、簡鍊鮮明的美學風貌。」
　　　　（浙江教育出版社，1999年12月，第一版），頁36。
〔註21〕陳子昂〈修竹篇〉序，（參見陳子昂撰、王雲五主編《陳伯玉文集》
　　　　卷一，台北：台灣商務，1967年，臺二版），頁12。

這篇短序提出了一個精闢的見解，陳子昂認為，想要改革五百年以來的詩風，就必須重視「風骨」與「興寄」。郭紹虞解釋了這段文字，他說：「『建安文學』還是因為暴露現實、反映現實才會梗概多氣的。但是到了晉、宋以後，文學根本脫離了現實，所以說『晉、宋莫傳』」〔註22〕對於陳子昂所說的「興寄」及所感慨的「風雅不作」，郭紹虞這樣說明：「『興寄』也近於昔人所謂『比興』……我們可以說『興寄』是要暴露現實的。『采麗競繁而興寄都絕』，這正是齊、梁間詩的根本毛病……『風雅』之有價值就因為是現實主義的作品，而齊、梁間的作品卻正是反現實的。」〔註23〕也就是說，陳子昂所體認的「風雅」二字，從內容上說是要回復漢、魏詩歌反映現實、言之有物的傳統，從藝術手法上說則是要以「興寄」來達成這個目標。洪湛侯在《詩經學史》中說：「所謂『漢魏風骨』，指的是健康的思想內容和活潑的藝術形式相統一；所說的『興寄』，指的是『托物起興』和『因物喻志』的表現手法。這些正是《詩三百篇》的優良傳統所在。」陳子昂的創作，如〈修竹篇〉和〈感遇詩〉，都體現出這一主張，在客觀上為唐代詩壇樹立了一代新風。」〔註24〕這裡所說的「《詩三百篇》的優良傳統」正是「風雅傳統」，而前述對於內容與表現手法的敘述，也可以視為對「風雅傳統」內涵的論述。

陳子昂之後有李、杜、元、白繼續發揚對「風雅傳統」的回歸的理想。李白雖然說：「將復古道，非我而誰。」〔註25〕李白企圖恢復的「古道」，也就是「風雅傳統」，並不是崇古非今的論調。洪湛侯認為他是要「繼承《風》、《雅》純樸自然、文質並茂的優秀傳統。」〔註26〕筆者認為洪的說法雖然說的通，但是蔡瑜在《唐詩學探索》中的

〔註22〕參見郭紹虞《中國文學批評史》，（台北：文史哲，1988年4月，再版），頁194。
〔註23〕參見郭紹虞《中國文學批評史》，頁195。
〔註24〕參見洪湛侯《詩經學史》上，（北京：中華，2002），頁279。
〔註25〕參見孟棨《本事詩·高逸》第三，（台北：藝文，1966），頁15。
〔註26〕參見洪湛侯《詩經學史》上，頁279。

詮釋則更有說服力。蔡瑜從「時代意識」一點來看李白〈古風〉「大雅久不作」〔註27〕一詩，他說：

> 如果我們視這首詩是詩論，則就其語脈連貫來看，李白對於唐以前的文學只肯定大雅正聲，自此以下從哀怨的楚騷到導源綺麗文風的建安文學都在否定之列，這不但與李白的創作風格不符，也與其對前代詩人形諸文字歌詠的稱美大相矛盾……如果我們換一個角度來解讀這首詩，視其為具有象徵意味的時代意識，則此詩所做的歷史批判指向的便是透過文學為符徵的政治興衰，對所顯出的正是唐代上繼大雅文王，不可一世的氣運。〔註28〕

這種以文學為符徵表現政治興衰，也就是「聲音之道與政通」觀念。李白雖然肯定大雅正聲，但是並沒有走上崇古抑今的復古道路，反而對其後的詩人有所稱美和學習，蔡瑜認為這是因為「『大雅正聲』作為盛世的表徵最重要的精神當是『與時俱變』。」〔註29〕因此，肯定「大雅正聲」並不是複製過去，而是要開創屬於唐代的新的「大雅正聲」。換句話說，也就是要把握住「與時俱變」的精神，以自身的生命情態反映所處時代的背景、特色與現實，這才是「風雅傳統」真正的精神。

　　相較於李白，杜甫在〈戲為六絕句〉中展現了他對親近「風雅傳統」的看法。詩云：

> 庾信文章老更成，凌雲健筆意縱橫。今人嗤點流傳賦，不覺前賢畏後生。楊王盧駱當時體，輕薄為文哂未休。爾

〔註27〕李白〈古風〉之一：「大雅久不作，吾衰竟誰陳。王風委蔓草，戰國多荊榛。龍虎相啖食，兵戈逮狂秦。正聲何微茫，哀怨起騷人。揚馬激頹波，開流蕩無垠。廢興雖萬變，憲章亦已淪。自從建安來，綺麗不足珍。聖代復元古，垂衣貴清真。群才屬休明，乘運共躍鱗。文質相炳煥，眾星羅秋旻。我志在刪述，垂輝映千春。希聖如有立，絕筆于獲麟。」（引自全唐詩全文檢索資料庫 http://210.69.170.100/S25/）。
〔註28〕蔡瑜《唐詩學探索》，（台北：里仁，1998年，初版），頁194。
〔註29〕蔡瑜《唐詩學探索》，頁195。

> 曹身與名俱減，不廢江河萬古流。縱使盧王操翰墨，劣于
> 漢魏近風騷。龍文虎脊皆君馭，歷塊過都見爾曹。才力應
> 難跨數公，凡今誰是出群雄。或看翡翠蘭苕上，未掣鯨魚
> 碧海中。不薄今人愛古人，清詞麗句必爲鄰。竊攀屈宋宜
> 方駕，恐與齊梁作後塵。未及前賢更勿疑，遞相祖述復先
> 誰。別裁僞體親風雅，轉益多師是汝師。〔註30〕

杜甫這組詩說明的是他的詩學理念，前四首以時人對庾信、四傑等人的批評爲例，說明後生對於前賢應採取的審愼態度，以此引導出後兩首所明確揭示的唐詩發展方向。詩中明示了「一薄今人愛古人」與「轉益多師是汝詩」兩點，才是唐人「別裁僞體親風雅」之道。通過對作品與作者客觀的審視，並且從中判別優缺點之所在，以理性的態度來分析並學習、使用審視的結果，同時泯除門戶之見，伸展學習的觸角，擴大學習的對象。唯有做到這兩項，才能區別出無自我創建之功、徒知步人後塵的僞體，而親近「風雅」之道。蔡瑜認爲杜甫「歸結出『不薄今人愛古人』、『轉益多師是汝師』這樣眞正具有融合的氣度，又審愼區辦的創作態度，在『別裁僞體』的前提下，『親風雅』也正是所以開創具有自身時代特質的風雅。」〔註31〕

　　李白與杜甫走的是向「風雅傳統」回歸的路子，並且主張「時代意識」作爲詮釋「風雅傳統」的方式。其後的元、白則有所不同，這個不同處要從盛唐、中唐之交的元結開始說起。元結《篋中集》序說：

> 　　風雅不興，幾及千歲，溺於時者，世無人哉。……近
> 世作者，更相沿襲，拘限聲病，喜尚形似，且以流亦爲辭，
> 不知喪於雅正然哉。彼則指物詠物，會諧絲竹，與歌兒舞
> 女，生污惑之聲於私室可矣；若令直方之士，大雅君子，
> 聽而誦之，則未見其可。〔註32〕

元結透過對當代詩風的反省，而產生意欲回歸到以詩歌功能爲本質的

〔註30〕參見《杜詩鏡銓》卷九，（楊倫編輯，台北：藝文，1998 年 12 月，初版），頁 619、620。
〔註31〕蔡瑜《唐詩學探索》，頁 199。
〔註32〕元結《篋中集》序，（台北：台灣商務，1981），頁 1。

思考模式中，從他的創作中可以發現，元結在內容與形式上都是追求復古的。例如他在〈二風詩論〉中說明了〈二風詩〉十首，是針對上古時代不同的君主施政所歸納分析出來的理、亂之道，而以規箴諷諫的形式來呈現，〔註33〕這就是以詩歌功能為本質的最佳寫照。元結之後的元稹、白居易將詩歌與政治結合的主張推向了一個高峰。他們推行新樂府運動，一方面傳承「聲音之道與政通」的概念，大力倡導回復采詩官，開諷刺之道以補察時政；另一方面則大量創作存炯戒、通諷諭的作品，以上達天聽。新樂府運動的推行，使得漢代以來「風雅傳統」中「鑑戒」、「諷諭」的政治功能受到極大的重視，元、白並以此為詩的本質的重要部分。然而，元、白所認知的「風雅傳統」與前人有些許不同，許總在〈論元稹、白居易的文學觀〉中說：「元、白的文學主張實際上乃是其政治主張中不可分割的組成部分。」〔註34〕也就是說，他們的詩歌理論其實是其政治藍圖中的部份，因此，他們重視從《詩經》到樂府的寫實精神，大力提倡這種一直以來被視為積極與政治互動的詩體，企圖為詩反映現實政治的精神找到合理而遠古的依據。元、白所倡導的「樂府」只是一種樂府的精神，它除了強調傳統興諷的本質之外，其實還揭示了一種上下互動的理想模式，也就是「言者無罪聞者戒」。因為元、白的目的在於政治而非文學，所以其詩作呈現了重質不重文的特色。也就是說，他們注重的是作品本身是否能傳達清楚的意念，而非作品的藝術成就。因此，他們雖然也講「比興」，但是卻是將「比興」限定在是否能引起政治聯想這種實用的目的上。

　　綜合以上，唐人對「風雅傳統」的內涵，有著擴充、強調之功。李、杜將「風雅傳統」導向詩歌作品與「時代意識」的結合；元、白則強調「風雅傳統」中詩歌的現實政治功能，並且藉著「新樂府」運

〔註33〕元結〈二風詩論〉，（參見《元次山文集》卷一，台北：商務），頁6。
〔註34〕許總〈論元稹、白居易的文學觀〉，（參見《江蘇社會科學》，1997年第3期），頁132。

動的推行，企圖以「風雅傳統」中「鑑戒」與「言者無罪聞者戒」的特色，建立其理想的詩用模式。元、白在提倡「言者無罪聞者戒」的同時，也認爲詩歌必須要能清楚的傳達詩人諷諫的內容，因此我們可以知道，元、白對這個理想的上下溝通模式的期許，是包含了在上位者納諫雅量，以及在下位者的直言不諱。但是在絕對君權的體制下，這樣的模式應該只存在少數的時代或詩人在遠古聖君的緬懷中。宋代魏慶之在《詩人玉屑》中，就意識到了這個問題，並且提出了他的看法，他說：

> 作詩不知風雅之意，不可以作詩。詩尚譎諫，唯言之者無罪，聞之者足以戒，乃爲有補；而涉於毀謗，聞者怒之，何補之有！觀東坡詩只是譏誚朝廷，殊無溫柔敦厚之氣，以此人故得而罪之。若是伯淳詩，聞者自然感動。因舉伯淳與溫公諸人禊飲詩云：「未須愁日暮，天際乍輕陰。」又泛舟詩云：「只恐風花一片飛。」何其溫厚也。〔註35〕

魏慶之認爲，如果不知道「風雅」的意義，那麼就不算是眞正能作詩的人。言下之意是將「風雅」視爲作詩的根本。那麼何謂「風雅」？「風雅」的精神就是要有補於世，而有補於世就是要做到「言者無罪聞者戒」。如果言者採用的話語方式強烈到涉及毀謗，那麼表示言者的話語使用方式使人感到不快，自然也就會激起受話者的反抗或仇視的心理。說話者之所以會涉及毀謗，除了藝術表現方式的選擇錯誤外，更根本的是說話者心理素質並未能達到理解與提供「詩教」之「教」的地步。因此，魏慶之在此舉出了蘇軾與程顥的詩來作對照，認爲蘇軾的詩流於譏誚，所以不如程顥的詩顯得溫柔敦厚。言下之意就是程顥的詩才能達到「言者無罪聞者戒」的補世作用，而蘇軾的詩非但不能達到這種作用，而且還會遭人非議。從魏慶之所提供的程顥詩句來看，已經注意到了文學表達方式在「言者無罪聞者戒」這種溝通模式中扮演著重要角色。這與元、白有著很大的不同。這種不同根本上在

〔註35〕魏慶之《詩人玉屑》卷九，（台北：台灣商務，1983），頁167。

於元、白乃以詩作爲其政治理論之一，而魏慶之雖然強調詩的反映政治、現實的諷諭與教化作用，但是並不如元、白一樣，將之視爲政治藍圖之一。同時，政治上宋代君主集權更勝於唐，也使得宋人開始思考，如何維持「言者無罪聞者戒」的「風雅傳統」，並且在其中尋得安全而有效的溝通方式。關於這部分，楊萬里的意見可以提供參考，他在《誠齋詩話》中說：

> 太史公曰：「國風好色而不淫，小雅怨誹而不亂。」左氏傳曰：「《春秋》之稱，微而顯，忠而晦，婉而成章，盡而不污。」此《詩》與《春秋》紀事之妙也。近世詞人閑情之靡，如伯有所賦，趙武所不得聞者，有過之無不及焉。是得爲「好色而不淫」乎？惟晏叔原云：「落花人獨立，微風燕雙飛。」可謂「好色而不淫」矣。唐人〈長門怨〉云：「珊瑚枕上千行淚，不是思君是懷君。」是爲得「怨誹而不亂」乎？惟劉長卿云：「月來深殿早，春到後宮遲。」可謂「怨誹而不亂」矣。近世陳克詠李伯時畫〈寧王講史圖〉云：「汗簡不知天上事，至尊新納壽王妃。」是得爲微、爲晦、爲婉、爲不污穢乎？爲李義山云：「侍宴歸來宮漏永，薛王沈醉壽王醒」，可謂微婉顯晦，盡而不污矣。〔註36〕

楊萬里認爲《詩經》與《春秋》的表現方式，是值得學習與肯定的。因此，他舉用了許多正反兩面的例子，針對《詩經》與《春秋》的表現方式作個別的說明與呈現。以《詩經》來說，「好色而不淫，怨誹而不亂」指的是詩歌所展現的情感的節制。也就是說，並非不能「好色」、不能「怨誹」，但是要做到「不淫」、「不亂」的境界。「淫」與「亂」都是太過的表現，詩情上的太過，背後反映的是人情的不能節制。如此太過度的詩情流露，並不能適切的感染讀者，反而會對「言者無罪聞者戒」的「風雅傳統」造成反效果。因此，《詩經》那種合適而有節制的表達方式，是值得學習的。以《春秋》來說，「微而顯，

〔註36〕楊萬里《誠齋詩話》，（參見丁福保輯《歷代詩話·續編》，台北：木鐸，1983 年），頁 245。

忠而晦，婉而成章，盡而不污」指的是以小喻大、以微見顯、微婉而明確、盡致而適切的意在言外的表現方式。孔子作《春秋》，常寓褒貶之意於一字，這樣的表達方式，往往較直斥其事來的更有力而安全。我們從楊萬里所舉的例子就可以看出，「至尊新納壽王妃」是對唐玄宗佔子媳事的直接陳述，而李商隱「薛王沈醉壽王醒」詩句，則透過獨醒的壽王，間接喻指了唐玄宗之事。壽王為何獨醒？必因心中有所鬱悶。何以鬱悶？讀者至此便可體會到詩人真正的意義了。學《詩經》的表現方式，讓人情感能有所節制，發而為詩，則兼具了動人與保身的功能；學《春秋》的表現方式，則能以含蓄微婉的手法，清楚表現詩人所要傳達的意念。這兩者為「言者無罪聞者戒」的「風雅傳統」，提供了實用而具體的寫作策略。

元末明初，朱元璋打著「驅逐韃虜，恢復中華」的口號，推翻了元朝近百年的統治。在文學上，朱元璋得到了浙東文人的支持，隨著朱元璋建國，浙東派也在文壇上取得了優勢。然而，浙東派不只是一個文學流派，也是一個理學宗派，其所傳承的是朱熹一路的理學思想。明初文壇上的大家宋濂、方孝孺等人正是其中代表。此派文人特別強調「文以明道」，也就是，文學必須宣揚倫理道德規範，為教化人心與政治服務，詩歌自然也不例外。《宋濂詩話》說：

> 詩之為學，自古難言。必有忠信近道之質，蘊優柔不迫之思，形主文譎諫之言，將以洗濯其襟靈，發揮其文藻，揚屬其體裁，低昂其音節，使讀者鼓舞而有得，聞者感動而知勸，此豈細故也哉！〔註37〕

宋濂此言將說明了作為一個詩人的內在與外在條件，及其發而為詩所應達到的理想與目的。在他的看法中，詩人的內在人格必須具有崇高的道德評判標準，在這個前提之下，還要有對藝術的蘊蓄創發的能力，並且在遣辭構句上要能以「主文譎諫」的手法，達到藝術極致的

〔註37〕參見吳文治主編《明詩話全編》第一冊，（南京市：江蘇古籍，1997年），頁53。

美善境界，使得讀者能因其作品而有得、知勸。《劉基詩話》也有類
似的看法，文云：

> 夫詩爲何而作哉？情發於中而形於言，「國風」、「二雅」
> 列于六經，美刺風誠莫不有裨於世教。是故先王以之驗風
> 俗察治忽，以達窮而在下者之情，詞章云乎哉！〔註38〕

作詩之由乃因情發於中，故形於言。劉基以《詩》的經典地位，推論
出詩歌必須以有裨於世教，對上能夠發揮正得失的作用，對下能宣導
下情以通諷喻者，才是詩歌的眞正價值所在，而非所謂詞章小道也。
以上兩人對於詩歌應具備社會政治的現實意義的意見，以及對「主文
譎諫」的體認，基本上還是不脫前人之論。

「言者無罪聞者戒」所對應的表現方式，到了清初陳子龍的手
上，有了較爲突破的發展。明末清初，社會正值遽變之際，此時詩學
的趨向是儒家政教精神出現的復興。晚明以來空前的社會政治危機喚
起了士人們強烈的社會責任感，這一時期的士人最突出之處，就是具
有強烈的經世濟民的精神。他們要求文學活動應該具有鮮明的政治色
彩以及現實的目的性。然而，這一時期的詩學所強調的是詩人對於社
會政治的干預精神，而非教化精神。〔註39〕雲間派的陳子龍強調詩歌
的美刺作用，他說：

> 夫作詩而不足以導揚盛美，刺譏當時，托物聯類而見
> 其志，則是《風》不必列十五國，而《雅》不必分大小也。
> 雖工而余不好也。〔註40〕

所謂的「導揚盛美，刺譏當時」就是「詩教」傳統中的美刺說。詩人
抒情言志必須要與政治相關，否則就不能有美刺。正因爲如此，所以
陳子龍說：「詩者，憂時托志之所作也。」認爲這是「詩之本」，〔註41〕

〔註38〕參見吳文治主編《明詩話全編》第一冊，頁81。
〔註39〕此乃張健於《清代詩學研究》中之意見，（北京：北京大學出版社，
    1999年11月，第一版），頁16。
〔註40〕參見陳子龍〈六子詩序〉，（錄自《陳忠裕公全集》卷七，上海：華
    東師範大學出版社，1988年11月，第一版），頁376。
〔註41〕參見陳子龍〈六子詩序〉，錄自《陳忠裕公全集》卷七，頁375。

這就將詩人的性情與政治社會關連在一起。陳子龍雖然提出美刺，但是他也瞭解所處的時代，美刺有一定的難處，〔註42〕張健歸納出陳子龍面對這樣的事實時，所提出的三個解決方式：第一是以頌為刺；第二是借離人思婦的愛情來表現詩人對於政治的怨憤之情；第三是借對古代盛王的痛罵來表現對現實的不滿情緒。〔註43〕這三種表現方式都有助於「言者無罪聞者戒」的「風雅傳統」，在陳子龍的手上，以往對情感的節制的限制，經由第二種、第三種比現方式得到了釋放。陳子龍不再強烈要求情感的節制，而是努力於尋找新的表現方式，讓詩人在表達強烈情感的同時，也能達到「言者無罪聞者戒」的理想。

　　總括來說，「風雅傳統」是從《詩經》中衍生出來的，它原本只是「六詩」或「六義」中，說明《詩經》內容的兩種分類，但是在漢人以經學思維解《詩》的背景下，「風」的「感於哀樂，緣事而發」的特質，以及「雅」的「正」的特質，就被突出並且擴大詮釋了。漢儒將「風雅」與政治相關連，於是「風雅」就被賦予了「風教」、「風刺」的意義，並體現出了士大夫文人的主流審美觀。同時，漢儒也提出了「風雅正變」的概念，以「聲音之道與政通」來加強詩與政治的關連性。他們在提出「風刺」、「風教」的同時，也提出了「主文譎諫」的話語使用策略，以期達到「言者無罪聞者戒」的上下溝通理想模式。到了魏晉，在個體意識覺醒及文學價值與地位的再思考的背景下，「風雅傳統」中屬於藝術表現方法的部分被強調出來，形成了一套意蘊高尚、充實清新、風貌剛健、遒勁凝練的審美追求與審美理想。唐代繼承了前人概念，陳子昂首先要求回復漢魏風骨的「興寄」，繼而李、

〔註42〕陳子龍〈詩論〉：「稱人之美，未有不喜也；言人之非，未有不怒也。爲人所喜，未有不諛也；爲人所怒，未有弗罪也。嗚呼！三代以後，文章之士，不亦難乎！欲稱引盛德讚宣顯人，雖典頌袞雅乎，即何得非諂？其或慷慨陳詞，譏切當世，朝脫於口，暮嬰其戮。嗚呼！當今之世，其可以有言者鮮矣。」（同註40書，卷三），頁140、141。
〔註43〕張健《清代詩學研究》見，頁20。

杜以「時代意識」說明了「風雅傳統」的眞諦在於反映詩人所處時代的現實，元、白則以新樂府運動推廣「風雅傳統」中「言者無罪聞者戒」的精神，並將其納入政治理想中。「風雅傳統」經過漢、唐人的發展，其內涵已充實許多，宋人秉承之，並且根據所處的政治現實而有所調整，將「主文譎諫」重要性擴大，強調語言藝術的表現方式對於「言者無罪聞者戒」的影響。明人對「風雅傳統」的體認，基本上還是承襲著前人的意見而來，比較特殊的是清初的陳子龍，他消解了宋人言「風雅傳統」時，所著重的情感的節制部分，轉而以尋找新的表現方式來兼顧詩人強烈的情感與「言者無罪聞者戒」的理想。以下，筆者就以此為基礎，討論「風雅傳統」在沈德潛詩歌評選中的展現，並藉此說明「風雅傳統」如何輔助「詩教」的實踐。

二、「風雅傳統」的表現方式在「詩教」上的實踐

在第一節中，我們已經梳理出「比興」、「意在言外」、「含蓄蘊藉」與「主文譎諫」是屬於「風雅傳統」的表現方式，以下，筆者將以此為序，一一檢視這些表現方式在沈德潛詩歌評選中，如何幫助實踐「詩教」。

（一）「比興」的表現方式

討論「比興」，不能不先說一下「比興」的意義。「比」、「興」始見於「六義」，指的是《詩》的寫作表現手法。鄭玄解釋「比」、「興」說：「比，見今之失，不敢斥言，取比類以言之。興，見今之美，嫌於媚諛，取善事以喻勸之。」〔註44〕鄭玄的解釋是站在以義為用的的角度來說的，鄭毓瑜在〈詮釋的界域——從〈詩大序〉再探「抒情傳統」的建構〉中說：「這裡不論是說古道今或是加上褒貶美刺，都已經是站在『以義為用』的詩教立場，而刻意捨離了『六詩』原有的樂教背景；同時，由關注政教善惡出發的美刺比喻，進而希望建立歷史

〔註44〕〈詩大序〉，參見阮元《十三經注疏》，頁 14。

性鑑戒的法式，也明顯將詩教引向目的性、策略性的語言運用。」〔註45〕因此，「比」、「興」都是爲了今之美惡而採取的反應方式。劉勰《文心雕龍・比興篇》云：

> 比者，附也；興者，起也。附理者切類以指事，起情者依微以擬議。起情故興體以立，附理故比例以生。比則蓄憤以斥言，興則環譬以寄諷。〔註46〕

劉勰以「附」來解釋「比」，以修辭學來看，就是「譬喻法」或「比喻法」的修辭。以「起」來解釋「興」，就是聯想、引發。在此同時，劉勰也點出了「理」與「情」作爲「比」、「興」各自的特質之一。徐復觀也從類似的角度說明了「比」與「興」的不同，他認爲：「比是由情感反省中浮出的理智所安排的，使主題與客觀事物發生關連的自然結果。……興所敘述的主題以外的事物，不是情感經過了反省所引入，而是由情感的直接活動所引入的。」〔註47〕也正因爲是情感的兩種不同反應，因此回歸到「比」、「興」與所對應之物來看，徐復觀說：「比的事物與主題的關係，有理路可循。……興的事物與主題的關係，不是理路的聯絡，而是由感情的氣氛、情調，來作不知其然的溶合。」〔註48〕這也就是劉勰以「理」爲「比」之特質，以「情」爲「興」之特質的意思。

劉勰之後的鍾嶸對「比興」則有更進一步的發揮。鍾嶸《詩品》說：

> 故詩有三義焉：一曰興，二曰比，三曰賦。文已盡而意有餘，興也；因物喻志，比也；直書其事，寓言寫物，

〔註45〕鄭毓瑜〈詮釋的界城──從〈詩大序〉再探「抒情傳統」的建構〉，（參見《中國文哲研究集刊》第二十三期，2003 年 9 月），頁 15。

〔註46〕《文心雕龍・比興》，（王更生注譯，台北：文史哲，1988 年 3 月，3版），頁 145。

〔註47〕徐復觀〈釋詩的比興──重新奠定中國詩的欣賞基礎〉，（參見徐復觀《中國文學論集》，台北：台灣學生，1974 年 10 月，再版），頁 98、100。

〔註48〕徐復觀《中國文學論集》，頁 102。

賦也。宏斯三義，酌而用之，幹之以風力，潤之以丹彩，
使味之者無極，聞之者動心，是詩之至也。若專用比興，
則患在意深，意深則詞躓。若但用賦體，則患在意浮，意
浮則文散，嬉成流移，文無止泊，有蕪蔓之累矣。〔註49〕

這段引文的重點在於鍾嶸對「興」的解釋。他以「文已盡而意有餘」
釋「興」，大陸學者徐正英認爲這是他大膽的創見。〔註50〕因爲《詩
經》上的「興」，總是在一章的開端，但由鍾嶸的說法來看，有「興」
就必須在一章的結尾。徐復觀認爲：「這種出入，僅是形式上的問題，
而不是興的本質上的問題。⋯⋯鍾嶸在這裡，並非僅針對《詩經》來
作解釋，而係對一般的詩來作評釋。」〔註51〕的確，鍾嶸的「興」在
本質上仍然經由情感的直接活動所引入，只是他更強調引入之後，這
種意味並不隨著文句的結束而休止，仍然可以繼續爲讀者所感受。

　　沈德潛在《說詩晬語》中曾對「比興」作了這樣的解釋，他說：
事難顯陳，理難言罄，每托物連類以形之。鬱情欲舒，
天機隨觸，每借物引懷以抒之。比興互陳，反覆唱歎，而
中藏之懽愉慘戚躍欲傳。其言淺，其情深也。倘質直敷陳，
絕無蘊藉，以無情之語而欲動人之情，難矣。(卷上，頁1)

引文的前三句說的是「比」，四到六句說的則是「興」，「比興」手法
的交錯、反覆運用，能夠將詩人託之於作品之中的情感生動、盡致的
表現出來，以最自然質樸的語言，傳達最深沈動人的情感與意念。詩
歌反映的對象是理、事、情，社會生活與個人的內心世界是空間無限

〔註49〕鍾嶸《詩品》，(北京：中華，1991)，頁10。
〔註50〕徐正英認爲鍾嶸這段話提示了三個重點：第一是賦予了「興」全新
　　　　的含意。鍾嶸以「文已盡而意有餘」釋「興」是他大膽的創見。此
　　　　既是對詩人寫作上的要求，又是讀者欣賞作品後得到的體會。這是
　　　　從藝術特色、藝術風格、藝術審美的角度，對我國詩歌基本的特徵
　　　　做出重要的概括。後來的殷璠、皎然、司空圖、嚴羽等人都受到的
　　　　影響。第二是提出了「賦比興」交錯運用的主張。第三是提出了詩
　　　　歌的評判標準，即「幹之以風力，潤之以丹彩」，使詩歌產生強大的
　　　　感染力量。(參見徐正英〈先秦至唐代比興說述論〉，《西北師大學報》
　　　　第四十卷第一期，2003年1月)，頁52。
〔註51〕徐復觀《中國文學論集》，頁111。

而又多采多姿的，有限的語言不可能將之淋漓盡致的表達出來。「事難顯陳，理難言罄」指出了語言文字對表達「事」、「理」的侷限，而「鬱情欲舒」則點明了語言文字抒發「情」的企圖。由於想要描述對象的性質不同，因此必須藉由不同方式表達。於是，文學中，「比興」手法的必要性就因此產生了。沈德潛此處以「看物連類以形之」與「借物引懷以抒之」分屬「比」、「興」，從前者來看，「託物連類」是將相同或相近的物類加以類比，達到形容己意的目的，也就是比喻的手法。從後者來看，「借物引懷」則是藉著外界事物作為引發情感的媒介，由此開啓抒發情感的機制，也就是聯想、象徵的手法。最後，沈德潛從反面再次強調了「比興」的重要性。從表現方式上來看，「質直敷陳，絕無蘊藉」乃真陳其事而無文思潤飾，並不能稱為詩，也不能有效地感動中心。若要以沒有蘊蓄情感的語言來感動人心，實在是十分困難的。

　　沈德潛這段話，除了可以用以解釋「比興」對詩歌藝術的重要性外，從「詩教」的角度來看，也有其意義存在。「詩教」的教化功能之所以能落實，就在於受教者能夠藉由閱讀詩歌，受到心靈上的感召，而產生潛移默化的教化效用。從實際表現方式來看，「比興」正具有這樣的能力。因為「比」、「興」各自的特質，使得它能夠蘊含最豐富的情思。以最簡鍊的語言，呈現最深刻而精彩的情感。不只可以增加讀者的閱讀興趣，也可以讓讀者沈浸在「比興」所構設出的豐富情境中，而不知不覺地達到「詩教」教化的效果。

　　沈德潛也將「比興」用在詩歌選評中，例如初編《唐詩別裁集》選李白〈古風〉「天津三月時」詩云：

　　　　天津三月時，千門桃與李。朝為斷腸花，暮逐東流水。
　　前水復後水，古今相續流。新人非舊人，年年橋上遊。雞
　　鳴海色動，謁帝羅公侯。月落西上陽，餘輝半城樓。衣冠
　　照雲日，朝下散皇州。鞍馬如飛龍，黃金絡馬頭。行人皆
　　辟易，志氣橫嵩丘。入門上高堂，列鼎錯珍羞。香風引趙
　　舞，清管隨齊謳。七十紫鴛鴦，雙雙戲庭幽。行樂爭晝夜，

自言度千秋。功成身不退，自古多愆尤。黃犬空嘆息，綠珠成覊離。何如鴟夷子，散髮棹扁舟？（卷二，頁68）

沈德潛評此詩云：「歷言權貴豪奢，沈溺不返，而有李斯、石崇之禍，不如范蠡扁舟歸去之爲得也。前用興起。」（同上）這首詩的前兩句首先寫時序的春及盛開的花朵。春天是生氣盎然的季節，桃、李的盛開正是春的生命力的展現。然三句以下話鋒隨即一轉，以花謝付流水引出無常之意。事物無論如何美好，終究有煙消雲散的一日。流水東去，日復一日，橋上遊人，年年不同。此八句藉由對外界景物的描寫，引出作者內心的感懷，沈德潛說這樣的手法是用「興」起。明顯地，此處的「興」可從兩方面來解釋：第一是創作方式的「興」，也就是從創作動機處言之。以外物起情的方式，引發後續的情感與人事的聯想。第二是修辭方式的「興」，就是從「前水後水」、「新人舊人」聯想到萬事無常的道理。然而，不論「興」的意義是第一種還是第二種，其所引出的都是豪奢而致禍的警戒，和與其豪奢而致禍，不如澹泊名利以潔身自保的意義。詩人的主旨在以豪奢爲戒，此處「興」的表現方式，正足以帶領讀者進入這層教化意義。

再來，沈德潛《古詩源》選楊惲〈拊缶歌〉，詩云：

田彼南山，蕪穢不治。種一頃豆，落而爲萁。人生行樂耳，須富貴何時。（卷二，頁9）

沈德潛評曰：「以力田之無年，比仕宦之失志，未嘗斥朝廷也，然竟緣此得禍，哀哉！」（同上）楊惲是司馬遷的外孫，宣帝時被封爲平通侯，後來跟宣帝最寵信的老臣太僕長樂意見不合，被陷害而罷職，這首詩就是在他罷職時所作，同時也成爲他後來被腰斬的原因之一。〔註52〕

─────────────

〔註52〕楊惲〈報孫會宗書〉有云：「惲家方隆盛時，乘朱輪者十人，位在列卿，爵爲通侯，總領從官，與聞政事，曾不能以此時有所建明，以宣德化，又不能與群僚同心并力，陪輔朝廷之遺忘，已負竊位素餐之責久矣。懷祿貪勢，不能自退，遭遇變故，橫被口語，身幽北闕，妻子滿獄。當此之時，自以夷滅不足以塞責，豈意得全首領，復奉先人之丘墓乎？伏惟聖主之恩，不可勝量。君子游道，樂以忘憂；

在沈德潛看來，楊惲的詩句原本只是以辛勤耕種卻收成不佳，比喻致力爲政卻遭非議，並沒有直接評議朝政，已經努力避免直斥所可能引起的災禍，但最後卻依然因此遭殃。楊惲的寫作策略雖然沒有成功，但是他的例子卻說明了「比」的修辭技巧的運用在與現實政治互動時，顯然已被多方面運用著。由這個例子還可以反應一件事，沈德潛言「詩教」，認爲詩歌應該具備反映現實的功能。然而，如何反映現實，也就是要採取何種表現方式，就必須審愼的評估。基於安全性與功能性來看，楊惲「以力田無年比仕宦失志」，其實已經達到了「詩教」以詩歌反映現實政治的要求，並且具體的展現了「詩教」所要求的表現方式。

　　總結上述，沈德潛使用「比」、「興」進行詩歌評選時，主要是將「比」、「興」視爲寫作手法的一種，不管是「以力田之無年，比仕宦之失志」的比喻法，還是「前用興起」的聯想法破題，「比」、「興」對「詩教」的幫助在於使讀者初接觸作品時，能透過作者在作品內所使用的「比」、「興」寫作技巧，巧妙的將讀者的心智與作者所要傳達的教化觀念相連接，因此，「比」、「興」可說是詩歌教化作用的基礎。

（二）「意在言外」的表現方式

　　「意在言外」的重點在於創作與閱讀時，必須能超越語言的限制，體會到更高、更深的意涵，這是以中國哲學中「言意之辨」〔註53〕爲

小人全軀，說以忘罪。竊自思念，過已大矣，行已虧矣，長爲農夫以沒世矣。是故身率妻子，戮力耕桑，灌園治產，以給公上，不意當復用此爲譏議也。夫人情所不能止者，聖人弗禁，故君父至尊親，送其終也，有時而既。臣之得罪，已三年矣。田家作苦，歲時伏臘，亨羊炰羔，斗酒自勞。家本秦也，能爲秦聲。婦，趙女也，雅善鼓瑟。奴婢歌者數人，酒後耳熱，仰天拊缶而呼烏烏。其詩曰：『田彼南山，蕪穢不治，種一頃豆，落而爲萁。人生行樂耳，須富貴何時！』是日也，拂衣而喜，奮袖低卬，頓足起舞，誠淫荒無度，不知其不可也。」（參見班固《漢書》卷六十六，列傳第三十六，台北：中華，1981），頁 454。後來正巧遇到日蝕，有人告發他驕賒不悔過，把日蝕的責任歸咎於楊惲，最後被宣帝以「大逆無道」的罪名腰斬。

〔註53〕「言」、「意」之辨本起於《莊子》和《周易》，但眞正發展則在魏晉時期。王弼在《周易略例‧明象》中討論到了「言」與「意」的關係，他

基礎發展起來的概念。從閱讀的角度來說，作者眞正的意思並不是從作品的字面意義中得來，而必須先以文字本身爲基礎，再超越字面的意義，才能得到。沈德潛在其詩歌評選中多次以「意在言外」評詩，例如沈德潛初編《唐詩別裁集》選杜甫〈贈花卿〉：

> 錦城絲管日紛紛，半入江風半入雲。此曲只應天上有，
> 人間難得幾回聞。（卷十九，頁 174）

沈德潛評曰：「楊用修謂花卿在蜀，僭用天子禮樂。子美作此諷之，而意在言外。」詩人以人世少聞之天曲，象徵皇室用樂，不應出現在平常人家，以此諷臣子僭用天子禮樂。詩的主旨並不直接由作品的文字表達出來，作品的文字扮演的不是單純的傳達的功用，而還有提醒、引發讀者在文字之外，體會出作者眞正的諷諫之意，故說「意在言外」。這裡所展示的是落實「詩教」諷諫作用的另一種表現方式。詩人藉著書寫，爲讀者構設出一個文句以外的想像空間，使得讀者能夠藉著文本中所給予的提示，在文本以外領取詩意，這就是「意在言外」。杜甫此詩主要的目的在於諷諭臣子僭用天子的禮樂，從目的上來看，是屬於「詩教」中的諷諭功能。在展現這個諷諭功能的方式上，杜甫採用的是「意在言外」的表現方式，展現了「比興」之外的另一個選擇。同書又選劉禹錫〈石頭城〉詩云：

> 山圍故國周遭在，潮打空城寂寞回。淮水東邊舊時月，
> 夜深還過女牆來。（卷二十，頁 176）

說：「夫象者，出意者也；言者，明象者也。盡意莫若象，盡象莫若言。言生於象，故可尋言以觀象；象生於意，故可尋象以觀意。意以象盡，象以言著。故言者所以明象，得象而忘言；象者所以存意，得意而忘象。」（台北：藝文，1965），頁 11。「語言」是表達「意念」的工具，但是「言」並不等於「意」，太過執著於語言，反而不能得到眞意。魏晉時期的「言意之辨」還有「言盡意」與「言不盡意」的論戰，主張「言盡意」的一派認爲物本無名，爲了辨別方便才確立了名稱；理本無稱，爲了將之表達出來，才訴諸言詞。所以，名與物、理與詞的關係就好像聲響、形影一般，不能分割，所以言一定是盡意的。主張「言不盡意」一派的說法則是認爲語言文字可以達意，但無法盡意，指出了言意之間的聯繫與差別，以及言詞在表達意念時的侷限。

石頭城在今日南京清涼山西麓，三國時諸葛亮曾讚嘆過這裡的地形說：「鍾山龍蟠，石頭虎踞，眞乃帝王之宅也。」〔註54〕石頭城是一個極具軍事價值的地點，爲南京（建康）提供了天然的屏障。南京號稱「六朝古都」，吳、晉乃至於後來的南朝宋、齊、梁、陳都定都於此。然而，雖然有石頭城的屏障，這六朝仍逃不過覆滅的命運。石頭城周遭的山與水，千百年來依然存在，但是石頭城已逐漸頹壞，成爲一座空城，而它所庇護的政權也在歷史的洪流中被掩沒了。今日之月如古時之月一般，朗朗地掛在空中，只是現在月光籠罩的只剩下空頹的城牆，而不見六朝的景物人事。沈德潛評曰：「只爲山水明月，而六朝之繁華，俱歸爲烏有，令人於言外思之。」（同上）詩人要傳達的是以古爲鑑的「詩教」，而詩人採用的是書寫石頭城外的山水明月，以自然的恆常帶出了人事無常的詩旨，詩的語言中沒有一句說到六朝的覆滅與人事的變換，但是藉由「故國」、「空城」、「舊時」等詞，搭配上山水明月的書寫，使得讀者在文字的字面意義之外，體會出了世事變換、人物全非的今昔之感，甚至進一步思索到六朝覆滅的原因。這種體會並非侷限於文字本身，而是以文字爲基礎所發展而來的，所以說令人於言外思之。

　　《清詩別裁集》選韓純玉〈題李營丘風雪運糧圖〉詩云：

　　　　自古嘗稱蜀道難，百步九折縈嚴巒。何況嚴冬深雪裡，
　　寒氛晻靄踰千盤。前峰崒嵂矗天起，後峰連綿勢未已。猨
　　猱不度鳥不啼，懸崖無根谷無底。……此時何處來徒眾，
　　運糧千里輓輸重。僕夫股慄泥沒脛，車輪欲摧馬蹄凍。誰
　　能畫者李營丘，秋毫細晰天爲愁。……天寶以降傳乾符，
　　車駕幾度留成都。漢陰饋餉騾背負，百官始得充朝餔。蜀
　　道之難難若此，危途數困唐天子。當時寫此非偶然，後來
　　題者趙承旨。……徘徊嘆賞最珍惜，似因弱宋悲殘唐。……
　　君不見，自有書契來，陳跡悠悠皆可睹，空將哀樂感興亡，

───────────────
〔註54〕參見李昉《太平御覽》卷第一百九十三，（上海：上海書店，1985），
　　　　頁1。

憑弔環州一抔土。嗚呼！豈必王孫心獨苦？（卷七，頁 422）
安史之亂，玄宗奔蜀，蜀道之難自古有名，李白有言：「蜀道之難，難
於上青天」，即可證之。這首詩的前半段從自然環境描繪了蜀道的險巇，
即使是身形靈活的猿猴，以及具有飛翔能力的鳥類，到了蜀道也是一籌
莫展。地形的險巇加上氣候的嚴寒，更加深了蜀道之難。在這樣艱困的
環境裡，竟然有一群人行走在其中。詩人生動的描寫了這群運糧補給的
僕夫，他們發著抖，一步一步走在艱險的道路上。他們的目的地正是帝
王與朝臣們暫時的棲身之所，滿朝文武尚且必須等到僕夫的補給才有早
餐可吃，更顯出了君臣的狼狽。安史之亂以後，晚唐更有君王再度因亂
踏上蜀道，五代宋初的畫家李成把如此場景清楚而生動的紀錄了下來，
宋代的趙孟頫則爲之題畫。文學藝術作品能夠跨越時空而流傳，使得後
人能夠從其中體會出作品背後的眞意。沈德潛評曰：「弱宋殘唐，遙遙
相應，見畫與題畫者，無限經營苦心，不止筆墨之工也。人君尚德不尚
險意，於言外見之。」（同上）在第四章中，我們已經探討過沈德潛「詩
教」在政治作用的展現，其中「人君尚德不尚險」就是「詩教」在政治
上所要求的內容之一。此篇作者亦有此心。詩人仔細的從畫作與題畫詩
裡，體會出「人君尚德不尚險」的眞意，然後再藉著詩作，傳達出這個
「言外之意」，讓讀者能更清楚的瞭解、體會這層教化意義。

由上可知，「意在言外」除了是一種表現方式外，還可以從鑑賞
的角度來看。讀者在閱讀之後，能夠於作品本身之外，體悟出作者寄
於言外的詩意，這類的作品才能說「意在言外」。「詩教」因其本身對
政治教化作用的重視，以及諷諭對象的特殊性，使得其在語言文字的
使用上，往往不得不謹愼。因此，「意在言外」就成了表現、詮釋、
鑑賞「詩教」作品內容時的最佳方式。

（三）「含蓄蘊藉」的表現方式

「含蓄蘊藉」與前面所提到的「比興」及「意在言外」都有關係。
「含蓄蘊藉」是由「含蓄」與「蘊藉」兩組觀念組合而成，而這兩組

觀念其實相當接近。蔣寅在〈不說破──「含蓄」概念之形成及其內含之增值過程〉中對「含蓄」一詞的概念進行了溯源的工作，他指出，「含蓄」本來的意義是「蘊含」，到了北宋時期，這個詞的意義才由蘊含豐富逐漸轉向含而不露的方向發展。魏慶之采輯有關資料，在《詩人玉屑》專立「含蓄」一門。將一些零散的材料加以整理，呈顯出一種有機性，共同構成了「含蓄」作爲詩美理想的基本內涵，也宣告了「含蓄」概念的正式確立。〔註55〕他並且爲「含蓄」下了這樣的定義：

> 含蓄作爲詩歌表達的基本原則，與直露、一覽無餘相對立，意味著一種富於暗示性的、有節制的表達。〔註56〕

這種富於暗示性的表達方式是建立在詩學對古典詩歌「意在言外」的審美特徵有相當的自覺上，正是在這樣的詩學語境之下，「含蓄」的概念才得以確立並完成其理論化的過程。檢視沈德潛的詩歌評選，發現他並不將「含蓄蘊藉」作爲固定語句來使用，他有時說微（委）婉、蘊蓄、含蓄、不說破、不直說等，以此來表達「含蓄蘊藉」。爲行文之便，筆者此處統一以「含蓄蘊藉」稱之。沈德潛在《說詩晬語》中曾說明了「含蓄蘊藉」與「直陳」的對立性，並且對這兩者進行了評斷，他說：「倘質直敷陳，絕無蘊藉，以無情之語而欲動人之情，難矣。」在他看來，純粹質直敷陳的言說方式不能傳達深刻豐富的情感，因此不能感動讀者，還是必須要有「含蓄蘊藉」的特質不可。他在〈施覺菴施功詩序〉中也有類似的言論，序云：

> 詩之爲道也，以微言通諷諭，大要援此譬彼，優游婉順，無放情竭論，而人徘徊自得於意言之餘，三百以來，代有升降，旨歸則一也。（《歸愚文鈔》卷十一）

詩人創造的意境不論多麼完整，與生活、感情相比，總是一個有限的局部、片段，詩人爲了克服這個侷限，他必須選擇以有限表達無限，以少總多、「萬取一收」的方式，企圖在言外建立一個無限豐富的藝

〔註55〕參見蔣寅《古典詩學的現代詮釋》，北京：中華，2003 年 3 月，北京第一版」，頁 81～83。

〔註56〕蔣寅《古典詩學的現代詮釋》，頁 83。

術世界。這種表達方式必須要讓人能「徘徊自得於意言之餘」，所以
必須富有暗示性，又必須「無放情竭論」，所以要具有節制性，這就
是「含蓄」之必要與表達方式。

初編《唐詩別裁集》選柳宗元〈酬曹侍御過象縣見寄〉：
　　　破額山前碧玉流，騷人遙駐木蘭舟。春風無限瀟湘意，
　欲採蘋花不自由。（卷二十，頁 167）

沈德潛評：「欲採蘋花相贈，尚牽制不能自由，何以爲情乎？言外有
欲以忠心獻之於君而未由意。與〈上蕭翰林書〉同意，而詞特微婉。」
（同上）這段評語主要是由詩末句引行，沈德潛認爲作者不直陳己
意，轉而用欲採蘋花而不得來帶出自己的困境，所以說微婉。詩人不
直說自己爲國爲民服務的心意，而以一種微婉的表現方式呈現出來，
使讀者能在一種沒有壓力的氛圍中，接受作者所要傳達的「詩教」。
沈德潛《清詩別裁集》選周準〈明妃曲〉云：
　　　中原消息斷，胡地風沙寒。經年不逢春，悽惻摧心肝。
　君王遣妾和戎虜，萬里辭家心獨苦。早知塞外不勝愁，哪
　怪將軍怕邊土。君不見，百戰生降李少卿，羈留絕域一身
　輕。丈夫失路尚如此，賤妾含悲空復情。（卷三十，頁 609）

詩人表面上寫的是昭君和蕃，實際上指的卻是李陵降匈奴之事。昭君
爲了和蕃，離家千里，來到一個完全陌生的地方。地理上的限制，讓
和蕃的昭君彷彿進入了一個絕域，永遠不得再返回故鄉。詩人以昭君
的口吻說道：塞外之苦，眾所皆知，因此也不怪將軍到了那裡會心懷
恐懼。然而，昭君又安慰自己說：當年李陵被匈奴生擒投降，因此被
羈留在塞外絕域。然而，李陵投降後反而受到重用，甚至躲過了殺身
之禍。這樣看來，羈留絕域似乎也不是什麼壞事。既然有李陵之例在
前，那麼我出塞和蕃，雖然遠離故鄉，但也似乎沒有這麼悲傷了。沈
德潛評曰：「責備李少卿，而措辭微婉，得風人之旨。」（同上）詩人
意欲責備投降匈奴的李陵，但他並沒有選擇直斥李陵，而是以同樣出
塞的昭君的心裡情感變化，微婉的道出李陵之過。沈德潛認爲，這種
措辭微婉的表現方式，就是「詩教」中諷諭、諷刺的展現。

（四）「主文譎諫」的表現方式

「比興」、「含蓄蘊藉」、「意在言外」等等的表現方式，事實上與沈德潛主張的另一個詩學論題有關，那就是「主文譎諫」。「主文譎諫」是「詩教」中很重要的一點，因爲它保障了受教者的自尊，以及諷諫者的安全。「風雅傳統」中「主文而譎諫，言之者無罪而聞之者戒」一項，正說明了「主文譎諫」的重要性與功能。「主文」就是要求諷諫必須以一種修飾過的藝術形式表達出來，而「譎諫」正是以「含蓄蘊藉」、「意在言外」爲基礎而來的。沈德潛《說詩晬語》說：

> 莊姜賢而不答，由公之惑於嬖妾也，乃〈碩人〉一詩，備形族類之貴、容貌之美、禮儀之盛、國俗之富，而無一言及莊公，使人言外思之，故曰主文譎諫。（卷上，頁 5）

莊姜的賢德與美貌齊名，但是卻不得莊公的信任與寵愛，以致最後導致了「州吁之亂」。〈詩小序〉說：「〈碩人〉，憫莊姜也，莊公惑於嬖妾，使驕上僭，莊姜賢而不荅，終以無子，國人憫而憂之。」針對這一個歷史事實，《詩經·碩人》全篇都圍繞在莊姜容貌之美、衛國禮儀之盛與國俗之富上，沒有一字一句批評莊公。但是透過這些美好的人事物，讓讀者心中興起對莊公的批判級及對莊姜的同情。不使用帶有諷諭性的字眼，卻能達到諷諭的效果，所以說「主文譎諫」。《清詩別裁集》選鄭玉珩〈銅雀臺〉詩云：

> 露下金鳧冷，風來玉座清。美人掩瑤瑟，獨對月華明。橫槊虛豪氣，分香感故情。西陵松柏響，猶似管弦聲。（卷二十七，頁 583）

銅雀臺爲曹操所建，是當時的曹操和賓客們飲宴賦詩的地方，同時也是戰略要地。銅雀臺的建築在當時來說是一件奢侈的事，然而與後趙石虎的擴建比起來，只能說是小巫見大巫。石虎除了擴張銅雀臺原本的規模之外，還在其周圍建造了九座宮殿，稱爲「九華宮」，並且在裡面藏了美女一萬多人，日日笙歌，極盡奢華之能事。石虎擴建後的銅雀臺在軍事上的重要性依然存在，而且隨著城牆的加高而更顯得堅

不可破。但是後趙並沒有因此長治久安，其國祚也不過短短三十九年而已。從橫槊賦詩、豪氣干雲的曹操，到窮極奢華的石虎，銅雀臺並沒能替他們維持住政權，究其原因，不在於臺，乃在於人。沈德潛評曰：「微諷高於痛斥，是爲詩品。」（同上）詩人從銅雀臺的遺跡遙想到那段歷史，再從歷史中演繹出教訓，透過銅雀臺今昔的形象，委婉的傳達出諷諭的意義。在沈德潛看來，這種委婉的諷諭方式，絕對比直截指出病灶、痛下針砭的方式來的適當。從「詩教」的實用面來看，「主文譎諫」的方式可以讓讀者在最沒有壓力的狀態下，從旁觀者的角度瞭解問題之所在，並且接納於無形之中。對作者而言，也提供了較安全的表現方式與空間，由此「詩教」之「教」才能達到其作用。

綜合以上可知，「風雅傳統」乃是「詩教」中最重要的一環，在沈德潛的認知中，其所含括的表現方式又以「比興」、「意在言外」、「含蓄蘊藉」與「主文譎諫」四者爲重點。這四者並不是各自獨立的存在，而是互爲根據、互爲發明的。透過這四種表現方式，「風雅傳統」得以具體而適切的展現於詩歌作品中，進而達到「詩教」的實際作用。

三、「風雅傳統」在詩歌詮釋上的體現

沈德潛在《說詩晬語》中，提到了「風雅」的重要性，他說：「今雖不能竟越三唐之格，然必優柔漸漬，仰溯風雅，詩道始尊。」（卷上，頁1）他認爲，我們今日或許不能超越唐人的藝術境界，但是一定要把握住詩歌創作的主體性，也就是詩道。回復詩道必須先回歸「風雅」，「風雅」不只體現詩道價值之所在，我們也可以說，在沈德潛的觀念裡，「風雅」幾乎就是詩道的同義詞。他在詩歌評選中展現了他以「風雅傳統」爲主的詮釋進路。初編《唐詩別裁集》選李白〈古風〉「醜女來效顰」云：

> 醜女來效顰，還家驚四鄰。壽陵失本步，笑殺邯鄲人。
> 一曲斐然子，雕蟲喪天眞。棘刺造沐猴，三年費精神。功
> 成無所用，楚楚且華身。大雅思文王，頌聲久崩淪。安得

郢中質，一揮成斧斤。（卷二，頁 69）

從字面上來看，李白此詩以東施效顰、壽陵學步兩個典故，比喻那些只會模仿、抄襲他人，而失去自我風格特質的人。這樣的人不管學到了多精巧、多炫目的筆法技巧，但終究只是衣冠土偶，沒有自己的靈魂，就算學成了外在的技巧，也無法瞭解作詩的眞諦，更遑論創作屬於自我風格的作品了。因此，李白追思《大雅》所代表的詩學傳統，並且感嘆那種像匠人運斧一樣自然流暢的詩歌的失落。然而，近人蔡瑜對「大雅思文王，頌聲久崩淪」的解釋，提供了我們另一個思考向度，他說：「『大雅思文王，頌聲久崩淪』之語也是出於對盛世的高度期待而以盛世之文自許，故當李白顯現出絕對崇古、希慕大雅時，所著意的是政治而非文學。」〔註57〕他認爲，李白是藉由大雅喻指其所對應的政治時代背景，因此李白說思慕大雅，其實是對文王盛世的懷念。沈德潛評論這首詩時，也不是從純粹文學的角度來看的，他說：「譏世之文章，無補風教，而因追思大雅也。」（同上）世之文章，無補風教，何以要追思大雅？想是大雅可補風教，故欲追思大雅。沈德潛從文末的社會教化作用來說明李白所追思的「大雅」，無疑是以爲「大雅」具備「風雅傳統」中「風教」、「風刺」的部分。由前文可知，「大雅」所代表的詩學傳統內容是以「正」爲審美標準的價值觀，其所對應的是士大夫階層的文藝思想。李白以一個知識份子的身份，發出追思大雅的聲音，體現的正是「風雅傳統」的內涵。沈德潛站在這個角度評論李白此詩，並不視此詩爲純粹詩論的論述，而是要求文藝具有反映當代政治社會現實，以及教化、諷諭的作用，這也正是「詩教」的重點所在。

再來，《古詩源》選陶潛〈歸鳥四章〉之四云：

翼翼歸鳥，戢羽寒條。遊不曠林，宿則森標。晨風清興，好音時交。矰繳奚施，已倦安勞。（卷八，頁 30）

〔註57〕參見蔡瑜《唐詩學探索》，（台北：里仁，1998 年 4 月，初版），頁 194。

詩人以歸鳥來比喻自己，在遊蕩多時之後，終於找尋到一個可以安頓自我生命的地方。在這裡，歸鳥不需要擔憂羅網陷阱的傷害，正如詩人不會受到現實鬥爭的煩擾，因此呈現出一種安寧和靜的氛圍。沈德潛評曰：「他人學三百篇，癡而重，與風雅日遠；此一學三百篇，清而腴，與風雅日近。（同上）沈德潛此處以「癡而重」、「清而腴」爲對比，前者乃是學《三百篇》而失其精髓，因此離《三百篇》所代表的「風雅傳統」日遠，而後者則反之。然而，「清」、「腴」何以接近「風雅傳統」，和「詩教」又有何關連？是我們必須討論的事情。

「清」與「腴」是兩種不同的藝術風格，而前者在詩學上的重要性與複雜性又甚於後者。日本學者竹田晃在〈魏晉六朝文學理論中「清」的概念〉一文中，歸納了魏晉六朝文學理論中「清」字溢出傳統藩籬的新義有四：一是純而不染，引伸爲典雅正統；二是文詞簡要，這是第一義在文章中的具體化，即簡化字句，使表現簡潔；三是超俗高蹈；四是經久磨練而成的技巧，相對於「不可力強而致」的「氣」而言。〔註58〕蔣寅在〈清：詩學美的核心範疇〉中對於竹田晃的意見提出了他的看法，他說：「在我看來，四種含意中只有第二義是溢出於傳統內涵的，其他三義都不是：第一義是承《詩經》的清典之義來；第三義是承《老子》的清靜之義來；第四義與『氣之清濁有體』的『清』是兩個範疇，不具有可比性，要比也只能『清才』相比較。」〔註59〕蔣寅的說法除了是對竹田晃的糾正外，更指出了魏晉南北朝「清」的概念的來源。雖然這四義並不都是新義，但是卻值得作爲討論魏晉南北朝「清」的詩歌美學的參考。以此爲根據，筆者認爲沈德潛評陶淵明詩之「清」，從一、二、三義都可以解釋得通。因此，沈德潛評語中的「風雅」應該有以下的意義：第一是「風雅傳統」中屬於典雅正

〔註58〕竹田晃〈魏晉六朝文學理論中的「清」的概念〉，（引自《中哲文學會報》第八號，1983年6月版），頁34～38。
〔註59〕蔣寅〈清：詩美學的核心範疇〉，（參見蔣寅《古典詩學的現代詮釋》，北京：中華，2003年3月，北京第一版），頁42、43。

統的文人品味；第二是「風雅傳統」中簡鍊的語言藝術；第三則是「風雅傳統」所反映出的知識份子的品格風調。至於「腴」的意義，則可以解釋爲豐富而不貧乏。因此，陶淵明此詩雖然沒有刻意學習《詩經》的痕跡，但是卻自然展現了屬於《詩經》「風雅傳統」的雅正風格，並且以簡鍊的語言文字蘊含了豐富的詩意，同時展現了其人格上的超越不凡。「清而腴」展現的是「風雅傳統」中雅正的風格，從「詩教」的角度來看，雅正風格對應到的是詩人品格上的端正，因此，這是一個由藝術反映詩人內在的過程，追求雅正的「風雅傳統」也就是追「詩教」中個人理想品格的化成。

沈德潛在《明詩別裁集》中對詩人鄭善夫的評論可以作爲補充，他說：「少谷以杜爲師，然過於質直，去風雅或遠。」（卷六，頁328）沈德潛在這裡認爲，過於質直的詩是遠離「風雅傳統」的。這個評論反映了一件事，「風雅傳統」雖然注重情感的眞實性，以及藝術風格的自然天成，但是在語言文字的使用上並不以質直爲然，因爲純粹直述性的文字頂多只是揭露事情，並不能蘊含詩心與詩意，更遑論由此而達至教化動人的作用。沈德潛的這一段評語，補充說明了「風雅傳統」所要求的簡鍊藝術風格，是一種能以簡潔的語言文字承載最豐富的意蘊與情感，並且用最自然的方式加以呈現。然而，這種種要求都是爲了要使詩歌具備動人、風人的能力。詩歌的這種能力，正是「詩教」所要求的。

接下來，沈德潛《明詩別裁集》選屈安人〈送夫入覲〉詩云：

君往燕山去，棄妾鵁水旁。鵁水向東流，妾魂隨飛揚。丈夫輕離別，所志在四方。努力事明主，肯爲兒女傷。君有雙老親，垂白坐高堂。晨昏妾定省，喜懼君自量。珍重復珍重，丁寧需記將。既爲遠別去，飲余手中觴。莫辭手中觴，爲君整行裝。陽關歌欲斷，柳條絲更長。（卷十二，頁362）

整首詩從一個妻子的角度來書寫，他的丈夫即將入朝述職，詩的時間設定在送別的那一刻，詩人用「棄」這個字寫出了丈夫對自己、家庭

的態度，以及自己的感受。然而即使如此，妻子的情感卻依然緊繫於丈夫的身上。不論天涯海角，不論現在未來，我對你的情感與思念不會因爲距離或時間而改變，只會日漸增長。作妻子的雖然不捨，甚至有些埋怨丈夫的選擇，但是他卻努力的試著調適自我情緒，並且盡力讓丈夫沒有後顧之憂，能夠放手實踐自我理想。他所表現出來的是一種大愛，這種成全他人的高貴情操，讓他對丈夫的情感超越了愛情的侷限性，因此沈德潛說：「閨閣詩盡洗金粉，獨標高格，既取風雅，亦用垂教，別於時俗金粉之習。」（同上）女性詩人的詩能夠走出穠麗、纖細的窠臼，展現崇高的格調，除了秉承著「風雅傳統」那種「感於哀樂，緣事而發」的眞實自然的情感外，更表現了一種高貴的情操。詩人以「棄」這個字，清楚傳達了他的感受。「棄」不僅是離去，更代表了一種內在情感上的捨離。一旦我們拋棄某個人事物，就代表將他們從我們的心裡放逐出去。一旦被「棄」，就是一種絕望，詩人心裡的怨憤、悲痛是可想而知的。但是詩人將這麼強烈的感受轉換成深深的思念，流露的是一種自制的情感，也就是《詩經》「好色而不淫，怨誹而不亂」的展現，因此說可以垂教。從另一方面來看，詩人展現的情操，超越了小我的限制，他對於丈夫的支持，正喻示他對社會、政治、國家的關懷。因爲對國家社會有著深切的關懷，才能展現犧牲小我、完成大我的精神。將這一點對應到沈德潛「詩教」就可以發現，這其實是其「詩教」中所展現的，個人對社會政治國家的應有態度。

第二節　「格調說」對落實「詩教」的作用

　　沈德潛詩首標「詩教」，然而，後世研究者多以「格調說」爲沈德潛詩論之另一個重點所在。事實上，沈德潛本身並非有意識的標舉「格調」，也沒有意圖成一宗派。〔註60〕但因其詩論中確有與明代格

────────────

〔註60〕近人研究者已經提到了這一點，例如陳良運《中國詩學批評史》說：「『格調』說系之於沈德潛，沈氏的詩論中卻沒有特別標舉『格調』

調派相似之論，因此，「格調說」也被視爲沈德潛詩論的另一重點。
關於沈德潛的「格調說」，後世研究的成果很豐碩，筆者此處所要觀
察的是，沈德潛如何使用「格調說」輔助其「詩教」的落實。因此，
筆者將先略論沈德潛「格調說」的大致內容，再由詩歌評選中分析「格
調說」對落實「詩教」的作用。

一、沈德潛「格調說」的重點

要論述沈德潛「格調說」，首先必須說明「格調」的意義。自唐
代起，「格」與「調」便開始出現在詩論當中，例如《文鏡秘府論・
論文意》就說：「意是格，聲是律，意高則格高，聲辨則律清。」；〔註
61〕皎然《詩式》則提到了「格高」、「體貞」、「調逸」、「聲諧」等詩
歌批評標準；〔註62〕宋代姜夔《白石道人詩說》提到了「意格欲高」、
「句調欲清、欲古、欲和」〔註63〕等。他們主要是從思想內容與聲律
形式兩方面對「格」與「調」做分別的說明。雖然前人已經將「格調」
用於論詩，但是真正使「格調」成爲一個決定性的詩論環節的是明代
前後七子。簡錦松在《明代文學研究》中，對於明代中期詩論裡「格
調」的意涵作了以下的分析：首先，他認爲「格」與「調」的性質與
關係，主要是「格」爲判「調」之名，「調」爲「格」所區分，「調」
爲實體而「格」爲定名。從這一點來看，「格」虛而「調」實，「格調」
一詞的實體在於「調」而不在「格」。其次，由於「格」爲「名」，而

一詞。」（江西：江西人民，1995 年 7 月，第一版），頁 531；徐國
能〈沈德潛格調說論杜評議〉也會：「歷來清詩及文學史相關著作皆
將清代詩評加沈德潛視爲清代格調派之中心，然考察沈氏相關著
作，他似乎並無自立宗派之論，亦無以『格調』自我標榜。不過其
詩學理論，確有類似明代格調派之意見。」（參見淡江大學《中文學
報》，第十一期，2004 年 12 月），頁 145。

〔註61〕《文鏡秘府論》，（遍照金剛著，台北：學海，1974），頁 151。

〔註62〕皎然《詩式》，（北京：中華，1985），頁 9。

〔註63〕姜夔《白石道人詩說》，（參見《白石道人全集》，臺北市，臺灣商務，
1968），頁 3。

「調」爲「實」，名實不可分，因此「格」、「調」亦不可分。本此，「格」、「調」二詞在實際運用上，多有相互通用之處。〔註64〕除了分析「格」、「調」的性質與關係之外，簡錦松也對「調」的指涉內容提出了他的看法，他認爲大抵有兩端：第一、「調」是詩歌形式層次的平仄聲響的問題，離平仄四聲則無「調」。第二、屬於詩歌形式層式上的「調」，與屬於詩歌內容層次的「意」之間，彼此存在著通連的關係。在這關係底下，「意」實居於主導的地位，換言之，「意」在「調」先，捨「意」則無「調」。〔註65〕黃繼立在〈從「格調」到「神韻」──論王漁洋對李（夢陽）、何（景明）、徐（禎卿）、李（攀龍）諸人詩學的態度〉中歸納了簡氏的意見說：「可見在『格調』的論述裡，『調』不僅是指最可能爲詩論家所明確掌握的詩歌構成部分，同時它也是『格調』討論中的實質與重心。」〔註66〕誠然，從實際的詩論與批評中來看，「調」的確是最爲具體而可掌握的部分。相較之下，對「格」的掌握就不如「調」那般客觀了。雖然「格」與「調」的性質互異，但學者們同時也指出了「格」與「調」互相依存的不可分的關係。

　　吳宏一在〈沈德潛《說詩晬語》研究〉中曾論及沈德潛之「格調說」，他首先對「格調」做了解釋說：

　　　　大致說來，格調亦即指體製與音調而言。自外面來看，
　　它所依據的是字音；就裡面來看，它所依據的是詩意。所以
　　格調又與詩意有不可分的關係，而非僅指形式而言。〔註67〕
吳宏一的說法指出了「意」在「格調說」中重要性，並認爲「格調」不能只從形式層面來看。關於這一點，香港學者李銳清在〈沈德潛格

〔註64〕參見簡錦松《明代文學批評研究》，（台北：台灣學生，1989 年 2 月），
　　　　頁 239、240。
〔註65〕簡錦松《明代文學批評研究》，頁 261、262。
〔註66〕黃繼立〈從「格調」到「神韻」──論王漁洋對李（夢陽）、何（景
　　　　明）、徐（禎卿）、李（攀龍）諸人詩學的態度〉，（參見《中國古典
　　　　文學研究》，第七期，2002 年 6 月），頁 35。
〔註67〕吳宏一〈沈德潛《說詩晬語》研究〉，（參見《國立編譯館館刊》，第
　　　　十九卷，第一期，1987 年 6 月），頁 10。

調說的來源與理論〉一文中早已說道:「格調派就是指主張作品內容思想的高遠、闊大,而又聲調響亮的人。」〔註68〕由此可知,「格調」應該兼有內容思想與表現形式兩者。在這個基礎上,吳宏一歸納了沈德潛「格調說」爲三點:第一、詩以載道。換言之,是以溫柔敦厚的詩教,來闡揚載道的觀念。第二、重比興、言法律。第三、以才濟學。〔註69〕此外,吳瑞泉在《明清格調說研究》中也曾對沈德潛的「格調說」做過研究,他的看法則是幾乎與吳宏一一致。〔註70〕吳宏一與吳瑞泉的研究,是對沈德潛「格調說」的整理與歸納,大致上掌握了沈德潛「格調說」的要義。然而,早在他們兩位之前,胡幼峰就已經點出了沈德潛「格調說」的特點,他在《沈德潛詩論探研》中說:「沈德潛所標舉的格調說,和明七子的格調說已不盡相同。他揉合的神韻說的精華,同時在體裁、音節方面下功夫,只是後者較爲偏重,成就

〔註68〕 李銳清〈沈德潛格調說的來源與理論〉,(參見《香港中文大學中國文化研究所學報》,第十六卷,1985年),頁178。
〔註69〕 參見吳宏一〈沈德潛的格調說〉,(引自《幼獅月刊》,第四十四卷,第三期,1987),頁88、89。
〔註70〕 吳瑞泉《明清格調說研究》,(東吳中文研究所,民國七十七年博士論文),頁373~391。事實上,吳瑞泉之碩士論文的題目就是《沈德潛及其格調說》,其博士論文的意見乃是在其碩論的基礎上發展起來,同時更爲成熟而有系統,因此筆者乃採取其博士論文之說。該論文中將沈德潛「格調說」的內涵分爲三點,筆者歸納如下:第一、詩旨論,其內容還是「載道致用」。因爲首重載道致用之說,以爲詩需講求功用,小之有補世道人心,大之可以感天地鬼神,而匡政治,因之詩之性情宜和平溫厚。爲達溫柔敦厚之詩旨,則立意須正,修辭以誠,格高調雅,而斥輕薄猥瑣動作溫柔鄉語,因此豔情詩不可取。又詩的內涵必須充實,使言不虛立,且不徒擬形貌,揣摩聲格。第二、詩法論,又分爲「重比興」、「講法度」兩方面。「重比興」是因爲詩用比興,則不必放情竭論,而得微婉之旨。「講法度」下又分爲:字法、句法、篇法、聲韻、用事、連章法等。主格調者,由法而入便達所懸之格調,否則雜亂無章,爲得格調。沈德潛所言之法非空洞的尺寸不失的死法,而是知所變通的活法。此又受葉燮之影響甚遽,復睹明七子之弊病而來。故雖言法,但重以意運法,戒以意從法。第三、修養論,又分爲「以學濟才」、「以才運才」、「詩外功夫」,加入了「詩外功夫」這一點,也就是自然山水詩人的影響與觸發。

特別突顯，使得時人將他歸於格調派。」〔註71〕胡幼峰認爲，沈德潛「格調說」之所以與前人不同，就是在於他揉合了「神韻說」的精華。陳伯海在《唐詩學引論》中更說：「沈德潛是集格調的大成者，他論詩宗盛唐，主李、杜，多談法式、格調，並對傳統格調論作了重大的發展與修正。……總之，沈德潛是在格調論的基礎上綜合了神韻說、性靈說以及儒家的『詩教』，樹立起一個圓融貫通的體系。」〔註72〕前人研究已經指出了沈德潛「格調說」之異於明七子之處，由於本篇論文旨不在討論沈德潛「格調說」，因此，對此就不再深論，而要將焦點轉回到沈德潛「格調說」對其「詩教」觀的實踐有何幫助。

　　由前文可知，「格調」兼重內容與形式，這背後蘊含了一段由「調」到「格」的過程。簡單來說，作者將遇物之感形諸文字，成爲文學作品，這作品便有了一種特殊的風味，也就是「調」。而這風味又能透露作者的人生意境與審美情趣，這就是「格」。因此，「格調」的概念包涵了形而下的文字聲律，以及形而上的內容思想。徐國能在〈沈德潛格調說論杜評議〉中，整理了「格調」和與之相關的文學現象，並且以此爲標準，找出沈德潛詩論中屬於「格調」的部分，計有：主復古、以盛唐（杜甫）爲依歸，去淫濫以歸雅正、喜愛鯨魚碧海的雄闊意境、對於詩歌音律與詩法的重視、溫柔敦厚與中正和平的詩教，以及詩歌教化人心的社會作用。〔註73〕由徐國能的分析，以及前文中其

〔註71〕胡幼峰《沈德潛詩論探研》，（台北：學海，1986 年 3 月，初版），頁19。

〔註72〕陳伯海《唐詩學引論》，（上海：東方，1988），頁 201。

〔註73〕徐國能在〈沈德潛格調說論杜評議〉中整理了「格調」與其相關文學現象，分爲：格調與復古、格調與詩法、格調與音律、格調與意境、格調與杜詩。大意認爲格調是復古派愛用的詞語，也可以說格調派都有復古的傾向；論格調者多半喜言詩法，透過詩法的探求來求作品之合度，也就是合乎古人法度格調；音律之於格調有兩個意思，一是指客觀聲響之美，另外則是指凡屬字詞音律所造成的聯想美感而言；復古派將「格調」造成正面的辭意，因此「有格調」就是有古人的格調，古人格調則又特指高遠闊大之意境而言；復古派以盛唐杜甫爲宗法對象，因此杜詩的忠、怨與溫柔敦厚等儒家詩學

他研究者的研究成果，可以幫助我們瞭解沈德潛「格調說」的大要內容，以下，筆者將以此為依據，討論沈德潛詩歌評選中，「格調說」如何輔助落實他的「詩教」觀。

二、沈德潛以「格調說」輔助落實「詩教」的方式與內容

蔡瑜在〈從典律之辨論明代詩學的分歧〉一文中曾這樣說道：「格調派經由文學史的詮釋，建構批評史上最縝密、具體的典律系統，也是批評史上典律施用最嚴格的時期。……其核心的目的乃在於形成典律化的閱讀，這正是最典型的典律運作模式，包含了如何讀、如何寫的過程。」〔註74〕蔡瑜此文說明了「格調說」的特質之一，就是藉由對實際作品的觀照、詮釋，形成一套具體而細密的批評系統。這套系統形成的目的不只在於批評本身，更在於藉由批評系統傳達「如何讀」、「如何寫」的過程。我們在第四章中已經說明過，沈德潛的「詩教」的內容之一，就是如何形成一套學習典範，這也是沈德潛企圖透過詩歌評選所達成的目標。藉著「格調說」這套典律運作模式，正可以從「如何讀」、「如何寫」兩個角度，建立一套「詩教」學習的典範。

從「詩教」的角度來看，「如何讀」的部分，其意義應在於讀者秉持何種標準對作品進行鑑賞。沈德潛在《古詩源》楊素小傳中，提示了一個重要的概念，他說：

> 武人亦復奸雄，而詩格清遠，似出世高人，真不可解。

（卷十四，頁 55）

他認為楊素是武人，又是奸雄，但是他的詩格卻很清遠，就好像出世的高人一般，實在令人費解。從沈德潛的質疑，我們可以推知，在沈

特質，也成為格調派的美學範疇。徐國能以此為基準，檢視沈德潛詩論，認為沈氏詩論大都符合，因此被稱為「格調派」。（淡江大學《中文學報》，第十一期，2004 年 12 月），頁 156～158。

〔註74〕蔡瑜〈從典律之辨論明代詩學的分歧〉，（參見《臺大中文學報》第十七期，2002 年 12 月），頁 189。

德潛的心中，有奸雄的人格，照道理說，其詩格應該也有相同的特色。
因此，沈德潛定然存在著詩格反映人格的想法。《明詩別裁集》選劉
基〈太公釣渭圖〉詩云：

> 璇室群酣夜，磺溪獨釣時。浮雲看富貴，流水淡鬚眉。
> 偶應非熊兆，尊為帝者師。軒裳如固有，千載起人思。（卷
> 一，頁 301）

沈德潛評曰：「通首格高，隱然有王佐氣象。」（同上）這首詩的高格，
首先來自於姜太公的人格。姜太公洞悉世情，卻能不慕富貴，就是這
樣的胸懷與智慧，才能為帝王所尊。再來，詩人藉著書寫姜太公，表
達出欲為王佐的理想。貢獻一己之力，輔佐國君治理天下，這是詩人
崇高品格的展現。由詩的高格，體會詩人的高格，這是沈德潛「格調」
對體現沈德潛「詩教」的幫助。

《古詩源》選陶淵明〈歸鳥四章〉之三云：

> 翼翼歸鳥，馴林徘徊。豈思天路，欣及舊棲。雖無昔
> 侶，眾聲每諧。日夕氣清，悠然其懷。（卷八，頁 30）

「歸鳥」是陶淵明的化身。歸鳥也曾是振翅而飛的飛鳥，但隨著環
境往不利於飛鳥生存的方向轉化，飛鳥只能「豈思天路，欣及舊棲」。
詩人最初為了實現自己的豪情壯志而出仕，最終卻因「世與我而相
違」，不得不歸隱田園。「雖無昔侶，眾聲每諧。日夕氣清，悠然其
懷。」反映出他內心深處反抗流俗卻並不逃避人生，奉守著熱愛生
活、積極進取而不流於粗鄙玩世的人生哲學。沈德潛評曰：「亦諧眾
聲，自有曠懷，此是何等品格。」（同上）正是由詩品反映到人品的
詮釋方式。

從「如何寫」的部分來看，沈德潛《說詩晬語》有云：

> 有第一等襟抱、第一等學識，斯有第一等真詩。如太
> 空之中，不著一點；如星宿之海，萬源湧出；如土膏既厚，
> 春雷一動，萬物發生。（卷上，具 2）

蘇文擢《說詩晬語詮評》考證「襟抱」一詞出於《世說新語‧輕詆篇》，
他說：「襟抱，即襟期懷抱之意。或言襟抱，或言胸襟，或言胸次，

或言面目，皆指作者性情品格之呈現於詩中而言。」〔註75〕沈德潛的
老師葉燮在《原詩・內篇下》說：「詩之基，其人之胸襟是也。有胸
襟然後能載其性情聰明才辨以出。隨遇發生，隨生即盛。」〔註76〕葉
燮認爲文藝作品的創造就是外在萬有（理、事、情）與作者內在（才、
膽、識、力）的相合。在作者內在的四部分中，又以「識」最爲重要。
他說：「大約才、膽、識、力，四者交相爲濟，苟一有所歉，則不可
登作者之壇。四者無緩急，而要在先之以識。使無識，則三者俱無所
託。」〔註77〕這個「識」不是只有學問，依照葉燮的看法，「識」除
了學問以外，還是一種眼界、一種分辨與取捨的能力。〔註78〕沈德潛
說「學識」很容易就會被理解成「學問」。且事實上，沈德潛是繼承
了老師的「識」並且加強了「學」的部分。《說詩晬語》又說：

> 　　嚴儀卿有「詩有別才，非關學也。」之說，謂神明妙
> 悟，不專學習，非教人非學也。誤用其說者，固有原伯魯
> 之譏。而當今談藝家又專主漁獵，若家有類書，便成作者。
> 究其流極，厥弊維鈞。（卷下，頁九）

沈德潛認爲嚴羽的說法是指出作詩有神明妙悟的部分，也有學問鋪陳
的部分。但是神明妙悟是無法以學問致之的，並不是反對學習。但是
後來的人誤用其說，以致廢學。又或者只會堆垛詞彙，好像只要有一
本類書在旁，就可以稱爲詩人了。可見，沈德潛所謂的「學」絕對不
是「兩腳書櫥」，而是眞正的理解吸收後，內化而成爲自我之一部分。

〔註75〕蘇文擢《說詩晬語詮評》，（台北：文史哲，1985 年 10 月，再版），
　　　　頁 17。
〔註76〕葉燮《原詩・內篇下》，（參見郭紹虞主編《中國古典文學批評理論
　　　　專著選輯》之《原詩、一瓢詩話、說詩晬語》，北京：人民文學出版
　　　　社，1998 年），頁 17。
〔註77〕郭紹虞主編《中國古典文學批評理論專著選輯》之《原詩、一瓢詩
　　　　話、說詩晬語》，頁 29。
〔註78〕葉燮說：「且夫胸中無識之人，即終日勤於學，而亦無益，俗諺所謂
　　　　『兩腳書櫥』。記誦日多，多益爲累。及伸紙落筆時，胸如亂絲，頭
　　　　緒既紛，無從割捨，中且餒而膽愈怯。欲言而不能言，或能言而不
　　　　敢言。」（同上書，頁 25）

眞正的學問正是創作好詩的基礎之一。沈德潛對於「學」的重視正是「格調派」的主張之一，他對於「學」的看法還是希望透過對經典的學習，使古代優秀作品所蘊含的內在層次能爲閱讀者所吸收，進一步當閱讀者的身份轉爲創作者時，能將此內化的高格風調自然而然的展露出來，創作出具有自我獨特內涵，且符合格調的作品。以第一等襟抱承載第一等學識，方可出第一等眞詩。所謂「眞詩」就是以「詩教」爲依歸的作品。「詩教」要求詩歌具有教化功能，因此對於詩歌眞實情感的流露十分重視。但是，並非所有直書情感的作品都可以達到教化功能。只有以眞實性情爲基礎，加上豐厚的學識涵養，以及深廣的胸襟氣度，才能將情感化爲意蘊深刻的詩思，發而爲詩，也才能達到「詩教」的作用。

第三節　以杜甫爲「詩教」典範的詮釋進路

　　沈德潛「詩教」觀中一個很重要的部分，就是對學習典範的建立。他論詩尊唐，而唐詩中又最尊杜甫，杜甫其人與杜詩都成爲了他評選詩歌作品的標準，可見他以杜甫爲「詩教」典範的用心。以下就將討論沈德潛如何詮釋杜甫，使杜甫成爲他「詩教」觀中的典範，進而將「詩教」落實於典範的學習爲中。

一、「杜甫典範」的醞釀與形成

　　這部分包含了初編《唐詩別裁集》、《古詩源》與《說詩晬語》三書，我們可以從這裡看到沈德潛早期對於杜甫的認知，初編《唐詩別裁集》選杜甫〈新婚別〉云：

　　　　兔絲附蓬麻，引蔓故不長。嫁女與征夫，不如棄路旁。結髮爲君妻，席不煖君床。暮婚晨告別，無乃太匆忙。君行雖不遠，守邊赴河陽。妾身未分明，何以拜姑嫜。父母養我時，日夜令我藏。生女有所歸，雞狗亦得將。君今往死地，沈痛迫中腸。誓欲隨君去，形勢反蒼黃。勿爲新婚

－282－

念，努力事戎行。婦人在軍中，兵氣恐不揚。自嗟貧家女，
久致羅襦裳。羅襦不復施，對君洗紅妝。仰視百鳥飛，大
小必雙翔。人事多錯迕，與君永相望。（卷二，頁73）

這首詩大致可以分為三層，層層遞進，一層比一層深，一層比一層高。
首先，從「兔絲附蓬麻」到「何將拜姑嫜」，主要是新娘子訴說自己
不幸的命運。暮婚晨別，連床都還沒睡暖，男主人就要離開去守邊。
戰爭是無情的，這一去不知還能不能相見，新娘子對夫家的一切都還
不熟悉，連公婆都尚未拜見。想到以後可能再也沒有人可以依靠，對
於未來，這位新嫁娘心中充滿了無比的恐懼。再來，從「父母養我時」
到「形勢反倉皇」，新娘子開始把話題落到丈夫身上了。她關心丈夫
的生命安全，也表示了對丈夫的忠貞。新娘子本來是父母手中的寶
貝，自古「嫁雞隨雞，嫁狗隨狗」，現在，他嫁與一個征夫，他的命運
就與征夫的命運緊緊的連在一塊兒了。因此，丈夫將要往「死地」，自
己的未來也似乎跟著走進「死地」了。但是他不怕，就算是死，也要
在一起。他的心中先湧起了這樣的意念，但是轉頭一想，卻怕這樣做
把事情弄得越來越糟，因此這種左右為難、心如刀割的感受充滿了新
娘子的內心。沈德潛評曰：「君今往死地以下，層層轉換，發乎情，止
乎禮義，得國風之旨。」（同上）沈德潛首先指出杜甫在此詩寫作技巧
上層層轉換的特質，然後跳脫形式，轉入作品的情感思想部分，說明
杜甫「發乎情，止乎禮義」的情感思想內容。「發乎情」是人類情感的
自然反應，「止乎禮義」則是教育、修養、教化下的產物。杜甫的詩能
「發乎情，止乎禮義」，代表杜甫對《詩經》教化功能的延續。

　　沈德潛在《說詩晬語》中曾對杜詩的表現手法、情感內容作了說
明，他說：
蘇李十九首後，五言最勝，大率優柔善入，婉而多諷。
少陵才力標舉，縱橫揮霍，詩品又一變矣。要其感時傷亂，
憂黎元、希社稷，生平抱負悉流露於筆墨間，詩之變，情
之正也。（卷上，頁15）

沈德潛首先說明五言詩的特色是「優柔善入，婉而多諷」，接著指出杜甫五言詩能發揮感人與諷諭的教化功能。杜甫的創作是「才力標舉，縱橫揮霍」，走的是壯美的路線，五言詩的詩品在杜甫的手上，有了一次變革。從內容方面來看，杜甫五言詩主要關心的還是社會、國家與人民，詩中除了流露這種憂國憂民的情操外，同時也展現了杜甫個人的抱負與志向。不論是在內容還是表現手法上，杜甫五言詩都與傳統不同，因此爲「變」。但其出發點是爲國爲民的，因此說「情之正也」。《說詩晬語》又言：「如唐人中，少陵故多忠愛之詞。」（卷下，頁 8）；又說：「讀少陵詩，如見其憂國傷時。」（卷下，頁 19）也指出了杜甫「忠愛」的性格，以及憂國憂民的胸懷。

　　由於時代的關係，《古詩源》對杜甫的著墨不多，但是有一個特點，那就是指出了杜詩形式與情感的由來。沈德潛《古詩源》選王粲〈七哀詩〉云：

> 西京亂無象，豺虎方遘患。復棄中國去，委身適荊蠻。
> 親戚對我悲，朋友相追攀。出門無所見，白骨蔽平原。路有
> 飢婦人，抱子棄草間。顧聞號泣聲，揮涕獨不還。未知身死
> 處，何能兩相完？驅馬棄之去，不忍聽此言。南登霸陵岸，
> 回首望長安。悟彼下泉人，喟然傷心肝。（卷六，頁 21）

詩人以樸實而情感自然流露的筆觸描寫了一個動盪的時代，以及身處其中的平民百姓的悲哀。一個對政治絕望的知識份子，決心離開全國的中心，到一個邊陲的地帶。詩人雖然可以毅然決然的捨離政治權力，但是親情與友誼卻是不能捨離的。路途上看到的平民百姓，連親情都必須忍痛放棄。身爲一個知識份子，原本有責任阻止這一切，但是時不我與，想到前人的努力與功業，不禁悲從中來，不能自己。沈德潛引王莼父評曰：「此杜少陵〈無家別〉、〈垂老別〉諸篇之祖也。」（同上）王粲〈七哀詩〉可爲杜甫「三別」諸篇之祖，乃在於其情感思想與表現方式部分。杜甫〈無家別〉、〈垂老別〉都是描寫在戰爭下受苦受難的人們，他以旁觀者的角度，敘述了戰爭對老百姓所造成的

痛苦。不只展現了他憂國憂民的胸懷，同時也是「詩教」反映社會現實傳統的延續。沈德潛以漢魏古詩爲唐詩之源，他爲杜甫這組詩向上溯源的結果，就是王粲〈七哀詩〉所呈現的思想內容與表現方式。漢魏之詩與「詩教」最近，沈德潛此舉無疑是確認了杜甫在「詩教」傳統中的地位。

除了杜甫的人格、思想、情感之外，沈德潛對也杜詩也極爲推崇，《說詩晬語》云：

> 少陵歌行如建章之宮，千門萬戶；如鉅鹿之戰，諸侯皆從壁上觀，膝行而前，不敢仰視；如大海之水，長風鼓浪，揚泥沙而舞怪物，靈蠢畢集，與太白各不相似，而各造其極，後賢未易追逐。（卷上，頁 18）

沈德潛用了三個具體的形象來描述杜甫歌行體的特色，簡單來說，就是豐富深廣、氣勢磅礴、令人折服，呈現的是高遠壯闊的藝術風格，與李太白不同。這兩人的風格雖然不同，但是都有極高的藝術成就，是後人難以並駕齊驅的。沈德潛也對杜甫的五言律詩的風格作了評價，他說：「杜子美獨闢畦徑，寓縱橫排嘎於整密之中，故應包涵一切。」（《說詩晬語》卷上，頁 21）杜甫的五言律詩一洗前人「名貴」、「名麗」、「自得」的風格，在縝密的結構中呈現了縱橫萬千的氣勢。而這種風格與表現手法，也是沈德潛意欲標舉成爲學習典範的部分。沈德潛並舉例說明杜詩可作爲「詩教」典範的原因，《說詩晬語》云：

> 詩貴寄意，有言在此而意在彼者。……杜少陵〈玉華宮〉云：「不知何王殿，遺構絕壁下」，傷唐亂也。……他若風貴妃之釀亂，則憶王母於宮中；刺花敬定之僭竊，則想新曲於天上。凡斯託旨，往往有之，但不如三百篇有小序可稽，在讀者以意逆之耳。（卷下，業 43）

沈德潛認爲詩歌貴「意在言外」，他並且舉了杜甫的詩爲例證，解釋怎樣的表現手法，才叫做「意在言外」。以杜詩來說，當杜甫要諷刺楊貴妃爲安史之亂亂源時，他選擇說「西望瑤池降王母」（杜甫〈秋興八首〉之四）來表達；當杜甫要諷刺花敬定僭用天子禮樂時，則說

「此曲只應天上有，人間能得幾回聞」（杜甫〈贈花卿〉）。前文中已經說明過「意在言外」是落實「詩教」的表現方式之一，沈德潛以杜詩爲例證，適足以說明杜詩所展現的「詩教」教化、諷刺作用。

綜合以上，沈德潛此時期所認知的杜甫，主要有三部分：第一是杜甫憂國憂民、感時傷亂的情操與胸懷；第二是杜詩對《詩經》教化傳統的繼承；第三則是杜詩豐富深廣、包涵一切的風格與表現手法。第一點呈現的是儒家理想知識份子所應具備的人格特質，第二點則確認了杜詩所具備的教化功能乃是來自於《詩經》的教化傳統，第三點則是在「詩教」中屬於詩歌學習方面的示範。因此，以杜甫爲「詩教」典範是沒有疑義的。

二、《明詩別裁集》中以「杜甫典範」爲評選依據的初次實踐

從初編《唐詩別裁集》到《說詩晬語》，沈德潛藉由對杜甫其人與詩的評析，勾勒出了他心目中「杜甫典範」的樣貌。而《明詩別裁集》中，則可見到沈德潛第一次使用這個典範標準來評選詩歌的運作方式。

《明詩別裁集》選歐大任〈除夕九江官舍〉詩云：

> 餞歲潯陽館，羈懷強笑歡。燭銷深夜酒，菜簇異鄉盤。
> 淚每思親墮，書頻寄弟看。家人計程遠，應已夢長安。（卷九，頁 344）

除夕本應是團圓之時，然而詩人卻遠在異鄉爲異客，縱使那裡也有豐盛的團圓飯可吃，氣氛也熱鬧歡樂，但是沒有家人在身邊的詩人，只能強顏歡笑，暗自思念自己的家人。詩末乃以家人的口吻，料想自己遠在他鄉，此時應已夢到長安。沈德潛評曰：「一結憶及家人，又於家人意中念己之夢長安。曲折往復，善學少陵。」（同上）沈德潛在此所指的，正是杜甫〈月夜〉 [註79] 詩的情感與表現手法。杜甫懸想

〔註79〕 杜甫〈月夜〉：「今夜鄜州月，閨中只獨看，遙憐小兒女，未解憶長安，香霧雲鬟濕，清輝玉臂寒，何時倚虛幌，雙照淚痕乾。」（參見楊倫編輯《杜詩鏡銓》卷三，台北：藝文，1998 年 12 月，初版），頁 285。

在鄜州的妻子，正在望月懷人，深夜獨坐，月光照在臂膀上的情景，他不說自己的痛苦，卻關心妻子的悲傷；進而又想到兒女年幼，還不會憶念在長安的父親，更不懂得母親看月的心情是在想念他們的父親，借小兒女形容出妻子的孤獨。歐大任這首詩的表現手法正是由杜甫〈月夜〉而來。除了表現手法外，詩人在詩中所表現的，對家人的真情流露，也與杜甫一致，都是「詩教」中「忠愛」的展現。書中又選葉襄〈感舊〉詩云：

> 洛蜀紛爭日，君王宵旰時。內朝私鬥急，河北捷書遲。
> 近輔連群盜，臨郊誓六師。傷心殷浩輩，一蹶竟難支。（卷
> 十一，頁 355）

這首詩說的是明思宗時的局勢。君主為了國家大事而宵旰勤勞，然而，朝臣不以國家為先，卻急於私鬥，以致於耽擱了軍國大計。京城附近也充滿了流寇，甚至連戍守邊關的武將都不堪一擊。沈德潛評曰：「思陵時，朝局與天下大勢已盡。四十字中，如讀少陵洛下、天中諸作。」（同上）沈德潛認為葉襄此詩所表達的情感，就如同杜甫〈有感〉五首所展現的一樣。杜甫在〈有感〉五首中，表達了他對當時的武將不能防邊的憤慨，對於文臣內鬥貪污，杜甫則提出解決問題的根本在於人君行儉德。這些都是杜甫對於國家政治的先見，透過〈有感〉五首，我們看到的是一個為國家當前問題憂心的詩人，他以詩歌反映問題，並且積極的找尋對策。沈德潛以杜甫〈有感〉五首評葉襄之詩，主要在於葉襄此詩反映了明末的社會政治亂象，延續了杜詩反映現實的傳統，同時也是「詩教」中詩以「觀民風、考得失」的現實功能的展現。

另外，《明詩別裁集》選方維儀〈旅秋聞寇〉詩云：

> 蟋蟀吟秋戶、涼風起暮山。衰年逢世亂，故國幾時還。
> 盜賊侵南甸，軍書下北關。生民塗炭盡，積血染刀鐶。（卷
> 十二，頁 363）

沈德潛評曰：「如讀杜老傷時之作，閨閣中乃有此人。」（同上）這位女詩人作品中所展現的情感就如同杜甫對國家人民所流露的情感一

般，走出了閨閣，超越了性別，將情感的內涵提升到了一種大我的、時代的層次上，詩中憂民傷時的基調，與杜甫相近，沈德潛以「如讀杜老傷時之作」許之，看得出對這位女性詩人的讚許。

而在杜詩表現手法方面，也是沈德潛藉以評選《明詩別裁集》的標準之一，書中選李延興〈丙申歲詠懷〉三首云：

> 白首殊方客，奔馳戎馬間。時危憂母老，歲晚寄書還。
> 凍雪連荒野，寒雲出亂山。蒼茫西日外，痛哭倚柴關。
>
> 辛苦憐吾弟，荒山久避兵。素書連月斷，白髮滿頭生。
> 雪翳窗燈影，風沉戍鼓聲。寸心憂百結，寂寞度殘更。
>
> 妻子何時見？淒涼病轉侵。虛轉千里信，已負百年心。
> 茅屋飛霜滿，空階落葉深。白頭吟正苦，回首淚沾襟。（卷二，頁 309）

第一首寫的是在外征戰的遊子對母親的思念；第二首寫的是因戰爭而分隔兩地的兄弟之間的手足之情；第三首寫的是對獨守空閨的妻子的眷戀。親情與愛情是人類最深刻也最眞摯的兩大情感，杜詩中有許多作品都是以此爲題的。李延興的這三首作品，以質樸的語言寫悲痛、不捨的心情。沈德潛評曰：「得杜詩氣體，但渾厚沉鬱處未到。」（同上）沈德潛認爲李延興的這組詩，有杜詩的氣韻與體式，但是杜詩那種「渾厚沉鬱」的風格，卻是李延興所不及的。這裡以明代詩人與杜甫相比較，暗示了明代詩人繼承杜詩乃至於唐詩的痕跡，同時也指出了明代詩人的不足之處。書中選評李夢陽〈送李中丞赴鎮〉云：「北地最工起手，蒼涼沉鬱，神乎老杜。」（卷四，頁 319）也是以「杜甫典範」中有關風格與表現手法部分來說的。「杜甫典範」中的風格與表現手法主要還是在「渾厚」、「蒼涼」、「沉鬱」的境界，杜甫詩歌的藝術風格多種多樣，最具有特徵性的、也是杜甫自己提出並爲歷來評論者所公認的，是「沉鬱頓挫」（《進雕賦表》）。所謂「沉鬱」，主要表現爲意境開闊壯大、感情深沉蒼涼；所謂「頓挫」，主要表現爲語言和韻律曲折有力，而不是平滑流利或任情奔放。形成這種特點的根本原因，是杜甫詩歌所要表達的人生情感非常強烈，而同時這種情

感又受到理性的節制。他的思慮常常很複雜，心情常常很矛盾，所以他需要找到恰當和適度的表達方法。這樣，使得詩中的情感之流成為有力度而受控制的湧動。因此，「沉鬱頓挫」的風格和表現手法，適足以展現杜甫強烈、複雜而細密的情感。

在評選這些詩作時，沈德潛往往以杜甫某詩為例來加以評論。透過杜甫所展現出來人格特質，以及杜詩所具備的教化、諷諭功能，將明詩與杜甫、杜詩連結，也就等於透過杜甫連結到了「詩教」傳統中，杜甫在其中扮演著「詩教」代言人的角色，這正是其典範價值的表現。

三、《杜詩偶評》對「杜甫典範」的補充與確立

《杜詩偶評》顧名思義，是全以杜詩為主的詩歌評選。因為全部是杜詩，所以可以呈現沈德潛心目中最完整的「杜甫典範」的內容。潘森千在《杜詩偶評》凡例中，清楚的說明了沈德潛評選杜詩的標準及目的，文曰：

> 讀杜詩者，取其格之高、辭之典，鋪陳排比之倫敘，而作詩之旨莫窺，猶未嘗讀也。欲知人論世，當於許身稷契、致君堯舜。念松柏於邙山，哭故交於旅櫬。與夫悵弟妹之流離，懷妻孥之阻絕，一切興觀群怨、事父事君之處求之。先生所選所評，總之不失此意。（頁6）

世人閱讀杜詩時，若只關注於杜詩的藝術成就，而不考察其內在意蘊與詩旨，那麼就不算是真正讀過、讀懂杜詩。要瞭解杜詩的詩旨，進而瞭解杜甫此人，乃至於詩人所處的時空背景，必須要從「興觀群怨」、「事父事君」處來求取，這也是沈德潛評選此書的標準與目的。此書並未拋棄對杜詩藝術形式的關注，而將重心轉移到對杜詩之詩旨及杜甫其人的領略與瞭解上，特別是「詩教」的表現與作用。同時，在杜詩的藝術形式審美方面，《杜詩偶評》也標示了一套杜詩學習範例。凡例說：

> 夔州以後詩，黃魯直盛稱，朱子比之掃殘毫穎。……蓋其生硬頹禿處，不礙其為大家。然不善學者，專於此中求杜，

恐失杜詩之眞也。選中五言古體，夔州以後所收從略。七言近體，夔州後尤工，如〈秋興〉、〈諸將〉、〈詠懷古蹟〉等篇，所云老去漸於詩律細也。此又不可一例。（頁6、7）

五言長律起於六韻，後漸次恢擴，至少陵而滔滔百韻矣。然句意不無重複，兼有重韻，雖少陵之才大如海，不能連城璧也。選中所收皆二十韻以下者。（頁7）

絕句以龍標、供奉爲絕調，少陵以古體行之，倔強直戇，不受束縛，固是獨出一頭，然含意未由之旨漸以失矣。先生特取遠神遠韻數章。（頁7）

由以上三則引文可知，沈德潛雖然標舉杜詩爲典範，但是並不是一味稱頌，而是藉由對杜詩的評選，建立了一套閱讀、創作與學習典範。沈德潛不選杜甫夔州以後的五言古詩，因爲此時之五古有「生硬頹禿」的傾向，對於不懂得如何學杜的人，若從此中求杜甫五言古詩之眞貌，必定會有很大的差異與問題。爲了避免學習的困難，因此沈德潛「杜甫典範」中並不納入這一時期的五言古詩。然而，在七言近體方面則大有成就，此時杜甫對於音律的掌握越來越純熟，藝術成就也更上一層，因此可作爲學習範本。再來，五言長律到了杜甫的手上，擴大發展成動輒百韻的作品。但是沈德潛從客觀的角度來檢視這些作品後指出，即便是才大如海的杜甫，在這樣的長篇巨作中，也有重意、重韻的狀況發生，更何況是才不如杜的學者呢？因此書中只選擇二十韻左右的作品，而不選篇幅過長的作品。最後，杜甫的絕句是獨標一格的，因爲他以古詩的手法寫作絕句，因此有「倔強直戇，不受束縛」的特色。但是絕句要求的是涵蘊深遠，杜甫這種手法是一種歧出，因此，沈德潛還是傾向選擇杜甫絕句中較爲具有神韻的作品。從以上可知，沈德潛《杜詩偶評》旨在就學習的立場，以「杜甫典範」建立的一種選本與理論整體的完成。

在前文中，筆者已經對沈德潛由詩歌評選所呈現的杜甫做了論述，內容是從杜甫對於政治、國家、親情、友誼等面向切入，呈現出

的杜甫是一個對政治具有熱情、對國家具有責任感、對親人無比愛
戀、對朋友無比真誠的人。在此要補充的則是他對於人類全體的關
懷，以及對生命的態度。《杜詩偶評》選〈茅屋為秋風所破歌〉云：

> 八月秋高風怒號，卷我屋上三重茅。茅飛度江灑江郊，
> 高者掛罥長林梢，下者飄轉沈塘坳。南村群童欺我老無力，
> 忍能對面為盜賊，公然抱茅入竹去。脣焦口燥呼不得，歸
> 來倚仗自歎息。俄頃風定雲墨色，秋天漠漠向昏黑。布衾
> 多年冷似鐵，驕兒惡臥踏裏裂。床頭屋漏無乾處，雨腳如
> 麻未斷絕。自經喪亂少睡眠，長夜霑溼何由徹。安得廣廈
> 千萬間，大庇天下寒士俱歡顏，風雨不動安如山。嗚呼！
> 何時眼前突兀見此屋，吾廬獨破受凍死亦足。（卷二，頁 126）

這首詩從一件發生在詩人生活中的事情開始說起。八月的秋風，捲走
了詩人的茅草屋頂。此時，一群兒童又當著詩人的面，強行拿走了那
些茅草。八月秋涼，詩人又已年邁，茅草屋頂雖然不是什麼值錢的東
西，但是卻能夠為詩人及家人提供勉強的遮蔽風雨的作用。茅草屋頂
先是被破壞，再來又被偷，然而「屋漏偏逢連夜雨」，失去屋頂的詩
人沒有了遮風避雨的依靠，所有的衣被也因使用過久而無法保暖，整
個家是又濕又冷。冷冷的天氣、刺骨的秋雨，老邁的詩人和貧困的家
人，守著一個簡陋的棲身之所，失去了屋頂，無疑是雪上加霜。由這
件發生在自己身上的不幸遭遇，詩人的反應不是怨天尤人，而是感嘆
天下不知還有多少寒士正過著像自己這樣的貧困生活，因此詩人發
願，如果能有足夠的、堅固的房子，讓天下寒士不用再為無處棲身而
焦慮、受怕，那麼就算自己凍死也值得！沈德潛評曰：「此老胸中有
同胞同與之意。」（同上）我們在這首詩裡看到了一個無私的形象，
詩人所關心的是其他千千萬萬的同胞，而不是自己的利益或安危。詩
人視所有寒士為一生命共同體，由自己的遭遇同體共感而聯想到人人
的生活，甚至願意犧牲自己，只為改善他人的處境。這種「人飢己飢，
人溺己溺」的態度，正是杜甫人格中崇高的一點，也是他對於人類生

命的尊敬。

　　事實上，杜甫不只對人如此，他對於天地間之物的態度也值得我們關注。書中選〈縛雞行〉云：

　　　　小奴縛雞向市賣，雞被縛急相喧爭。家中厭雞食蟲蟻，
　　不知雞賣還遭烹。蟲雞與人何厚薄，吾叱奴人解其縛。雞
　　蟲得失無了時，注目寒江倚山閣。（卷二，頁 140、141）

市場上有人縛雞欲賣，被縛的雞似乎知道自己的命運，因此急切的哀叫著。詩人詢問賣雞的原因，原來是家裡埋怨雞吃了蟲子所致。然而，雞一旦被賣，牠的命運就註定被人烹食。事實上，從物的觀點來看，雞食蟲乃自然法則，與人類何干？因此，詩人讓人放了雞，因爲從天地的角度來看，雞蟲皆是自然之物，並沒有高下優劣之分。人不能因爲一己之好惡，而擅自決定何存何去。沈德潛評曰：「宕開作結，愛物而幾於齊物矣。」（頁 141）「齊物」之論來自莊子，主要的思想是認爲人與萬物並存於天地間，皆爲一氣之聚散，並無高下、尊卑之別。因此，人並不高於萬物，相反的，人也只是萬物之一罷了。又因爲同爲一氣之聚散，因此人與萬物都具有共同的、可通的本質，故萬物皆齊於天地這個價值與規律之下。杜甫救雞並不是認爲雞優於蟲，而是認爲雞與蟲皆有其自然的生存規律，人不能因爲自己的利益或好惡而決定他物的生死去留。從這一點來看，杜甫對於天地萬物的態度是尊敬而理性的，正如同他對於人的態度一樣。簡單來說，杜甫的人格高尚而又親和，他的情感強烈卻又內斂，他的言語眞樸而又蘊蓄，他的行爲積極但不脫序。他秉持著「民胞物與」的精神來對待天地間的事物，他是一個眞正的「君子」，眞正的「仁者」。

　　沈德潛由評選杜詩補充並確立了「杜甫典範」。其內容除了藝術形式方面的去蕪存菁外，還有對杜甫其人格、思想與情感的展現。藉此，讀者學習到的不只是作詩的方式，更重的是學作一個「君子」、一位「仁者」。

四、《清詩別裁集》中以「杜甫典範」爲評選依據的
再次實踐

　　沈德潛在評選《明詩別裁集》時，已經試著將「杜甫典範」當作評選標準之一，到了《清詩別裁集》，以「杜甫典範」爲評選依據的例子則大幅度的成長。這不僅代表「杜甫典範」在沈德潛心中逐漸重要的地位，同時也代表了其內容由初現到成熟的的過程。《清詩別裁集》中陳廷敬〈晉國〉詩下，沈德潛這樣說：

　　　　予少時，尤滄湄宮贊，以午亭詩見示。讀〈晉國〉一篇，愛其近杜。後讀《漁洋詩話》，亦謂其獨宗少陵，前輩先得我心，不勝自喜。（卷五，頁402）

這段話提示了兩個重點：其一，沈德潛欣賞陳廷敬詩的原因是陳詩接近杜詩；其二，沈德潛的這個欣賞點在王漁洋詩話中得到印證。對於年少的沈德潛而言，自己的欣賞品味與能力與詩壇巨擘王漁洋同，不啻是一種自我肯定，相信也更加堅定了沈德潛以杜甫爲欣賞標準的審美觀。「杜甫典範」經過《杜詩偶評》的補充與確立之後，其內容更兼顧了杜甫人格與杜詩表現手法兩者，在《清詩別裁集》中更可以看出這一點。例如沈德潛選湯斌〈贈李映碧先生〉詩云：

　　　　蚤年登朝宁，端笏拜彤闈。抗疏表孤忠，旭日麗黃扉。維時甘陵部，南北勢相違。正色兩不阿，嶽嶽世所稀。元祐盛名賢，黨論多是非。玄黃未息戰，國是將安歸？唯有哲人在，秉道還識幾。石室留諫草，夢回尚依稀。魯國遺經火，口傳賴伏生。九十秦博士，典謨賴以明。文獻歸靈光，斗杓示景行。著述藏名嶽，大義何崢嶸。虎觀待鴻儒，丹詔下江城。年老難行走，豈敢抗弓旌？抽書授使者，卷軸滿巨篇。白雪封巖谷，時聞鸞鳳聲。（卷三，頁387）

詩人首先藉由一些李映碧先生的生平，來展現其人高風亮節的品格。中段再以漢代伏生傳經，爲經學續命，以及漢代由君王所主持的「白虎觀會議」等歷史事實，來展現李映碧所扮演的時代角色與其重要性。現在朝廷要再度徵召他出來，但由詩的最後可知，李婉拒了朝廷

的邀請，只願在山林裡歸隱，詩人因而以世之鸞鳳來比喻這位不世出
的賢者。沈德潛評曰：「此徵召而未出者，不言秉高節，而云老年難
走趨，即杜陵『聖朝無棄物，老病已成翁』意，須如此立言。」（同
上）杜甫〈客亭〉有云：「聖朝無棄物，老病已成翁」〔註80〕詩人不
說朝廷拋棄他，而說自己因病離開朝廷，反映了杜甫仁厚的心胸。這
首詩也是，詩人不說李映碧之不出乃因其秉高節，不與世人同，而說
他年老難以行走。沈德潛認為，書寫這種主題或情感時，應該要秉持
杜甫〈客亭〉詩所採用的方式，更應效法其仁厚的胸襟。書中又選曹
申吉〈人日貴陽作〉詩云：

> 故里今年別，殊鄉昨日春。看雲遙愛日，紀歲乍逢人。
> 澤國沅湘外，山城魑魅鄰。野梅初應候，寒雨幾經旬。赤
> 帖千門換，雕題百帳馴。綵幡迎楚雁，銅鼓賽苗神。瘴癘
> 崎嶇地，艱危老大身。已甘淪井鬼，無復繪麒麟。蓂莢重
> 開子，椒盤屢薦辛。祥牁天更遠，屈賈弔何頻。暖律迴窮
> 谷，浮生託大鈞。友朋皆燚道，詞賦動芳辰。鬢好觀青鏡，
> 心期理白蘋。鳳樓歌舞處，望斷屬車塵。（卷四，頁 395）

根據《清史稿》的記載，曹申吉為康熙十年（1671）時的貴州巡撫，
〔註81〕這首詩寫的正是他在貴州時的心情與生活。「澤國」、「山城」、
「楚雁」、「苗神」與「瘴癘」等詞，具體的構設出了貴州的地理與文
化背景。我們從詩題可知，這首詩的寫作時間是在農曆正月的第七
天。由詩的前兩句，以及「蓂莢重開子，椒盤屢薦辛」兩句則可知，
詩人由中央到貴州任職已過一年。康熙十二年（1673）十二月，吳三

〔註80〕杜甫〈客亭〉詩：「秋窗猶曙色，落木更天風。日出寒山外，江流宿
霧中。聖朝無棄物，老病已成翁。多少殘生事，飄零似轉蓬。」（參
見楊倫編輯《杜詩鏡銓》卷八，台北：藝文，1998 年 12 月，初版），
頁 560。

〔註81〕《清史稿・本紀》卷六，康熙十年曰：「十年辛亥春，正月丁卯，蒙
古蘇尼特部、四子部大雪饑寒，遣官賑之。癸酉，封世祖第五子常
寧為恭親王。庚辰，大學士魏裔介罷。以曹申吉為貴州巡撫。（參見
中央研究院漢籍電子文獻，二十五史全文檢索 http://www.sinica.edu.
tw/ftms-bin/ftmsw3）。

桂反，三藩之亂起，詩人這時人正在貴州，據《清史稿》記載，他在動見一起之時，就投降了吳三桂。〔註82〕但是沈德潛在詩人小傳下說：「吳逆反，公陷賊中，庚申夏，蠟書赴闕，密陳機宜，爲賊所覺，劫歸遇害。」（同上）在沈德潛的眼中，曹申吉無疑是一個忠君愛國的臣子，他的陷賊是逼不得已，仍然想爲朝廷盡一份心力。姑且不論這段歷史如何，曹申吉在沈德潛眼中是個忠君愛國之人，這一點是確定的。以此爲基礎來看這首詩，詩人雖然可說是一個地方大員，但是他必須離開自己的故鄉，同時離開權力的中心。這兩者代表了地域上、情感上，以及精神上的失落。沈德潛評曰：「懷鄉戀主，句烹字鍊出之，體源應在老杜。」（同上）沈德潛認爲，詩人在字句中蘊蓄了對故鄉與君主的懷念，以簡鍊細緻的字句呈現這種情感，這樣的情感表現方式應該來自於杜甫。

　　杜甫對國家人民的忠愛，以及對君主的眷戀，一直都是沈德潛詮釋、評價杜詩時的重點，以上例子即是沈德潛以杜甫之「忠愛」爲評選標準的例證。沈德潛選彭桂〈建初弟來都省視喜極有感〉詩則從杜甫的「孝悌」來說，詩云：

> 相持莫下拜，拭淚認分明。訝爾顏何瘦，令余痛失聲。饑寒留剩骨，患難得餘生。乍見渾無語，那堪悲喜並。爲致慈親語，殷勤勸早歸。嘆余違井邑，況汝別庭闈。每念尸餐苦，深慚彈鋏非。向來多少淚，都染手縫衣。（卷十五，頁483）

詩人爲求仕在異鄉漂泊，兄弟相見，自然分外感動。然而，相逢的喜悅與見到親人瘦餓的心痛，交織出了一種複雜的心情。弟弟帶來了家鄉的消息，也傳遞了雙親殷切的思念。思及自己當初離家的原因，以及現在所得的成果，再聞親人的思念，一切過往迴盪眼前，而如此強烈的情感也只能化爲滴滴淚水，無聲的宣洩，也染濕了母親所縫製的

〔註82〕《清史稿・本紀》卷六，康熙十二年曰：「十二月壬子，以姚文然爲左都御史。吳三桂反，殺雲南巡撫朱國治，貴州提督李本深、巡撫曹申吉俱降賊，總督甘文焜死之。」（同上）。

衣裳。沈德潛評曰:「弟傳親語勸歸,而己與弟,轉並滯客途,倚閭之思欲切矣。此種是眞杜詩。」(同上)沈德潛以「眞杜詩」評價這首詩,顯然是對這首詩很大的讚美。此詩之所以能爲「眞杜詩」,筆者以爲乃在於眞摯的親情流露,詩人對父母的愧疚的思念,展現了詩人之「孝」;詩人對手足的關懷與眷戀,則表現了詩人之「悌」。親情在杜詩中也是很重要的一個書寫對象。不論是久別重逢,還是日常家居生活的點滴,都可以看到杜甫眞情流露的一面。杜甫對家人眞摯的情感,展現了杜甫「溫柔敦厚」的人格特質,此詩的作者藉由書寫與弟異鄉重逢的情感轉折,其所流露出眞摯的親情,沈德潛認爲正是得到了杜詩情感思想的眞髓。《清詩別裁集》選陸寅〈秋日憶家大人粵遊〉詩也是一例,詩云:

> 又見秋風動,蘆花江渚飛。忍看時序變,猶與老親違。
> 遠信無他語,深情祇望歸。應憐揮手日,兒女共牽衣。(卷
> 十七,頁 495)

這也是一首描寫親情的作品。詩人遠遊在外,念及時光流逝,而自己卻仍然違背雙親盼歸的期待。想到在家鄉殷切思念自己的雙親,還有離家之時,年紀尚幼的孩子,自己長年在外,不知道他們的日子過得如何?過去美好的時光與現在分隔兩地的情景,相較之下,更讓詩人倍加思念遠方的親人。沈德潛評曰:「眞摯近杜。」(同上)與前一首詩是同樣的道理。

再來,沈德潛選高其倬〈和許子遜中秋風雨後看月元韻〉詩云:

> 風雨初更歇,涼蟾已在天。溰溰終不濕,炯炯只孤懸。
> 髮映千莖白,秋逢兩度圓。三吳烽堠靜,管弦自年年。(卷
> 十八,頁 502)

風雨初歇,月亮正掛在天空中,大地萬留在月光的照顧下,透出了銀白的色彩,正如同我頭上的白髮一般。「三吳」,古代指江蘇省南部、浙江省北部的某些地區,作者此時應在福建浙江總督任內,經過了他的治理,地方事務終於逐漸步上軌道,人民也開始有好日子過

了。〔註83〕天上的明月不會因爲風雨而放棄照亮黑夜，作者以明月比心，不論外界有多少困難、挑戰、風雨，都不能掩蓋、改變自己爲國家人民努力的初衷。沈德潛評曰：「點題後，就題寄託，見寸心炯炯，物不能累也，深得少陵家法。」（同上）杜甫一生遭遇了許多的挫折與磨難，但是他並沒有因此改變對國家人民的關懷，反而在每一次的挫折與困頓中，展現出他更堅定的意志，以及憂生念亂的胸懷。高其倬也是。縱使治理地方有許多的困難，但他仍不放初衷，努力讓自己像黑夜中的明月一般，照亮人民百姓的生活。沈德潛許之以少陵家法，杜詩之所以能爲「詩教」典範，正在於其展現了杜甫這種高貴的情操。

在風格與表現手法方面，主要還是以「蒼涼渾厚」爲主。沈德潛選唐孫華〈諸葛武侯祠〉詩云：

> 臥龍潛下國，逐鹿走群雄。慷慨吟梁父，撝謙拜德公。管蕭才豈匹，伊呂望應同。漢廟靈猶在，劉天姓未終。……風雲開絕業，日月照孤忠。委寄尋前諾，艱危誓鞠躬。三分非素志，八陣漸成功。炎景終移祚，流星忽隕空。宅桑乃索寞，廟柏自菁蔥。異地留祠宇，靈旗捲暮虹。（卷十六，頁 490）

全詩幾乎可以看做是諸葛亮的生平介紹。從他隱居隆中，到應劉備三

〔註83〕《清史稿》列傳第七十九有云：「三年，進兵部尚書銜，加太子少傅，調福建浙江總督。瀕行，疏言：『鄧川、嵩明、騰越、太和、浪穹諸州縣土軍丁銀，起明嘉靖、萬曆間，遺民防夷，立太和、鳳梧二所，丁徵賦一兩。是於本貫已完民賦，請豁除軍糧。』詔從之。四年，疏言：『福、興、漳、泉、汀五府地狹人稠，無田可耕，民且去而爲盜。出海貿易，富者爲船主、爲商人，貧者爲頭舵、爲水手，一舟養百人，且得餘利歸贍家屬。曩者設禁例，如慮盜米出洋，則外洋皆產米地；如慮漏消息，今廣東估舟許出外國，何獨嚴於福建？如慮私販船料，中國船小，外國得之不足資其用。臣愚請弛禁便。』下怡親王會同大學士九卿議行。五年，台灣水連社番爲亂，其倬遣兵討之，擒其渠骨宗等，諸社悉降。尋以李衛爲浙江總督，命其倬專親福建。迭疏請整飭鹽政，改造水師戰船，釐定營汛，並下部議行。入覲，加太子太保。」（同註81）

顧茅廬之請而出天下，諸葛亮憑著他的才智，幾乎左右了當時世局的發展。然而，蜀漢雖然有他這樣的臣子，仍無法一統天下。諸葛亮並未因阿斗力弱，就趁機奪位，反而謹守自己對劉備的誓言，努力輔佐幼主，鞠躬盡瘁、死而後已。沈德潛評曰：「綜忠武生平而言，工整蒼鬱，胎原出於少陵。」（同上）沈德潛所評「工整蒼鬱」首先是指整首詩的結構來說。詩從諸葛亮之隱，說到應劉備之請而出天下，最後後鞠躬盡瘁，死而後已。層層遞進，環環相扣，在形式上與詩意上都十分工整。在表現手法上，詩人的語言沒有太多華麗詞藻，取而代之的是質樸自然的描寫方式，以這樣的語言逐步描塑出諸葛亮的人格形象與情操，並且營造出一種蒼涼渾厚的意境，這種來自杜詩的表現手法與風格，正是沈德潛欣賞之處。

綜合以上，不論是從懷鄉念主、憂國思民的情操，還是親人間眞摯的情感流露，或會表現手法與風格層面來看，「杜甫典範」已經成爲了沈德潛評選詩歌的主要依據之一了。《清詩別裁集》可說是「杜甫典範」再次實踐的最主要作品，也可以看出沈德潛意欲在當時建立一套價值的用心。

第四節　小結

「詩教」必須透過詩歌創作與閱讀，才能展現它的功用，因此，其所對應的表現方式與閱讀反應就成爲不可不重視的一環。沈德潛「詩教」觀中有關這部分的論述，主要有三個方面：其一是「風雅傳統」；其二是「格調說」；其三是「杜甫典範」。首先是「風雅傳統」。「風雅傳統」是「詩教」中很重要的部分，在沈德潛的認知中，其所含括的表現方式又以「比興」、「意在言外」、「含蓄蘊藉」與「主文譎諫」四者爲重點。這四者並不是各自獨立的存在，而是互爲根據、互爲發明的。它包涵了文學的表現手法，也同時提示了屬於詩歌實際功能與思想情感的內容。再來是「格調說」。「格調說」是沈德潛繼承明

代前後七子而來的，沈德潛甚至被認爲是「格調說」的集大成者。「格
調說」是企圖確立一套典律系統，藉由對作品的實際欣賞、批評，建
立一套「如何讀」、「如何寫」的審美價值觀，由此與實際作品緊密接
觸，使得「詩教」有著力之所在。因此，沈德潛「格調說」主要在於
建立一個可以落實的審美標準，並且由此選擇出適合的教材，作爲「詩
教」的具體實踐展示。最後是「杜甫典範」。沈德潛論詩宗唐，而唐
詩中又最尊杜甫。杜甫其人與杜詩正好可以當作一種學習的範式，故
有了「杜甫典範」的出現。「杜甫典範」的內容從藝術形式風格層面，
到杜甫其人的內在思想、情感、人格層面的探討。這個典範不只用於
詩歌的學習，同時也是做人立身處事的理想。藉由這三方面的配合，
沈德潛「詩教」才能以具體的作品作爲憑藉，其「詩教」理論也才有
實際映現的空間，使「詩教」透過詩歌教學，成爲一個可以實踐的理
念。

第六章　結　論

　　本論文是以沈德潛詩歌評選爲論述文本，對沈德潛「詩教」觀進行的研究。「詩教」傳統淵遠流長，所觸及的層面也十分廣泛，可說是對中國詩歌影響最深廣的詩論之一。本論文從沈德潛論「詩教」的基礎——「性情」概念入手，以沈德潛詩歌評選爲論述文本，向內討論「詩教」對個人生命的關注面向與內容，向外分析「詩教」對社會現實的關注面向與內容，並且整理、歸納「詩教」所對應的表現方式與詮釋進路，對沈德潛「詩教」觀做一次全面性的探討。綜合前文論述，可以歸納出幾點研究心得如下：

一、以「性情」爲基礎的「詩教」論述

　　沈德潛論「詩教」的基礎在於「性情」，而「性情」概念在他不同時期的詩歌評選中，有著不同的關注重點。以入仕前這段時期來說，在初編《唐詩別裁集》中，沈德潛對「性情」一詞的使用並不多見，其內容如下：從讀者的角度來看時，「性情」是讀者的情感、理智思維能力與某一程度的知識累積；從對作品的品評來看，「性情」可以是情感與懷抱，又可以是思想與提煉、沈澱之後的情感的綜合體。從上可知，沈德潛此時對於「性情」一詞的使用，在意義上呈現著不固定的狀態。

　　到了《古詩源》，沈德潛對「性情」的看法轉向了對「性情之正」

的關注。「性情之正」強調的是個人「性情」中具備分辨是非與善惡的能力，就是道德的覺知和趨向能力，也就是徐復觀所說要不失去自己的人性，不讓私欲熏黑了自己的心。沈德潛於《古詩源》中提出這一點，正補充了初編《唐詩別裁集》「性情」觀的不足，也更貼近「詩教」的理想。在《說詩晬語》中，沈德潛歸納了從初編《唐詩別裁集》到《古詩源》以來對「性情」的看法，並且在「性情」之後加上「面目」兩字，加強說明「性情」作爲個人獨特思想情感、表現風格方面的意義，更由此開出「知人論世」作爲對「性情」觀念的延伸。除了「性情」本身的意義，沈德潛在《說詩晬語》中，也明確的討論了「性情」與詩論中其他議題之間的關係，例如「性情」與「法」、「性情」與「議論」。總的來說，在《說詩晬語》中，沈德潛對於「性情」進行了一次總檢，他不只以具體的例子說明了「性情」的內容，也補充了「性情」與「詩教」之間互相影響的互動方式，並且藉著詩中的「性情面目」的要求，延伸出「知人論世」最終目的。沈德潛對於「性情」的意義此時已經固定下來，從詩人或作品方面來說，主要還是指詩人的個性、情感、理智等的複合，延伸至作品所呈現出的獨特風貌。

　　在《明詩別裁集》中，沈德潛轉而偏向對詩歌中「情」的重視。中國哲學與文學家曾對於「情」做過相當豐富的討論，「情」主要是指人的喜怒哀樂愛惡欲等情感而言。但是，要成爲詩歌作品的情感不該只是「情」，而應該具備了某種能感動人與引起共鳴的特性。因此，沈德潛要求的「情」是「深情」、「至情」、是情感中的一種極致境界。同時，這樣的「情」必須以「微婉」或「婉轉」的方式展現，與華麗的文辭使用技巧和詩意的深刻與否無關。沈德潛強調詩歌中的「情」，主要是爲了呼應詩的教化功能，就「詞則託之男女，義實關乎君父友朋」而發揮。他甚至認爲，如果作品文字能傳達近乎眞實的情感，少了一些言外之意是可以被接受的。這樣的看法使得沈德潛在選詩評詩上更具有彈性。

　　入仕與致仕後，沈德潛對「性情」的看法有對入仕前的延續，也

有不同之處。《杜詩偶評》藉由對杜詩的評選，勾勒出沈德潛心目中
杜甫的「性情面目」。沈德潛所體會出杜甫的「性情面目」，有幾下幾
個面向：「許身社稷，致君堯舜」是杜甫憂國憂民的胸懷；「念松柏於
邙山，哭故交於旅櫬」是杜甫對友誼的真誠；「悵弟妹之流離，懷妻
孥之阻絕」則是杜甫對親情的重視。足見杜甫之「性情面目」當為杜
甫之完整生命的呈現，非只就政治社會層面來立論。在《清詩別裁集》
中，沈德潛再次重申詩歌的基礎是「性情」，但是詩歌的創作不僅只
是「性情」的自然流露，還必須透過思考的過程，賦予個人的情感以
意義，然後選擇適當的文字表達出來。這個將「性情」加工的部分，
就是沈德潛所說「關乎人倫日用及古今成敗興壞之故者，方可為存。
所謂言之有物也。」這些「言之有物」的作品是經過了理性思維對於
題材、情感等的淘洗、檢擇之後的成品，因此具有社會性、共同性，
而「詩教」正必須由這些作品才能展現它的功用。

　　除了對於「性情」與「詩教」間的強力聯繫，以及對於之前相關
概念的延續之外，在《清詩別裁集》中，沈德潛進一步提出了「真」
做為詩歌創作的理想。「性情」與「真」的關係在於，詩意與詩的語
言文字有其展現的極限，唯有「真性情」能無限的延伸擴展，以救藝
術之窮。而所謂「性情之真」的「真」，講求的是一種自然流露、未
經計算衡量的即時情感反應，故「性情之真」主要還是偏重「真情」
的部分。所謂「真情」就是出於肺腑的意思。詩文出於肺腑之言則不
需要特意在寫作技技法上求工，只要出於「真情」就能擁有感動中心
的力量。沈德潛認為，只有從真實生活中取材，與社會人倫日用緊緊
相關者，才能立基於真實性情，也才能創作出動人的詩。唯有動人之
詩可引發作者、作品與讀者間的共鳴，不論是在政教作用上，還是在
情感的抒發與和諧上，能引發共鳴的詩才能達到詩教的目的。

　　沈德潛於重訂《唐詩別裁集》中，總結了他對「性情」的看法。
重訂《唐詩別裁集》中的「性情」觀，主要以「精神面目」與「真性
情」兩種面向呈現。「精神面目」著重的是作品所呈現出作者獨特的

情感、思想、個性，而「性情之眞」著重的則是情感與表現手法上的自然流露和眞實反映，這是他對於「性情」的最終定論。

二、「詩教」對個人生命的關注面向與內容

　　「詩教」的關注面向，可以分爲個人生命與社會現實兩部分。在個人生命部分，又以「溫柔敦厚」爲核心。「溫柔敦厚」原來是指是《詩經》教化下的人格特質，唐·孔穎達從「顏色溫潤」、「情性和柔」與「依違諷諫，不指切事情」三方面來說明「溫柔敦厚」。以「顏色溫潤」說「溫」，從字面上來看主要是對個體外在的描述。然而不可諱言，外在表情容貌的展現與內在情感理智的和諧與否有著極大的關連，故「顏色溫潤」的背後應該暗示了個體內在的和諧一面。以「情性和柔」說「柔」，在儒家「中和」之外又加上了「柔」的特質，所以「情性和柔」就是以「中和」爲理想，並且能夠隨著環境做出最適當的調整。陳良運在《中國詩學體系論》中認爲，「忠厚」就是人需有品德之厚，有深厚的倫理道德修養。因此「溫柔敦厚而不愚」是由外而內、由貌而心，對人的精神、情感狀態的考察。孔穎達在解釋溫柔敦厚爲個人內在修養、生命的指導方針時，同時也提出了「溫柔敦厚」作爲一種文學藝術的呈現方式。孔穎達以「依違諷諫，不指切事情」說明「溫柔敦厚」，其實就是漢人以「主文譎諫」以期達到「言之者無罪，聞之者戒」的另一種說法。然而，從藝術表現方式上來看，「溫柔敦厚」並不只能是含蓄委婉的風格。以《詩經》來說，就有很多作品是不符合含蓄委婉的風格。黃宗羲從不同的角度給予了這種作品解釋。他認爲，所謂「溫柔敦厚」不是一種扭捏作態的表達方式，而且也不應該拘泥於某種藝術風格。葉燮以「體用」關係統明「溫柔敦厚」，他認爲，溫柔敦厚應該是一種作詩的主旨，是體的作用，而不該變成一種制式化的語詞風格。所以後代詩歌固然在語詞風格上不同於《三百篇》，但是不能因爲這樣就否定其爲「溫柔敦厚」的可能性。總括來說，「溫柔敦厚」原本是由「詩教」而來的理想人格呈現，

它所伴隨的是一種文學藝術上的表現風格，或是內涵上的蘊蓄。然而，不管是表現風格還是內涵上的蘊蓄，都必須建基在作者的人格涵養一層，因此我們可說，「溫柔敦厚」既是一種理想人格的具體內涵，也是這種人格在詩歌上的展現。

　　根據上文來考察沈德潛入仕前詩歌評選中的「溫柔敦厚」，發現在初編《唐詩別裁集》中，沈德潛對於「溫柔敦厚」主要以「不直斥、不直露」、「怨而不怒」與「通達和平」三方面來說。到了《古詩源》則提出「溫厚」、「忠厚」以含括前三者，並且提出了「忠」作為「眞誠」意義。至於《說詩晬語》則提出了「寬容」作為「溫柔敦厚」的展現，並且在面對前人所謂不合乎「溫柔敦厚」的作品時，從本心立意處說其「溫柔敦厚」，擴大了「溫柔敦厚」所涵攝的藝術風格。《明詩別裁集》中，沈德潛維持了他對於「溫柔敦厚」的一貫詮釋方式，也就是將內涵特質個別提出，藉以具體說明「溫柔敦厚」，同時加入了「忠愛」、「忠孝」、「忠義」等等新內容，並且建立了以「忠」與其他特質相搭配的表述模式，由此可看出沈德潛對於「忠」的重視。總括來說，「忠」、「溫」、「厚」、「愛」、「孝」、「義」都是儒家人格道德涵養的理想價值，擁有這些理想價值的人格，必定具備了眞誠、忠實、厚道、仁愛、孝順、為所當為等等特質，可說是儒家「至善」人格的具體呈現。沈德潛以這些價值來說明「溫柔敦厚」，足以見「溫柔敦厚」作為理想人格建立的目標的意義。

　　入仕與致仕後，沈德潛「溫柔敦厚」的內容逐漸調整為「忠」、「孝」並重，並且因加入了「君父」的觀念，使得他以「忠孝」等同於「忠愛」。他對「忠」的重視除了保持眞誠、忠實的意義外，更加入了對國君的忠心的意義，這種「忠」並非愚忠，而是一種家庭倫理的擴大，也就是將對「父」的情感轉移到對「君」身上，因此連帶的「孝」與「愛」的行為也會發生在臣子對國君的關係中。沈德潛在入仕前所著重的人格養成的部分是以自然的、獨立的人為前提，不太考慮他是否存在於政治環境中。因此他對於「溫柔敦厚」的理想人格的看法可以

說就是儒家「至善」、「內聖」的達成。但是到了入仕與致仕後，政治的影響力逐漸浮出檯面，使得沈德潛必須做一些適切的調整，將這理想人格的建立置於政治架構下來審視。這並非是沈德潛向政治低頭或妥協，而是一種在面對現實之後，所尋求的自我理解與成就的區塊。

在「詩教」對於個人與社會群體的關係部分，主要是從「道」與「政」的關係切入，針對沈德潛在不同時期的詩歌評選中所反映出的看法，做一個整合性的討論，觀察在遭遇衝突時，「道」與「政」在「詩教」中起著何種作用，又發生了什麼效果。在初編《唐詩別裁集》與《古詩源》中，沈德潛首先提出他對於「道」的價值的看法。他認爲，「道」是超越於世俗價值觀之上的，並且是個人內在力量的眞正來源，這股力量可以讓人在面對現實環境的挫折時，有樂觀以對的態度與勇氣。對於「道」，沈德潛是樂觀的，因此他認爲懷抱道德理想的人，最終一定會得到應有的發展，即便在入世的過程中遭遇到挫折與磨難，沈德潛仍然認爲讀書人不該因爲一時的不第而怨天尤人，喪失理想與信念。就算無法順利取得政治權力，仍應以自我所懷抱的「道」爲榮、爲樂。雖然「道」的價值雖高於一切，但並不代表沈德潛不入世，不關心「政」的部分。沈德潛認爲，作爲一個儒家知識份子，應該要積極入世，以賢輔國。然而在面對政治現實不許可之時，知識份子也有其對應的態度與方式，那就是「安命以俟有爲」。儘管處窮，知識份子仍然不能放棄兼善天下的志業，以「道」自持自守，至個人榮辱富貴於其外，等待可以淑世的機會，然後出而立其功業，唯有守「道」，並存兼濟天下之志，才能無入而不自得，充分展現了儒家「道」先於「政」的價值觀。

沈德潛在《明詩別裁集》中，對於個人出處的看法有了些許轉變。此時他的立場是從歷史經驗中，進行身處政治體制後的反思，故《明詩別裁集》中呈現的是對於仕宦生涯的觀察。沈德潛從歷史的經驗裡，由現實的角度思考了「仕」的價值，他雖然點出了現實與理想的差距，說明了身處其中的艱難，但同時也不忘提示爲臣之道，可以說

是兼顧了現實與理想性的意見。

入仕之後，沈德潛進入了官場的現實中，更加瞭解了理想與現實的差異。但是他並沒有因此放棄自己的原則，反而從對「仕」的深刻認知中，更加堅定了自己對於「道」的堅持，並且肯定了知識份子淑世的精神與責任。不在官位的人要堅守自己的理想，在官位的人則要拋棄對官職富貴的迷思與執著，秉持著當初淑世的精神，努力的在自己的崗位上發光發熱，這是沈德潛在經過對「仕」的懷疑與思考後，對於「道」的價值與「政」的理想的再確定。

三、「詩教」對社會現實的關注面向與內容

「詩教」對社會現實的關注面向與內容，應該包涵了「詩教」對知識份子在詩歌學習上的影響，以及「詩教」傳統中對社會、政治的關懷。另外，由於在文學批評中，「詩」常與「史」相關連，而「詩」與「史」都具有教育、鑑戒的功能。究竟「詩」與「史」有何共通之處，其關係如何，也是我們必須討論的地方。

沈德潛「詩教」的教育展現，乃以詩歌評選的方式，企圖形成一套學習的標準教材。這一系列的詩歌評選，展現的是沈德潛建構詩歌史的企圖心。沈德潛秉持了「詩教」和「尊唐」兩個概念來作為詩歌史的建構主軸，雖然「史」的建立，但是他卻不選宋詩和元詩，清楚了顯示了時間並不是其詩歌史建立的主線。從唐詩開始，沈德潛先向上為了唐詩中所體現的「詩教」與藝術形式溯源，於是他找到了距離《詩三百》最接近的漢魏古詩。溯源完畢之後，沈德潛將觸角往下延伸，順著「詩教」與「尊唐」的發展方向編選了明詩與清詩然後再度回歸到唐詩。明清詩可以視為對「詩教」與「尊唐」的繼承者，所以理當被納入其詩歌史的體系內。至於晚年重訂的唐詩則可以視為沈德潛回顧一生，對於「詩教」與「尊唐」概念的總整理。透過對這些不同時代詩歌的評選，沈德潛為學者指出了一套以「詩教」與「尊唐」為主旨的詩歌學習教材。

　　「尊唐」是沈德潛詩論的主軸之一，在提倡「詩教」的過程中，「尊唐」不只是切入點，同時也是理論的具體顯現。沈德潛「尊唐」審美觀主要關注面向如下：唐人風骨、盛唐詩沉雄瑰麗的風格、命意遣辭、一氣傳寫，脫口而出，略不雕琢的絕句品格，以及「溫柔敦厚」。不論是從詩歌風格、表現方式，或是詩人品格方面來看，唐詩都有很高的成就。沈德潛的「尊唐」，從詩歌風格上來看，是以沈雄瑰麗、沉鬱渾厚為高的；從表現方式來看，是以一氣呵成，自然不雕琢為貴的；從詩人品格方面來看，則是以「溫柔敦厚」的儒家理想人格為要求。

　　至於「詩教」在社會、政治上的展現，終其一生，並沒有太大的改變。我們可以分為以下幾個面向來看：戰爭與邊事、賦稅與徭役、對統治者用人的看法、對君臣關係與君臣本分的看法。在戰爭方面，沈德潛否定因個人私欲或開邊所引起的戰爭，但是對於護衛領土、主權而不得不發生的戰爭，沈德潛是肯定的。在邊事方面，對於邊地之民，不應該壓榨其物力、人力，而是應以「無為而治」的方式治之。在賦稅與徭役方面，則應該取之有節。在統治者用人方面，則應禮賢下士、廣納人才，並且要能扶君子、抑小人。對君臣關係與君臣本分的看法上，沈德潛認為國君應當戒美色、戒嗜欲、戒求仙、戒宴樂。而作為一個臣子，在寫作頌歌時，應該要寓規於頌，盡到提醒、規箴的責任。在君臣關係方面，沈德潛希望能達到「君不忘臣，臣盡其力」的理想境界。但是，沈德潛知道君臣關係不可能像孟子理想中的那般，其中有許多的變數與無奈。儘管如此，沈德潛仍不忘在這樣的關係中，尋求一種合理與尊重的君臣關係。

　　在沈德潛的評論中，常可看到以「史筆為詩」的概念。沈德潛對於「詩」與「史」的關係的理解，基本上建立在兩個部分：其一是對於體材（語言文辭）的使用方式，除了韻語的部分外，「詩」與「史」具有相同的注重「言外之意」的筆法：其二是在內容大旨上，「詩」與「史」除了同時具備記錄人事的作用外，同時具有給予後世規箴，

或是展現批評的功能。《明詩別裁集》中是以「《春秋》筆法」爲主，沈德潛以「《春秋》筆法」評詩，主要出現在個人對於國家民族的節操內容上。他所著眼的仍然不出「《春秋》筆法」中「一字之褒，一字之貶」的「微言大義」的手法，也展現了從道德倫理與政治角度來評判的標準，以及「當一王之法」的理想。

　　《清詩別裁集》是以「《史》、《漢》筆法」與「《春秋》筆法」並重。從詩作的分析可以發現，基本上，沈德潛對於「《春秋》筆法」的特色掌握的很全面，不論是在「考得失、知鑑戒」還是「昭勸懲」的「微言大義」方面，都有詩可以爲例。然而對於「《史》、《漢》筆法」則主要在其敘事的生動性來評論，然仍可於其中嗅出《漢書》筆法的特色。

四、「詩教」所對應的表現方式與詮釋進路

　　「詩教」所對應的表現方式首推「風雅傳統」。「風雅傳統」是從《詩經》中衍生出來的，漢儒將「風雅」與政治相關連，於是「風雅」就被賦予了「風教」、「風刺」的意義，並體現出了士大夫文人的主流審美觀。同時，漢儒也提出了「風雅正變」的概念，以「聲音之道與政通」來加強詩與政治的關連性。他們在提出「風刺」、「風教」的同時，也提出了「主文譎諫」的話語使用策略，以期達到「言者無罪聞者戒」的上下溝通理想模式。到了魏晉「風雅傳統」中屬於藝術表現方法的部分被強調出來，形成了一套意蘊高尚、充實清新、風貌剛健、遒功凝練的審美追求與審美理想。唐人秉承了前人的意見，李、杜以「時代意識」說明了「風雅傳統」的眞諦在於反映詩人所處時代的現實，元、白則以新樂府運動推廣「風雅傳統」中「言者無罪聞者戒」的精神，並將其納入政治理想中。宋、明基本上還是承襲前人而來，比較特殊的是清初的陳子龍，他消解了宋人言「風雅傳統」時，所著重的情感的節制部分，轉而以尋找新的表現方式來兼顧詩人強烈的情感與「言者無罪聞者戒」的理想。「風雅傳統」乃是「詩教」中最重

要的一環，在沈德潛的認知中，其所含括的表現方式又以「比興」、「意在言外」、「含蓄蘊藉」與「主文譎諫」四者為重點。這四者並不是各自獨立的存在，而是互為根據、互為發明的。透過這四種表現方式，「風雅傳統」得以具體而適切的展現於詩歌作品中，進而達到「詩教」的實際作用。

　　沈德潛「格調說」對落實「詩教」也有很大幫助，他企圖藉著「格調說」這套典律運作模式，從「如何讀」、「如何寫」兩個角度，建立一套「詩教」學習的典範。在「如何讀」的部分，其意義應在於讀者秉持何種標準對作品進行鑑賞。沈德潛認為人格與詩格應該是相應的。因此我們可以從詩格體會到作者人格，進而達到學習、修養的功用。在「如何寫」的部分，沈德潛認為以第一等襟抱承載第一等學識，方可出第一等真詩。只有以真實性情為基礎，加上豐厚的學識涵養，以及深廣的胸襟氣度，才能將情感化為意蘊深刻的詩思，發而為詩，也才能達到「詩教」的作用。

　　沈德潛「詩教」觀中一個很重的部分，就是對學習典範的建立。他論詩尊唐，而唐詩中又最尊杜甫，杜甫其人與杜詩都成為了他評選詩歌作品的標準，可見他以杜甫為「詩教」典範的用心。「杜甫典範」包涵了表現方式與風格，及杜甫人格、思想與情感的展現。在表現方式與風格方面，是以杜甫「包涵一切」、「沉鬱頓挫」的風格為學習範式；在人格、思想與情感方面，杜甫呈現的是儒家「仁者」與「君子」的典範。藉由杜甫，沈德潛在「詩教」確立了一個具體而具有學習指標價值的典範，也為後學者指出了明確的學習進路。

參考書目舉要

依作者姓氏筆畫排序，同一作者再依書籍筆畫排序

一、沈德潛相關典籍

1. 《古詩源》，沈德潛編，(《歷代詩別裁集》，杭州：浙江古籍，1998年)。

2. 《杜詩偶評》，沈德潛編，(京都書肆千鍾房藏版)。

3. 《明詩別裁集》，沈德潛編，(《歷代詩別裁集》，杭州：浙江古籍，1998年)。

4. 重訂《唐詩別裁集》，沈德潛編，(《歷代詩別裁集》，杭州：浙江古籍，1998年)。

5. 《清詩別裁集》，沈德潛編，(《歷代詩別裁集》，杭州：浙江古籍，1998年)。

6. 《說詩晬語》，沈德潛著，(乾隆教忠堂刊本，國家圖書館典藏本)。

7. 《年譜》，沈德潛著，(《沈歸愚詩文全集》，乾隆教忠堂刊本，國家圖書館典藏本)。

8. 《歸愚文鈔》，沈德潛著，(《沈歸愚詩文全集》，乾隆教忠堂刊本，國家圖書館典藏本)。

9. 《歸愚文鈔餘集》，沈德潛著，(《沈歸愚詩文全集》，乾隆教忠堂刊本，國家圖書館典藏本)。

10. 《歸愚詩鈔》，沈德潛著，(《沈歸愚詩文全集》，乾隆教忠堂刊本，國家圖書館典藏本)。

11. 《南巡詩》，沈德潛著，(《沈歸愚詩文全集》，乾隆教忠堂刊本，國家圖書館典藏本)。

二、經部、史部相關典籍

1. 《毛詩正義》，毛亨傳、鄭玄箋、孔穎達疏，（台北：藝文，1985年12月）。

2. 《周易略例》，王弼撰，（台北：藝文，1965年）。

3. 《周易》，王弼撰、韓康伯注，（《四部叢刊初編》，經部，台北：商務，1967年）。

4. 《尚書正義》，王弼注、孔穎達疏，（《十三經注疏本》，北京：北京大學，1999年12月）。

5. 《論語》，孔子，（《新編諸子集成》第一冊，台北：世界，1974年7月）。

6. 《禮記正義》，孔穎達著、李學勤主編，（台北：台灣古籍，2001年10月）。

7. 《周書》，令狐德棻等撰，（北京：中華，1971年）。

8. 《國語》，左丘明撰、韋昭注，（台北：九思，1978年11月）。

9. 《左傳》，左丘明著，（阮元《十三經注疏》，台北：藝文，1989年1月）。

10. 《左傳正義》，杜預注、孔穎達疏，（台北：廣文，1972年8月）。

11. 《論語注疏》，何晏注、刑昺疏，（《十三經注疏本》，北京：北京大學，1999年12月）。

12. 《尚書釋義》，屈萬里著，（台北：文化大學，1995年）。

13. 《漢書》，班固撰，（台北：新文豐，1975年）。

14. 《明史》，張廷玉等撰，（台北：新文豐，1975年）。

15. 《吳越春秋》，趙曄撰，（南京：江蘇古籍，1999年8月）。

16. 《清史稿》，趙爾巽等撰，（台北：新文豐，1975年）。

17. 《新唐書》，歐陽修、宋祁等撰，（台北：新文豐，1975年）。

18. 《史通釋評》，劉知幾著、浦起龍釋、呂思勉評，（台北：華世，1981年11月）。

19. 《舊唐書》，劉昫等撰，（台北：新文豐，1975年）。

20. 《禮記》，戴德撰，（阮元《十三經注疏》，台北：藝文，1989年1月）。

21. 《史記會注考證》，瀧川龜太郎撰，（台北：漢京，1983年9月）。

三、子部、集部相關典籍

1. 《元次山文集》，元結撰，（台北：商務，1967 年）。

2. 《篋中集》，元結撰，（台北：台灣商務，1981 年）。

3. 《白居易集》，白居易著、顧學頡校點，（北京：中華，1999 年 11 月）。

4. 《曝書亭集》，朱彝尊撰，（台北：商務，1979 年）。

5. 《宋景文公集》，宋祁撰，（台北：藝文，1965 年）。

6. 《焚書》，李贄，（明・李溫陵著《李贄文集》，北京：北京燕山，1998 年 1 月）。

7. 《孟子》，孟軻著，（《新編諸子集成》第一冊，台北：世界，1974 年 7 月）。

8. 《孟郊詩集校注》，邱燮友、李建崑校注，（臺北市：新文豐，1997 年）。

9. 《荀子》，荀況著，（《新編諸子集成》第一冊，台北：世界，1974 年 7 月）。

10. 《陳伯玉文集》，陳子昂撰、王雲五主編，（台北：台灣商務，1967 年）。

11. 《樂府詩集》，郭茂倩編，（台北，里仁，1984 年 9 月）。

12. 《杜詩鏡銓》，楊倫編輯，（台北：藝文，1998 年 12 月）。

13. 《靖節先生集》，陶潛撰、陶澍注，（台北：華正，1993 年，10 月）。

14. 《南雷文定》，黃宗羲撰，（清同治七年刻本）。

15. 《南雷文約》，黃宗羲撰，（清同治七年刻本）。

16. 《孟子正義》，焦循、焦琥著，（《新編諸子集成》第一冊，台北：世界，1974 年 7 月）。

17. 《人物志》，劉劭著，（《四部叢刊初編》子部，台北：商務，1967 年）。

18. 《韓非子》，韓非著，（劉寶楠等著《諸子集成》，台北：世界，1974 年）。

19. 《豫章文集》，羅從彥撰，（《四部叢刊初編》，台北：商務，1973 年）。

20. 《譚友夏合集》，譚元春撰，（台北：偉文，1974 年 9 月）。

四、詩話與詩論相關典籍

1. 《清詩話》，丁福保輯，（上海：上海古籍，1999 年 6 月）。
2. 《歷代詩話續編》，丁福保輯，（北京：中華書局，1997 年 3 月）。
3. 《帶經堂詩話》，王士禎撰，（北京：人民文學，1998 年）。
4. 《二十四詩品》，司空圖原作、陳國球導讀，（臺北市：金楓，1987 年 6 月）。
5. 《詩集傳》，朱熹，（台北：台灣中華，1969 年）。
6. 《明詩話全編》，吳文治主編，（南京：江蘇古籍，1997 年 12 月）。
7. 《宋詩話全編》，吳文治主編，（南京：江蘇古籍，1998 年）。
8. 《歷代詩話》，何文煥輯，（台北：漢京文化事業有限公司，1983 年 1 月）。
9. 《本事詩》，孟棨撰，（台北：藝文，1966 年）。
10. 《白石道人詩說》，姜夔撰，（《白石道人全集》，台北：台灣商務，1968 年）。
11. 《詩藪》，胡應麟撰，（台北：廣文，1973 年 9 月）。
12. 《唐詩紀事》，計有功，（台北：木鐸，1982 年）。
13. 《古詩鏡》，陸時雍編，（台北：台灣商務，1976 年）。
14. 《詩式》，皎然著，（北京：中華，1985 年）。
15. 《詩說》，惠周惕撰，（北京：中華，1985 年）。
16. 《原詩》，葉燮著、霍松林校注，（北京：人民文學，1998 年 5 月）。
17. 《文鏡秘府論》，遍照金剛著，（台北：學海，1974 年）。
18. 《清詩紀事初編》，鄧文成，（台北：中華，1970 年）。
19. 《詩品》，鍾嶸著，（北京：中華，1991 年）。
20. 《詩人玉屑》，魏慶之編，（台北：台灣商務，1983 年）。
21. 《滄浪詩話》，嚴羽著、郭紹虞校釋，（台北：里仁，1987 年）。
22. 《說詩晬語詮評》，沈德潛撰、蘇文擢評，（台北：文史哲，1985 年 10 月）。

五、其他相關典籍

1. 《拾遺記》，王嘉撰，（台北：黎明文化，1996 年）。
2. 《四書集注》，朱熹注，（台北：中華，1981 年）。
3. 《太平御覽》，李昉等撰，（上海：上海書店，1985 年）。

4. 《白虎通義》，班固著，（北京：中華，1985 年）。

5. 《詩學箋註》，亞里斯多德著、姚一葦譯註，（台北：台灣中華，1984 年）。

6. 《文賦集釋》，陸機撰、張少康集釋，（台北：漢京，1987 年 2 月）。

7. 《積微居小學金石論叢》，楊樹達著，（台北：大通書局，1971 年）。

8. 《春秋繁露》，董仲舒著，（《叢書集成初編》，北京：中華，1991 年）。

9. 《中國古代文論類編》，賈文昭主編，（福建：海峽文藝，1990 年 12 月）。

10. 《文心雕龍》，劉勰著、王更生注譯，（台北：文史哲，1985 年 3 月）。

11. 《朱子語類》，朱熹著、黎靖德編，（台北：華世，1987 年 1 月）。

12. 《拙堂文話》，齋藤謙，（台北：文津，1978 年）。

13. 《薛文清公讀書錄》，薛瑄撰，（北京：中華，1985 年）。

14. 《譚友夏合集》，譚元春撰，（台北：偉文，1974 年 9 月）。

15. 《蘇軾文集》，蘇軾著、孔凡禮點校，（北京：中華，1986）。

16. 《蘇東坡全集》，蘇軾撰，（台北：河洛，1975 年 9 月）。

六、近人相關研究論著

1. 《中國文學史初稿》，王忠林等撰，（台北：石門圖書，1978 年）。

2. 《古典文學論探索》，王夢鷗著，（台北：正中，1984 年 2 月）。

3. 《清代文學批評史》，王鎮遠、鄔國平著，（上海：上海古籍，1995 年 11 月）。

4. 《詩言志辨》，朱自清著，（台北：頂淵，2001 年）。

5. 《清詩史》，朱則杰著，（南京：江蘇古籍，2000 年）。

6. 《談文學》，朱光潛著，（合肥：安徽教育出版社，1996 年 9 月）。

7. 《心體與性體》，牟宗三編著，（台北：正中，1970 年）。

8. 《中國哲學的特質》，牟宗三著，（台北：台灣學生，1982 年 5 月）。

9. 《「史記」、「漢書」比較研究》，朴宰雨著，（北京：中國文學，1994 年 8 月）。

10. 《中國詩歌流變史》，李日剛著，（台北：文津，1987 年 2 月）。

11. 《李攀龍詩文選》，李伯齊、宋尚齋、石玲著，（濟南出版社，1993 年 12 月）。

12. 《儒林家典與中國詩學》，李凱著，（中國社會科學出版社，2002 年 8 月）。

13. 《唐詩的美學闡釋》，李浩著，（合肥：安徽大學，2000 年 4 月）。

14. 《比興思維研究——對中國古代一種藝術思維方式的美學考察》，李健，（合肥：安徽教育，2003 年 8 月）。

15. 《道、學、政——論儒家知識份子》，杜維明著，（上海：人民，2000 年 10 月）。

16. 《儒家思想：以創造轉化爲自我認同》，杜維明著，（台北：東大，1997 年）。

17. 《清代文學批評論集》，吳宏一著，（台北：聯經，1998 年）。

18. 《清代詩學初探》，吳宏一著，（台北：學生，1986 年）。

19. 《先秦儒家詩教研究》，林耀潾撰，（板橋：天工書局，1990 年 8 月）。

20. 《宋代詩學通論》，周裕鍇著，（四川：巴蜀書社，1997 年 1 月）。

21. 《欣賞與批評》，姚一葦著，（台北：聯經，1989 年 7 月）。

22. 《詩經學史》，洪湛侯著，（北京：中華，2002 年）。

23. 《沈德潛詩論探研》，胡幼峰撰，（台北：學海，1986 年 3 月）。

24. 《中國文學論集》，徐復觀著，（台北：台灣學生，1974 年 10 月）。

25. 《中國藝術精神》，徐復觀著，（台北：學生，1992 年）。

26. 《中國詩歌藝術研究》，袁行霈著，（台北：五南，1994 年）。

27. 《清代學術思想的變遷與文學》，馬積高著，（長沙：湖南人民出版社，2002 年 6 月）。

28. 《教化百科——《詩經》與中國文化》，孫克強、張小平著，（河南大學出版社，1995 年 6 月）。

29. 《先秦儒家詩教思想研究》，康曉城著，（臺北：文史哲，1988 年）。

30. 《中國詩學批評史》，陳良運著，（江西：江西人民出版社，1995 年 7 月）。

31. 《中國詩學體系論》，陳良運著，（北京：中國社會科學，1992 年）。

32. 《唐詩學引論》，陳伯海著，（上海：東方，1988 年）。

33. 《緣情文學觀》，陳昌明著，（台北：台灣書店，1999 年）。

34. 《唐詩的傳承——明代復古詩論研究》，陳國球著，（台北：學生，1990 年）。

35. 《杜甫傳——仁者在苦難中的追求》，莫礪鋒、童強撰，（天津：天

津人民出版社，2000 年 1 月）。

36. 《庾信生平及其賦之研究》，許東海著，（台北：文史哲，1984 年 9 月）。

37. 《中國文學批評史》，郭紹虞著，（上海：上海古籍出版社，1979 年）。

38. 《中國詩的神韻、格調與性靈說》，郭紹虞著，（台北：華正，1981 年）。

39. 《中國文學精神：明清卷》，郭延禮主編、孫之梅著，（濟南：山東教育，2003 年）。

40. 《抒情傳統的省思與探索》，張淑香著，（台北：大安，1992 年 3 月）。

41. 《春秋書法與左傳學史》，張高評著，（台北：五南，2001 年）。

42. 《宋詩之新變與代雄》，張高評著，（台北：紅葉文化，1995 年）。

43. 《中國文學批評》，張健（台大教授），（台北：五南，1984 年）。

44. 《清代詩學研究》，張健（北大教授），（北京：北京大學出版社，1999 年）。

45. 《中國文學批評的理論與實踐》，張雙英著，（台北：萬卷樓，1993 年）。

46. 《左傳引詩賦詩之詩教研究》，曾勤良，（臺北：文津，1993 年）。

47. 《詩可以興——古代宗教、倫理、哲學與藝術的美學闡釋》，彭鋒著，（合肥：安徽教育，2002 年 12 月）。

48. 《中國古代心理詩學與美學》，童慶炳著，（台北：萬卷樓，1994 年）。

49. 《清代科舉制度之研究》，黃光亮著，（嘉新水泥公司文化基金會研究論文第三一一種）。

50. 《中國文學批評問題研究論集》，楊松年著，（台北：文史哲，1994 年 5 月）。

51. 《清代考選制度》，楊紹旦著，（台北：考選部，1991 年 9 月）。

52. 《文藝叢話》，賈文昭著，（合肥：安徽大學出版社，2002 年 1 月）。

53. 《古典詩學的現代詮釋》，蔣寅著，（北京：中華，2003 年 3 月）。

54. 《聞一多全集》，聞一多著、朱自清等編輯，（台北：里仁，1993 年 9 月）。

55. 《中國文學理論》，劉若愚著，（台北：聯經，1981 年。）

56. 《中國文學發展史》，劉大杰著，（台北：華正，1996 年 7 月）。

57. 《中國抒情詩的世界》，蔡瑜著，（台北：台灣，1999 年）。

58. 《唐詩學探索》，蔡瑜著，（台北：里仁，1998 年）。

59. 《比興、物色與情景交融》，蔡英俊著，（台北：大安，1986 年 5 月）。

60. 《中國古典詩論中「語言」與「意義」的論題》，蔡英俊著，（台北：台灣學生，2001 年 4 月）。

61. 《中國詩話史》，蔡鎮楚著，（湖南：湖南文藝，1988 年 5 月）。

62. 《清詩流派史》，劉世南著，（台北：文津，1995 年 11 月）。

63. 《古文觀止》，遲嘯川、謝哲夫作，（台北：漢湘文化，1995 年）。

64. 《漢文學史綱要》，魯迅著，（《魯迅全集》台北：谷風，1989 年）。

65. 《管錐篇》，錢鍾書著，（台北：書林，1990 年 8 月）。

66. 《談藝錄》，錢鍾書著，（北京：中華，1999 年）。

67. 《復古派與明代文學思潮》，廖可斌著，（台北：文津，1994 年）。

68. 《中國詩學思想史》，蕭華榮著，（上海：華東師範大學，1996 年 4 月）。

69. 《李杜詩中的生命情調》，簡恩定著，（台北：台灣，1996 年）。

70. 《明代文學批評研究》，簡錦松著，（台北：台灣學生，1989 年 2 月）。

71. 《宗法倫理精神與中國詩學》，蘇桂寧著，（上海：上海三聯，2002 年 6 月）。

72. 《中國詩學與明清詩話》，嚴明著，（台北：文津，2003 年 4 月）。

73. 《清詩史》，嚴迪昌著，（台北：五南，1998 年 10 月）。

74. 《迦陵學詩筆記：顧羨季先生詩詞講記》，顧隨講、葉嘉瑩筆記、顧之京整理，（臺北市：桂冠，2001 年）。

75. 《明清文學研究論集》，龔顯宗著，（台北：華正，1996 年）。

七、單篇論文（期刊、論文集）

1. 〈原仁論——從詩書到孔子時代的演變〉，方穎嫻，（《大陸雜誌》總 52 期，1976 年 3 月，第三號）。

2. 〈賦、比、興新論〉，王念恩，（《古典文學》第十一集，台北：台灣學生，1990 年）。

3. 〈「詩言志」——中國文學思想的最早綱領〉，王文生，（《中國文哲研究集刊》第三期，1993 年 3 月）。

4. 〈近代自然人性論的美學宣言──論明代童心說、性情論美學的思想方法〉，田勁松，(《五邑大學學報》，第三卷第一期，2001 年)。

5. 〈魏晉六朝文學理論中的「清」的概念〉，竹田晃，(《中哲文學會報》第八號，1983 年 6 月)。

6. 〈孔子論《詩》可以興的義涵與後世論興的義界述微〉，朱孟庭，(《東吳中文學報》，第九期，2003 年 5 月)。

7. 〈略評葉燮、薛雪、沈德潛師生三人的詩話〉，刑永革，(《菏澤師專學報》，第二十四卷，第三期，2002 年 8 月)。

8. 〈「雅正」詩學精神與「風雅」審美規範〉，李天道，(《成都大學學報》，2004 年第一期)。

9. 〈論沈德潛的詩歌審對理想〉，李世英，(《攀登》，第二十卷，總第 111 期，2001 年 1 月第一期)。

10. 〈「吟詠情性」與「以意為主」──論中國古代詩學本體論的兩種傾向〉，李春青，(《文學評論》，1999 年第二期)。

11. 〈「詩可以怨」及「怨而不怒」的再解讀〉，李凱，(《文史哲》，2004 年第一期)。

12. 〈「思無邪」別解及孔子的論《詩》系統〉，李蹊，(《太原師範學院學報》，社會科學版，2002 年第 2 期)。

13. 〈試論王船山詩論中「興觀群怨」說的涵意〉，李錫鎮，(《第二屆國際清代學術研究會論文集》，1999 年 11 月)。

14. 〈沈德潛《古詩源》論評〉，呂光華，(《第三屆中國詩學會議論文集》，國立彰化師範大學國文學系出版，1996 年 5 月)。

15. 〈論文學活動的話語蘊藉特徵〉，何清，(《達縣師範高等專科學校學報》，第十四卷第四期，2004 年 7 月)。

16. 〈清代沈德潛及其「格調說」〉，余淑瑛，(《嘉義技術學院學報》，第六十四期，1999 年)。

17. 〈儒家道德哲學的兩個向度──以《論語》中「曾子」與「有子」為對比的展開〉，林安梧，(《哲學與文化》，二十九卷第二期，2002 年 2 月)。

18. 〈詩教與中國藝術精神〉，易存國，(《古今藝文》，第二十七卷，第二期)。

19. 〈沈德潛對葉燮詩學批評思想的繼承與發展〉，周偉業、陳玉洁，(《江蘇教育學院學報》，第二十卷，第二期，2004 年 3 月)。

20. 〈沈德潛《說詩晬語》研究〉，吳宏一，(《國立編譯館館刊》，第十九卷，第一期，1987 年 6 月)。

21. 〈沈德潛的格調說〉，吳宏一，（《幼獅月刊》，第四十四卷，第三期，1987 年）。

22. 〈沈德潛審美理想新探〉，吳兆路，（《復旦學報》，1999 年第一期）。

23. 〈評蘇軾論孟郊詩〉，吳惠娟，（《文學遺產》，2003 年第六期）。

24. 〈通俗文學與雅正文學的本質和趨勢〉，金榮華，（國立中興大學中文系主編《第二屆通俗文學與雅正文學全國學術研討會論文集》，台北：新文豐，2001 年 2 月）。

25. 〈詩序與詩教——從《詩序》內容看《詩經》之教化理想〉，胡楚生，（《龍宇純先生七秩晉五壽慶論文集》，2002 年 11 月）。

26. 〈先秦至唐代比興說述論〉，徐正英，（《西北師大學報》第四十卷第一期，2003 年 1 月）。

27. 〈沈德潛格調說論杜評議〉，徐國能，（淡江大學《中文學報》，第十一期，2004 年 12 月）。

28. 〈「和」與「中和」美學意義辨異〉，陳良運，（《延邊大學學報》，第 36 卷第 2 期，2003 年 6 月）。

29. 〈論《詩》教——經學與中國文論範疇系列研究之三〉，陳桐生，（照敏俐主編《中國詩歌研究》第一輯，北京：中華，2002 年 6 月）。

30. 〈《唐詩別裁集》與《古今詩刪》中「唐詩選」的比較研究〉，陳岸峰，（《漢學研究》第十九卷第二期，2001 年 12 月）。

31. 〈詩與史——中國傳統史學的詩性〉，章益國，（《學術月刊，1999年，第十期》）。

32. 〈沈德潛的格調說以及對「四唐」詩流變的考察〉，章繼光，（《五邑大學學報》第四卷，第二期，2002 年）。

33. 〈沈德潛格調說與對唐詩的評價問題〉，章繼光，（《湘潭大學社會科學學報》，第二十六卷，第四期，2002 年 7 月）。

34. 〈論元稹、白居易的文學觀〉，許總，（《江蘇社會科學》，1997 年第 3 期）。

35. 〈孔子「興、觀、群、怨」美學範疇論〉，許育嘉，（《人文及社會學科科學通訊》，第十四卷，第三期，2003 年 10 月）。

36. 〈王維安史之亂受僞職考評〉，畢寶魁，（《遼寧大學學報》1998 年，第二期）。

37. 〈「《春秋》筆法」與「微言大義」——儒家經典的解讀模式的話語言說方式〉，曹順慶，（《北京大學學報》哲學社會科學版，1997年，第二期）。

38. 〈試論「溫柔敦厚」之詩教〉，梁葆莉，（《零陵學院學報》，第一卷

第二期，2003 年 5 月）。

39. 〈「溫柔敦厚」詩教義的探討〉，游子宜，（《孔孟月刊》，第二十九卷，第二期）。

40. 〈孔子與朱子的詩教思想比較——兼及對現代詩歌教育的啓示〉，彭維杰，（《國文學誌》第六期，彰化師範大學國文系，2002 年 12 月）。

41. 〈孔孟說詩活動中的言志思想〉，曾守正，（《鵝湖月刊》第二十五卷，第六期，總號第二九四）。

42. 〈「以情爲本」、「情理融合」——略論嚴羽的情感美學觀〉，黃南珊，（《青海師範大學學報》，1999 年第三期）。

43. 〈釋「思無邪」〉，黃永武，（《中國詩學——思想篇》，台北：巨流，1976 年）。

44. 〈朱子與李退溪性情說的淵源與影響〉，黃錦鋐，（《書目季刊》，第二十二卷第三期）。

45. 〈從「格調」到「神韻」——論王漁洋對李（夢陽）、何（景明）、徐（禎卿）、李（攀龍）諸人詩學的態度〉，黃繼立，（《中國古典文學研究》，第七期，2002 年 6 月）。

46. 〈溫柔敦厚，詩教也——試論詩情的本質與表達〉，楊松年，（《中外文學》，1983 年 3 月）。

47. 〈「溫柔敦厚」說在清代詩論中的重整與發展〉，廖宏昌，（《第二屆國際清代學術研究會論文集》，1999 年 11 月）。

48. 〈由漢至唐以來「比興」觀之探索，兼談白居易諷諭詩論〉，廖美雲，（《台中商專學報》，第二十五期，1993 年 6 月）。

49. 〈《詩經》詮釋傳統中之「風雅正變」說研究〉，張寶三，（台灣大學文學院《文史哲學報》，第五十二期，2000 年 6 月）。

50. 〈論「詩可以怨」〉，張淑香，（張淑香著《抒情傳統的省思與探索》，台北：大安，1992 年 3 月）。

51. 〈詩大序的「詩言志」說〉，張嘉慧，（《雲漢學刊》第四期，1997 年 5 月）。

52. 〈孟郊與賈島：寒士詩人兩種迥然不同的范式——試論聞一多的中唐詩壇研究及其學術意義〉，趙曉嵐，（《華東師範大學學報》，第三十二卷第五期，2000 年 9 月）。

53. 〈詩歌創作過程中的兩種模式——「詩緣情」與「詩言志」〉，鄭毓瑜，（《中外文學》第十一卷第九期，1983 年 2 月）。

54. 〈詮釋的界域——從〈詩大序〉再探「抒情傳統」的建構〉，鄭毓

瑜,(《中國文哲研究集刊》第二十三期,2003 年 9 月)

55. 〈再評蔡英俊《比興物色與情景交融》〉,鄭毓瑜,(呂正惠、蔡英俊主編《中國文學批評》第一集,台北:台灣學生,1992 年 8 月)。

56. 〈從典律之辨論明代詩學的分歧〉,蔡瑜,(參見《臺大中文學報》,第十七期,2002 年 12 月)。

57. 〈清代詩說論要〉,劉若愚,(陳國球編《香港地區中國文學批評研究》,台北:台灣學生,1991)。

58. 〈「興觀群怨」的美學意涵——試論孔子詩教的用心〉,謝大寧,(《國立中正大學學報》,第二卷,第一期)。

59. 〈《文心雕龍》「比興」觀念析論〉,顏崑陽,(香港中文大學中國語言文學系主編《魏晉南北朝文學論集》,台北:文史哲,1994 年)。

60. 〈詩聖杜甫與中國詩道〉,嚴壽澂,(《國立編譯館館刊》,第三十卷,第一、二期合刊本)。

八、學位論文

1. 《沈德潛及其弟子詩論之研究》,林秀蓉,(高師大國文研究所碩士論文,1986)。

2. 《明清格調說研究》,吳瑞泉,(東吳中文研究所博士論文,1988 年)。

3. 《沈德潛及其格調說》,吳瑞泉,(東吳大學中文所碩士論文,1980 年 5 月)。

4. 《薛雪詩學研究——兼論與葉燮、沈德潛詩學理論之關係》,吳曉佩,(台灣大學中文所碩士論文,2000 年)。

5. 《朱子詩教思想研究》,彭維杰,(文化大學中文所博士論文,1998 年)。

6. 《「神韻」詩學譜系研究——以王漁洋爲基點的後設考察》,黃繼立,(成功大學中國文學所碩士論文,2001 年 1 月)。

7. 《白居易「閒適詩」研究——以「情性」爲考察基點》,蔡叔珍,(成大中文所碩士論文,2004 年)。

8. 《沈德潛「古詩源」研究》,鄭莉芳,(師範大學國文研究所碩士論文,2003 年)。

9. 《沈德潛「唐詩別裁集」之詩觀研究》,鄭佳倫,(中央大學中文所碩士論文,1999 年)。

10. 《漢代詩教理論之重新探討》,顏淑華,(南華大學文學所碩士論文,2000 年)。

九、網路資料

1. 中央研究院漢籍電子文獻（瀚典全文檢索系統 1.3 版），
   網址：hhtp://www.sinica.edu.tw/ftms-bin/ftmsw3
2. 故宮【寒泉】古典文獻全文檢索資料庫，
   網址：http://210.69.170.100/S25/
3. 長江水利網，
   網址：http://www.ciw.com.cn/index/Civilization/detail/20040330/11413.asp

附表一：沈德潛年譜

年元	年代	西元	詩人年歲	大事記
康熙	12 年	1673	1	十一月十七日辰時生。
	13	1674	2	
	14	1675	3	
	15	1676	4	
	16	1677	5	初識字，先祖教以平上去入之聲。
	17	1678	6	先祖曰：「是兒他日可成詩人。」
	18	1679	7	蝗災，至菁澤河宋氏讀書。
	19	1680	8	先祖死，水災，至湯光啓館讀書。
	20	1681	9	災後米價暴增，奴童逃散，先妣曰：「吾兒食苦慣，異日處逆境不爲憂也。」
	21	1682	10	讀《易經》與《詩經》。
	22	1683	11	開始課徒，讀《左傳》、韓文，夜讀唐律絕詩。
	23	1684	12	讀古文名篇，竊意他時亦能選古文。
	24	1685	13	
	25	1686	14	母親與祖母先後辭世，衣食不周，伶仃萬狀，家業依然不振。
	26	1687	15	讀張江陵《小通鑑》。
	27	1688	16	作〈戰守論〉、〈樂毅論〉，從施星羽學。
	28	1689	17	施師云：「沈生文易於遇合，不似吾輩之艱難也。」是歲結婚。
	29	1690	18	曾詠絕句四章，師止之曰：「勿荒正業，俟時藝工，以博風雅之趣可也。」

30	1691	19	受業於蔣濟，是歲縣府試俱錄，始應院試。
31	1692	20	院試落榜，但竊自勵也。
32	1693	21	讀《史記》、《漢書》及漢魏樂府，學成古文。
33	1694	22	成秀才，爲長州博士弟子員。施星羽死。
34	1695	23	館勾容周氏。
35	1696	24	水災，八月赴省試。
36	1697	25	歲試一等。
37	1698	26	應張岳未家詩文會，學詩葉燮。科試二等一名。
38	1699	27	應省試，與徐龍友定交。
39	1700	28	歲試一等，與張泰定交。
40	1701	29	尤西堂（尤鳴佩父）先生，見德潛（北固懷古）、〈金陵詠古〉、〈景陽鐘歌〉等篇，謂鳴佩曰：「此生他日詩名不在而輩下。」
41	1702	30	恐負諸賢歡賞，故益思致力於詩。秋，應省試。
42	1703	31	葉燮卒。
43	1704	32	與翁子霽定交。科試一等。
44	1705	33	秋，赴省試。感慨自己晚遇。
45	1706	34	館尤滄湄家，與滄湄互評詩文。
46	1707	35	與張岳未、徐龍友、陳匡九、張永夫結「城南詩社」。
47	1708	36	遊漁洋行；作〈遊漁洋山記〉，秋，應省試。
48	1709	37	遊西湖，與周允武、周準定交。
49	1710	38	
50	1711	39	省試本已入選，但被主試趙晉刪去。
51	1712	40	更字歸愚。詩云：「直覺光陰如過客，可堪四十竟無聞。」
52	1713	41	赴省試。
53	1714	42	科試一等第六，蔣濟卒。
54	1715	43	批選《唐詩別裁集》十卷。
55	1716	44	科試二等，刻《竹嘯軒詩稿》，並刻時藝名《歸愚四書文》。
56	1717	45	赴省試，十月，《唐詩別裁集》刻成，是月選《古詩源》起。
57	1718	46	至魏念庭處教書，課暇致力於詩古文，文成六十餘篇，詩成百餘首。
58	1719	47	《古詩源》選完，七月，父死，遺言曰：「願汝爲善人足矣！」

	59	1720	48	
	60	1721	49	刻時文稿成。
	61	1722	50	刻詩稿成，刻古文稿起，三月，聯「北郭詩社」。康熙駕崩，雍正繼位。
雍正	元年	1723	51	四月鄉試，八月會試。
	2	1724	52	失寫年號，不得終場。七月至溫而遜家教書，與李馥定交。
	3	1725	53	徐子龍死，《古詩源》刻成，選《明詩別裁集》起。
	4	1726	54	應元和令江之煒聘修志書，分得學校、水利、人物、藝文部分。後爲俗子改壞，有俟重修。省試文已入選，但被收卷者以水洗去，印上一字，此被報復。
	5	1727	55	
	6	1728	56	施覺菴死，盧駿聲死。科試取一等三名。
	7	1729	57	八月，赴省試。冬，學使欲薦縣令，沈氏自忖無作外吏才，辭之。
	8	1730	58	張廷璐許爲文行並高，是年專攻時文。
	9	1731	59	成《說詩晬語》兩卷，三月，應浙督李公聘修《浙江通志》、《西湖志》
	10	1732	60	五月，織造海保聘修《通鑑》。仍不遇。
	11	1733	61	九月，俞曾在死。
	12	1734	62	詔舉博學鴻辭，以學術淺陋辭，堅命，故應詔。所撰《通鑑》成，《明詩別裁集》亦成。
	13	1735	63	應北闈試（博學鴻辭之試），不遇。雍正駕崩，乾隆即位。
乾隆	元年	1736	64	九月，御試失寫題中字，以不合格不遇。到家雖失意，歸歌吟嘯呼，無戚戚容也。張歲試謂：「古今晚遇者多，仍宜應試。」沈從其命。
	2	1737	65	批唐宋八家文選
	3	1738	66	八月省試，九月榜發，中第三名，至是共踏省門十七回。
	4	1739	67	中進士，欽點庶吉士。十一月，乞假歸里
	5	1740	68	詩古文稿刻成，十二月北上赴詞館。

6	1741	69	入詞館，續批八家文。
7	1742	70	散館，名第四，留館。和乾隆〈消夏十詠〉，此爲和乾隆詩之始。後又和〈落葉詩〉。奉旨校新舊唐書，分修明史綱目。
8	1743	71	先校《舊唐書》，二月引見，命和〈柳絮〉、〈喜雨〉，晉左春坊左中允。五月，晉翰林院侍讀，六月，晉左庶子掌坊，九月，晉侍講學。一歲之中，君恩稠疊，不知何以報稱，竊自懼也。進呈樂府十章。
9	1744	72	校《新唐書》。六月，晉詹事府少詹事。任湖北正主考。
10	1745	73	校《新唐書》畢，和御製八章。五月，晉詹事府詹事。上召見問及年紀、詩學、兒子幾人。又云：「陞汝京堂，酬汝讀書苦心。」並論及歷代詩之源流升降。又云：「張鵬翀才捷於汝，而風格不及於汝。」最後問及蘇州年歲，一一奏對。君恩如高厚也。進古文詩鈔。和〈補亡詩〉、〈讀貞觀治要〉、〈未央宮〉、〈落花詩〉六首。任武會試副總裁。
11	1746	74	妻死，欲乞假歸，然乾隆授以爲內閣學士，故留閣。四月，乾隆賜〈覺生寺大鐘歌〉用德潛韻，君和臣韻，古未有也。七月，恩旨假歸，不必開缺。傳旨除本身外，誥封曾祖、祖父三代，眞異數也。陛辭日，賜詩云：「我愛德潛德，淳風挹古初。」又賜五律一章題云：「沈德潛爲父請封，陳親遺訓，聲淚俱下，此所謂終身之慕乎！甚嘉憫焉。」中一聯云：「奚用悲寥落，應知遂顯揚。」稽古之榮，近世罕聞。錢香樹贈詩云：「帝愛德潛德，我羨歸愚歸。」
12	1747	75	皇上云：「汝滿假即來，可云急公。今命汝入上書房輔導諸皇子，授汝禮部侍郎。」既出，又賜以詩，起句云：「朋友重然諾，況在君臣間。」落句云：「兒輩粗知書，相期道孔顏。」知德潛老於教授也。凡入上書房者，五更二點必赴，申時二刻方出，皇上憫德潛年老，召諭云：「汝天明始來，午時二刻即行，以身教不專以言教也。」自是賚和題詠甚多，不復箚記矣。
13	1748	76	任會試副總裁。患噎解職，專任上書房行走，食原品俸。上準徐元夢、楊名時例以待德潛，體恤至矣。

14	1749	77	患噎未癒，許歸享林泉之樂。朕與德潛以詩始，亦以詩終。令校閱詩稿，校畢起行。賜詩：「清時舊寒士，吳下老詩翁。……近稿經商榷，相知見始終。」上後召見，云：「我一見汝，便知好人，汝回去與鄉鄰講說孝弟忠信，便是汝之報國。」賜「詩壇耆碩」匾，君臣之間，同於家人父子。八月，虎邱塔影園文讌，成詩四律，以續梅村文讌之後。乾隆云：「侍郎沈德潛，學有本原，迥異爾祭爲工剪采成花者。」
15	1750	78	遊黃山，七月成萬壽詩冊祝乾隆四十壽。賜詩：「起我七言應借爾，嘉卿一念不忘君。……爲語餘年勤愛護，來春吳會共論文。」遊天台。賜初刻《御製詩集》二十四本，命和御製詩一百零四章。一歲之中，兩得遊山之樂，屢值死亡之哀，少陵云：「少壯幾時奈老何，向來哀樂何其多。」不信然乎？
16	1751	79	掌紫陽書院，乾隆南巡賜詩：「玉皇案吏今煙客，天子門生更故人。別後詩裁經細檢，當前民瘼聽頻陳。」上諭在籍食原品俸，惜臣之貧，勵臣之節，愧無以報稱。六月，和御製詩畢，進呈。十一月至京，上召見，賜坐問年歲、米價及封疆大臣。從古無君序臣詩者，傳之史冊，後人猶歆羨矣。
17	1752	80	上爲德潛稱壽。君稱臣壽，亦格外施恩，史冊所未有。與上論人臣體用。德潛以爲「體用兼備，可以維持廟社。有體無用，猶不失明理之人。但不可寄以重任。若無體而妄談作用，恐有狂躁債事者。」上以爲然。《唐宋八家文》刻成。七月，將前此所刻詩古文各刪存二十卷，重付開雕。
18	1753	81	校御製詩。生平知己寥落，左右誰可與言。十月，《紫陽書院課藝》成，潘森千刻《杜詩偶評》亦成。
19	1754	82	閱御詩，五月，評選《國朝詩別裁集》起。九月，進辭俸摺，上不允。
20	1755	83	霽堂死，又失一知心友。天災。
21	1756	84	周準、盛錦、汪俊、朱受新相繼殂謝，豈詩人之厄亦應在凶歲耶？十二月，呈倡和詩。
22	1757	85	乾隆南巡，德潛代陳吳中百姓謝再生之恩，備陳民間疾苦。賜詩：「星垣帝友豈無友，吳下詩人尚有人。」加尚書，旨云：「禮部侍郎沈德潛，致政歸里，年逾八旬，實稱蓬瀛人瑞。今來接駕，著加禮部尚書職銜，以示眷念老臣之意。」和御製詩，選《國朝詩別裁集》畢。

	23	1758	86	日本臣高海外寄書，千有餘言。溯詩學之源流，訛諆錢牧齋持論不公，而以予為中正。又贈詩四章，願附弟子之列，並欲乞獎。借一言意非不誠，然外夷不宜以文字通往還也，因不答以拒之。
	24	1759	87	《國朝詩別裁集》刻成
	25	1760	88	重刻《國朝詩別裁集》，以蔣氏刻本訛字太多。二十四年，進〈蕩平西域雅詩〉十四章，表皇上聖武布昭，不越五年，成了聖祖、世宗未竟之功。上批改五字「緣、譌、認、準、夷」為「策、陵、總、台、吉」旨云：「沈德潛為南方老成之士，不應錯誤，特論正之。」沈德潛言：「君之於臣，如父師之教其弟子矣。」
	26	1761	89	增訂《國朝詩別裁集》刻成。三月，選盛錦詩。選刻《紫陽書院課藝》二集成。十一月，進呈《國朝詩別裁集》。十二月，上諭：「國朝詩選不應以錢謙益冠籍，又錢名世詩不應入選，慎郡王詩不應稱名，今已命南書房諸臣刪改重刻，外人自不議論汝。」體恤教誨，父師不過如此。
	27	1762	90	乾隆南巡，接駕。召見賜坐，語如慈父母之愛子。命內監扶掖出宮，古君臣間罕此隆禮也。和御製詩，晉贈四代。遇母難辰，中心戚若德業無成，恐多年多辱。人爵之榮，未足稱顯揚也。
	28	1763	91	八月，增訂《唐詩別裁集》二十卷刻成
	29	1764	92	
	30	1765	93	乾隆南巡，迎駕。加太子太傅，並賜孫舉人，一體應禮部試，旁觀者以為異數。改食一品俸。召見問民間事。刻御賜詩文及恭和御製詩，始乾隆二十三年至三十年，前後共六卷。君臣遇合之隆，賚颺之盛，至是告成。
	31	1766	94	
	32	1767	95	賜詩：「乙酉別餘念到今，開囊喜接遠來音。知常康健仍能詠，防損精神免校吟。」
	33	1768	96	
	34	1769	97	沈德潛死

附表二：《杜詩偶評》與重訂《唐詩別裁集》杜詩收錄比較

詩　體	詩　題	《杜詩偶評》	重訂《唐詩別裁集》	備　註
五言古詩	遊龍門奉先寺	◎	◎	
	望嶽	◎	◎	
	奉呈韋左丞丈二十二韻	◎	◎	
	同諸公登慈恩寺塔	◎	◎	
	示從孫濟	◎	◎	
	前出塞九首	◎	◎	
	送高三十五書記十五韻	◎		
	奉同郭給事湯東靈湫作	◎		
	後出塞五首	◎	◎	
	自京赴奉先縣詠懷五百字	◎	◎	
	述懷	◎	◎	
	塞蘆子	◎		
	送長孫九侍御赴武威判官	◎		
	送樊二十三侍御赴漢中判官	◎		
	送從弟亞赴河西判官	◎		

送韋十六評事充同谷郡防禦判官	◎		
彭衙行	◎	◎	
北征	◎	◎	
玉華宮	◎	◎	
九成宮	◎	◎	
羌村三首	◎	◎	
義鶻行	◎	◎	
畫鶻行	◎		
贈衛八處士	◎	◎	
新安吏	◎	◎	
潼關吏	◎	◎	
石壕吏	◎	◎	
新婚別	◎	◎	
垂老別	◎	◎	
無家別	◎	◎	
夏日歎	◎		
夏夜歎	◎		
留花門	◎		
西枝村尋置草堂地夜宿贊公土室二首	◎		
佳人	◎	◎	
夢李白二首	◎	◎	
鐵堂峽	◎	◎	
鹽井	◎		
寒硤	◎	◎	
法鏡寺	◎		
青陽峽	◎	◎	
石龕	◎	◎	
鳳凰臺	◎		
萬丈潭	◎	◎	
木皮嶺	◎		
桔柏渡	◎	◎	
水會渡	◎	◎	

	飛仙閣	◎	◎	
	龍門閣	◎	◎	
	劍門	◎	◎	
	成都府	◎		
	遭田父泥飲美嚴中丞	◎	◎	
	揚旗	◎		
	通泉驛南去通泉縣十五里山水作	◎		
	過郭代公故宅	◎		
	山寺	◎		
	太子張舍人遺織成褥段	◎		
	草堂	◎		
	四松	◎		
	暇日小園散病將種秋菜督勤耕牛兼書觸目	◎		
	述古	◎	◎	
	送重表姪王砅評事使南海	◎	◎	
	望嶽	◎	◎	
七言古詩	兵車行	◎	◎	
	玄都壇歌寄元逸人	◎	◎	重訂本名〈玄都壇歌〉
	高督護驄馬行	◎	◎	
	天育驃騎圖歌	◎	◎	
	醉時歌	◎	◎	
	醉歌行	◎	◎	
	送孔巢父謝病歸遊江東兼呈李白	◎	◎	
	飲中八仙歌	◎	◎	
	貧交行	◎	◎	
	曲江	◎	◎	
	白絲行	◎	◎	
	麗人行	◎	◎	
	樂遊園歌	◎	◎	
	渼陂行	◎	◎	
	秋雨歎三首	◎		

	驄馬行	◎	◎	
	奉先劉少府新畫山水障歌	◎	◎	
	悲陳陶	◎	◎	
	悲青坂	◎	◎	
	哀江頭	◎	◎	
	哀王孫	◎	◎	
	蘇端薛復筵簡薛華醉歌	◎	◎	
	洗兵馬	◎	◎	
	瘦馬行	◎	◎	
	乾元中寓居同谷縣作歌七首	◎		
	題壁上韋偃畫馬歌	◎		
	戲題王宰畫山水圖歌	◎	◎	重訂本名〈戲題畫山水圖〉
	題李尊師松樹障子歌	◎	◎	
	戲韋偃爲雙松圖歌	◎	◎	重訂本名〈戲爲雙松圖歌〉
	柟樹爲風雨所拔歎	◎		
	茅屋爲秋風所破歌	◎	◎	
	杜鵑行	◎		
	戲作花卿歌	◎	◎	
	觀打魚歌	◎	◎	
	又觀打魚	◎	◎	
	越王樓歌	◎	◎	
	海棕行	◎		
	光祿坂行	◎		
	陪王侍御同登東山最高頂宴姚通泉晚攜酒泛江	◎	◎	
	短歌行	◎	◎	
	桃竹丈引	◎	◎	
	閬山歌	◎	◎	
	閬水歌	◎	◎	

	韋諷錄事宅觀曹將軍畫馬圖	◎	◎	
	丹青引	◎	◎	
	憶昔	◎	◎	
	冬狩行	◎	◎	
	折檻行	◎	◎	
	古柏行	◎	◎	
	縛雞行	◎	◎	
	觀公孫大娘弟子舞劍器行	◎	◎	
	後苦寒二首	◎		
	李潮八分小篆歌	◎	◎	
	王兵馬使二角鷹	◎	◎	
	魏將軍歌	◎	◎	
	發劉郎浦	◎		
	朱鳳行	◎		
	白鳧行	◎	◎	
	醉歌行贈公安顏少府請顧八題壁	◎	◎	
	夜聞觱篥	◎	◎	
	追酬故高蜀州人日見寄	◎	◎	
五言律詩	登兗州城樓	◎	◎	
	房兵曹胡馬	◎	◎	
	畫鷹	◎	◎	
	夜宴左氏莊	◎	◎	
	春日憶李白	◎	◎	
	陪鄭廣文遊何將軍山林十首	◎		
	重過何氏	◎		
	對雪	◎	◎	
	月夜	◎	◎	
	喜達行在所三首	◎	◎	
	收京三首	◎	◎	

	春宿左省	◎	◎	
	晚出左掖	◎	◎	
	送翰林張司馬南海勒碑	◎		
	端午日賜衣	◎	◎	
	奉贈王中允維	◎	◎	
	贈高式顏	◎		
	秦州雜詩十首	◎	◎	重訂本僅收四首:「滿目悲生事」、「南使宜天馬」、「莽莽萬重山」、「鳳林戈未息」
	天河	◎	◎	
	擣衣	◎	◎	
	促織	◎	◎	
	夕烽	◎		
	送遠	◎	◎	
	天末懷李白	◎	◎	
	寓目	◎		
	螢火	◎		
	蕃劍	◎	◎	
	觀安西兵過赴關中待命二首	◎		
	送人從軍	◎	◎	
	野望	◎	◎	
	有客	◎		
	落日	◎	◎	
	春夜喜雨	◎	◎	
	江亭	◎	◎	
	後遊	◎	◎	
	不見	◎	◎	
	屏跡	◎		
	客夜	◎		
	客亭	◎	◎	
	倦夜	◎		

	涪江泛舟送韋班歸京	◎		
	有感五首	◎	◎	
	別房太尉墓	◎		
	重題	◎		
	移居公安山館	◎	◎	
	禹廟	◎	◎	
	旅夜書懷	◎	◎	
	子規	◎	◎	
	刈稻了詠懷	◎	◎	
	暫往白帝復還東屯	◎	◎	
	西閣夜	◎		
	瞿唐兩崖	◎	◎	
	灩澦堆	◎		
	中宵	◎		
	洞房	◎	◎	
	草閣	◎		
	江上	◎	◎	
	江漢	◎	◎	
	吾宗	◎	◎	
	秋野三首	◎		
	課小豎鋤斫舍北果林枝蔓荒穢淨訖移床三首	◎		
	日暮	◎		
	夜	◎		
	曉望	◎		
	月夜憶舍弟	◎	◎	
	熟食日示宗文宗武	◎	◎	
	又示兩兒	◎	◎	
	喜觀即到復題短篇	◎	◎	
	第五弟豐獨在江左近三四載寂無消息覓使	◎	◎	

	寄此			
	孤雁	◎	◎	
	公安縣懷古	◎	◎	
	泊岳陽城下	◎	◎	
	登岳陽樓	◎	◎	
	舟中夜雪有懷盧十四侍御弟	◎		
	遣憂	◎	◎	
七言律詩	題張氏隱居	◎	◎	
	九日藍田崔氏莊	◎	◎	
	崔氏山東草堂	◎	◎	
	紫宸殿退朝口號	◎	◎	
	曲江對雨	◎	◎	
	送鄭十八虔貶台州司戶傷其臨老陷賊之故闕爲面別情見於詩	◎	◎	
	至日遣興奉寄北省舊閣老兩院故人	◎	◎	
	蜀相	◎	◎	
	野老	◎	◎	
	送韓十四江東覲省	◎	◎	
	南鄰	◎	◎	
	和裴迪登蜀州東亭送客逢早梅相憶見寄	◎	◎	
	客至	◎	◎	
	賓至	◎	◎	
	恨別	◎	◎	
	秋盡	◎	◎	
	野望	◎	◎	
	聞官軍收河南河北	◎	◎	
	送路六侍御入朝	◎		
	涪城縣香積寺官閣	◎		
	登高	◎	◎	
	將赴荊南寄別李劍州	◎	◎	

	將赴成都草堂途中有作先寄嚴鄭公五首	◎	◎	
	登樓	◎	◎	
	宿府	◎	◎	
	閣夜	◎	◎	
	白帝城最高樓	◎	◎	
	秋興八首	◎	◎	
	詠懷古蹟五首	◎	◎	
	諸將五首	◎	◎	
	夜	◎	◎	
	暮歸	◎	◎	
	返照	◎	◎	
	九日	◎	◎	
	又呈吳郎	◎	◎	
	吹笛	◎	◎	
	冬至	◎	◎	
	小寒食舟中作	◎	◎	
	城西陂泛舟		◎	此詩重訂本有，然偶評則無。
五言長律	冬日洛城北謁玄元皇帝廟	◎	◎	
	投贈哥舒開府翰二十韻	◎	◎	
	贈特進汝陽王二十韻	◎	◎	
	敬贈鄭諫議十韻	◎	◎	
	上韋左相二十韻	◎	◎	
	喜聞官軍已臨賊境二十韻	◎	◎	
	送蔡希魯都尉還隴右因寄高三十五書記	◎	◎	
	遣興	◎	◎	
	行次昭陵	◎	◎	
	重經昭陵	◎	◎	
	寄李十二白二十韻	◎	◎	

	奉送嚴公入朝十韻	◎	◎	
	傷春	◎	◎	
	王閬州筵奉酬十一舅惜別之作	◎	◎	
	春歸	◎	◎	
	奉觀嚴鄭公廳事岷山沱江畫圖十韻	◎	◎	
	謁先主廟	◎	◎	
	南極	◎		
	東屯月夜	◎	◎	
五言絕句	絕句	◎		
	復愁	◎	◎	
	歸雁	◎	◎	
	八陣圖	◎	◎	
七言絕句	贈花卿	◎	◎	
	戲爲六絕句	◎		
	書堂飲既夜復邀李尚書下馬月下賦	◎	◎	
	江南逢李龜年	◎	◎	

　　《杜詩偶評》共收杜甫詩 349 首,《重訂唐詩別裁集》收 255 首,凡見於《重訂唐詩別裁集》之詩,均見於《杜詩偶評》,只兩處例外:一爲五言律詩〈秦州雜詩〉十首,《重訂唐詩別裁集》只錄四首;二爲七言律詩〈城西陂泛舟〉,《重訂唐詩別裁集》錄,《杜詩偶評》不錄。

附表三：《杜詩偶評》與重訂《唐詩別裁集》詩評比對

	詩題	《杜詩偶評》	重訂《唐詩別裁集》	備　註
五言古詩	前出塞九首之三：「磨刀鳴咽水		鳴咽水即隴頭流水	
	前出塞之七：「驅馬天雨雪」	前云不復同苦辛矣，此復遙望南鄉，有不能決絕者存。		
	後出塞五首（題下）	應是祿山搆禍奚契丹時作		
	後出塞之二：「朝進東門營」	寫軍容之盛、軍令之嚴，如干將莫耶出匣，寒光相向。	寫軍容之盛、軍令之嚴，如干將莫耶出匣，寒光相向。霍去病勤遠開邊，故以為此。	
	後出塞之三：「古人重守邊」	玄冥北可開乎？	濫賞以結眾心，嚴刑以箝眾口，雖欲不亂，豈可得乎？連下章祿山叛逆，隱躍言下。	批評角度不同
	後出塞之五：「我本良家子」	人人皆欲趨賞立功，而一人獨求脫惡名。願立節，不願從叛逆也。末章特表而之。俗作「恐辜明主恩」，恩非辜恩，無辜恩如陵，雖獨恩可證也。	此章顯言。	批評角度不同

自京赴奉先縣詠懷五百字	「況聞內金盤，盡在衛霍室。中堂有神仙，煙霧蒙玉質。」牧之云：「雨霧偏金穴，乾坤入醉鄉。」事勢至此，雖欲不亂，不可得也。 前敘抱負，次述道途所經，末述到家情事。身際困窮，心憂天下，自是希稷契人語也。中間敘事，夾議論以行，此種詩深得變雅之體。此篇及〈北征〉，因長篇劃分段落。	前敘抱負，次述道途所經，末述到家情事。身際困窮，心憂天下，自是希稷契人語。此詩及〈北征〉，因長篇劃分段落。	
述懷	「反畏消息來」二語妙在反接，若云不見消息來，意淺薄矣。作詩須如此用筆。陸德明釋左傳序「中興」丁仲反，音「眾」，理當興也，前人俱作眾音。	「反畏消息來」妙在反接，若云不見消息來，意淺薄矣。	
彭衙行		「別來歲月周，胡羯仍搆患。何當有翅翎，飛去墮爾前。」末四句收出本意。	
北征	短篇突然而起，悠然而止，不必另綴起結。長篇必鋪敘有倫，起結整齊，方爲合格。讀杜詩需從此等大篇著意。漢魏以來，未有此格，少陵特爲開出，公之忠愛謀略俱見，詩史詩聖，應以此等目之。	漢魏以來，未有此體，少陵特爲開出，是詩家第一篇大文，公之忠愛謀略亦於此見。	
玉華宮	「溪迴松風長，蒼鼠竄古瓦」故宮淒涼之況；「不知何王殿，遺構絕壁下」後廢爲寺，故云不知，且亦爲本朝諱也。	淒涼如見，唐初所建而曰「不知何王殿」，妙於語言。	

羌村三首，之一：「崢嶸赤雲西」		字字鏤出肺肝，又似尋常人所能道者，變風之義與漢京之音歟？	
羌村三首總評	三章字字從肺腑鏤出，又似人人能道者，變風之義歟？漢京之音歟？		
義鶻行	細細摹寫史記鉅鹿之戰、荊軻刺秦王世此種筆墨。		
潼關吏（題下）	此相州敗後，築潼關以備寇也。		
	「請囑防關將，慎勿學哥舒」言宜守不宜輕戰。	言宜守不宜輕敵。潼關之敗由哥舒之出戰，實由楊國忠之促戰。少陵戒後之守關者，顧云非專歸罪哥舒也。	
石壕吏	古者有兄弟始遣一人從軍，今盡役壯丁及於老幼婦女，民不堪命矣。		
新婚別	與東山零雨之詩並讀，時之盛衰可知矣。「君今往死地」以下，層層轉換，皆發乎情，止乎禮義之語，真得國風之旨。所謂「言奪蘇李，氣吞劉曹」者，洵非虛也。	與東山零雨之詩並讀，時之盛衰可知矣。文中子欲刪漢以後續經，此種詩何不可續？	
無家別	上章以忠結，此章以孝結，可以續三百篇矣。	上章以忠結，此章以孝結，想見老杜胸次。	
夢李白二首，之一：「死別已吞聲」		結出魍魎喜人過意。	
夢李白二首，之二：「浮雲終日行」	「三夜頻夢君，情親見君意。告歸常侷促，苦道來不易。」明我長相憶，情親見君意，此兩人精神感通處。	「三夜頻夢君，情親見君意。告歸常侷促，苦道來不易。」四句如聞夢中之言。	

青陽峽		朱子語錄云：「杜詩初年甚精細，晚年曠逸不可當。如自秦州入蜀詩，分明如畫，乃其少時作也。」	
劍門		自秦州自成都諸詩，奧險清削，雄奇荒幻，無所不備，山川詩人，兩相觸發，所以獨絕古今也。以後五古，具橫厲頹墮，故所收從略。（P.S：「自秦州…兩相觸發」，《杜詩偶評》錄於〈成都府〉詩下。）	
述古	古今治亂判於此，此議論之純乎純者，謂作詩必斥議論，豈通論耶？	東坡謂此希稷契人語。	批評角度不同
送重表姪王砅水評事使南海	按史，王珪母李氏非杜，而珪於建成亡後，太宗始用之。後爲禮部尚書，與篇中所云絕不相合。起手云歸爲尚書婦，又是妻而非母，而貞觀時亦無他人王姓而踐台斗者，少陵述其曾祖姑不應不實，存以闕疑可也。	盧奐、宋璟維廣府節度使，出者出其上也。牧齋謂大曆四年，李勉除廣州刺史使兼嶺南節度，有善政，耆老以爲可繼盧奐、宋璟、李朝隱之徒，所謂「親賢大夫」亦謂勉也。爾祖指王珪老姑，爲珪之妻，非珪母也。注詩家見「剪髻鬟」句，認爲珪母，後人因以珪母李氏非杜駁之，議論紛如而起。看來剪髻鬟事，詩中活用，母可剪，婦亦可剪也。定爲珪妻，則「尚書踐台斗」以下，初無齟齬矣。惟珪始事建成，建成亡後，太宗始召用之，初非舊時相識。起手一段，似乎不合。不知人情好爲夸大，或王氏子孫諱事建成一節，飾爲此言，而少陵還因之耶？闕疑可也。	

	望嶽	靈光縹緲，氣象肅穆，漢人〈練時日〉、〈帝臨〉等章，此詩原本。	南岳亦名岣嶁山，渴日如渴虹渴雨之渴。衡山七十二峰，最大者蓋五芙蓉。紫蓋、石廩、天桂、祝融爲最高。魏夫人即「紫盧元君」、「南岳夫人」。「府主」，洞府之主，謂岳神也。靈光縹緲，氣象肅穆，漢人〈練時日〉、〈帝臨〉等章，此詩原本。	
	兵車行	此詩爲明皇用兵吐蕃而作，會古樂府變雅之神，縱筆所之，猶龍夭矯，可以泣鬼神矣。	詩爲明皇用兵吐蕃而作，設爲問答，聲音節奏純從古樂府得來。	
	高都護驄馬行	通體極形神勇，未思驅馳戰場，隱然爲老將寫照，猶言老驥伏櫪，志在千里也。「橫」讀「光」，「橫門」出西域之路也。	三輔黃圖，長安城北出西頭第一門名橫門，「橫」音「光」。結處悠揚不盡者，或四語，或六語，以傳其神。若二語用韻，嘎然而止，此又專取簡捷，如此篇是也。	批評角度不同
	醉時歌		故作曠達語，而不平之意自在。	
	送孔巢父謝病歸遊江東兼呈李白		巢父歸隱學仙，故詩中多飄渺欲仙語。	
	麗人行	此秦、虢諸姨與國忠遊宴曲江而作也。極言姿態服飾之美，飲食音樂賓徒之盛，微指椒房，顯言丞相，意本〈君子偕老〉之詩，而諷刺較露。	極言姿態服飾之美，飲食音樂賓徒之盛，微指椒房，顯言丞相，意本〈君子偕老〉之詩，而諷刺較露。「態濃意遠」下倒插「秦虢當軒」；「下馬」下倒插「丞相」，他人無此筆法。	
	悲陳陶	此悲房琯不知兵而輕敵取敗也。		
	乾元中寓居同谷縣作歌七首，之六：「南有龍兮在山湫	此詠萬丈潭之龍湫，言外有君子潛伏，小人橫行之意。	木葉黃落，多日愁慘之狀，故望其迴春姿，云陽長陰消，所感者大。	批評角度不同

題李尊師松樹障子歌	「松下丈人巾履同，偶坐似是商山翁。悵望聊歌紫芝曲，時危慘澹來悲風。」言外有羽翼太子意，此對畫而偶感也，觀時危二字可見。偶坐，並坐也。 唐人題畫以功麗勝，少陵超然高古，其用心以獨造為宗，不肯隨人步趨也。		
越王樓歌		彷彿王子安藤王閣詩，見此老無所不有。	
韋諷錄事宅觀曹將軍畫馬圖	因畫馬說到眞馬，因眞馬說到天子巡幸，故君之思，惓惓不忘，此題後開拓一步法。	「朝河宗」言河宗朝而獻寶也，用《穆天傳》意，應指明皇西幸而言。因畫馬說到眞馬，因眞馬說到天子巡幸，故君之思，惓惓不忘，此題後開拓一步法。	
古柏行	「不露文章世已驚」為負才之士寫照。	「不露文章世已驚，未辭剪伐誰能送，苦心豈免容螻蟻。」為負才之士寫照，公自比稷、羿而不見用，故發此議。	批評角度不同
縛雞行	宕開作結，而愛物而幾於齊物矣		
對雪		三、四（亂雲低薄暮，急雪舞迴風）對雪之景，餘俱感懷。	
月夜		五、六（香霧雲鬟濕，清輝玉臂寒）語麗情悲，非尋常穠豔。	
喜達行在所三首，之三：「死去誰憑報」		中興讀音「眾」，猶當也。喜達行在三首、收京三首、有感五首，接根本節目之大者，不宜去取。	

收京三首，之一：「仙杖離丹極」	前半言陷京之由，後半言更新氣象。	前半言陷京之由，後半言更新氣象。三語謂離宮闕也；四語見奉仙無益也；六語計河北易定也。難顯然直陳，故出以隱語。	
春宿左省	「明朝有封事，數問夜如何。」諫臣心事。	三、四即景名句，而注釋家謂民勞則星動，月曆陰象指女子小人，以峭刻深心測詩人敦厚之旨，一何可笑。	
奉贈王中允維		《舊唐書》：「天寶末，維歷官給事中，扈從不及，爲賊所得。服藥取病，詐稱瘖病。祿山素憐之，遣人迎至洛陽，拘於普施寺，迫以僞署。賊平，陷賊官六等定罪，維以〈凝碧詩〉聞於行在，肅宗特宥之，責授太子中允。	
秦州雜詩十首，之四：「南使宜天馬」		殘，餘也。與山中漏茅屋「漏」字同。伏櫪長鳴，隱然自寓。	
秦州雜詩十首，之九：「鳳林戈未息	「故老思飛將」憂亂思良將也。	時郭子儀以魚朝恩譖，罷歸京師，故以築壇望之。	
促織		「天眞」以促織言，非絲管所能同也。	
蕃劍		不粘不脫，寫一物而全副精神俱見，他人詠物，斤斤尺寸，惟恐失之，此高下之分也。	
春夜喜雨		「知時節」即所云「靈雨」，既靈也，三、四（隨風潛入夜，潤物細無聲）傳出春雨之神。	
有感五首，之一：「將帥蒙恩澤」	此慨節鎮擁兵，不能禦寇。	錢箋：「李芝芳使吐蕃，被留經年，故以張騫乘槎爲此。此慨節鎮擁兵，不能禦寇。」	

	有感五首，之三：「洛下舟車入」	時程元振勸帝遷都洛陽，公婉言時議之非，而末進以儉德，與郭子儀論奏之旨相合。	時程元振勸帝遷都洛陽，公婉言時議之非，而末進以儉德，與郭子儀論奏之旨相合。取金湯固、宇宙新，此程元振議也。公謂莫用遷都，不過力行儉德，盜賊自服耳，後半四語直下。	
	暫往白帝復還東屯		三、四（築場憐穴蟻，拾穗許村童）佛心、王政兼而有之。	
	洞房	此因舟中見月，感官披淒涼而作，故君之思，溢於言外。	此因舟中見月，感官披淒涼而作，詩中無悲涼痛楚字面，而情緻黯然，一結尤覺淚和墨下。	
	江上	欲建勳業而鏡中之髮已白，或行或藏，倚樓時，不勝躊躇顧慮也。下作轉語，雖哀謝而猶有報主之心，此杜老以天下爲己任處。		
	吾宗	純寫質樸之意而人品自見。		
	登樓	氣象雄偉，籠蓋宇宙，此杜詩之最上者。	氣象雄偉，籠蓋宇宙，此杜詩之最上者。錢箋謂代宗任程元振、魚朝恩，致蒙塵之禍，故以後主之任黃皓比之。	
	暮歸	此詩中拗體也，可偶一爲之，亦就生避熟之法。		
	重經昭陵		前首傷亂，此望中興，以「五雲飛」作結，大旨顯然。	
	歸雁	「腸斷江城雁，高高向北飛」故鄉之思在言外		

	八陣圖	詩意謂陣圖本善蜀，之失計在於吞吳，見唇齒之國宜協力不宜併吞也。此意趙雲亦嘗言之，不必多爲曲說。	吳蜀唇齒，不應相仇。失吞吳，失策於吞吳，非謂恨未能吞吳也。陸中初見時已示，東聯孫權，北拒曹操矣。	
	江南逢李龜年	不言神傷，聚散古今之感，皆寓於中，此斷句正聲，杜集中偶見者也。淒婉全在一「又」字。	含意未伸，有案無斷。	